Dora Heldt

Geld oder Lebkuchen

Es ist Advent auf Sylt und Rentner Ernst Mannsen kommt fast um vor Langeweile. Während seine Frau Gudrun sich im Weihnachtskomitee engagiert, ist seine einzige Aufgabe, der Tanne im Garten die Lichter anzuklemmen. Doch als der hiesige Weihnachtsmanndarsteller plötzlich verschwunden ist und mit ihm sämtliche Spenden für die Weihnachtsgeschenke bedürftiger Kinder, wittert Ernst seine Chance auf ein Abenteuer …

Dora Heldt, 1961 auf Sylt geboren, ist gelernte Buchhändlerin und lebt heute in Hamburg. Mit ihren Romanen führt sie seit Jahren die Bestsellerlisten an, die Bücher werden regelmäßig verfilmt. Weitere Informationen unter www.dora-heldt.de

Dora Heldt

Geld oder Lebkuchen

Fast ein Krimi

dtv

Von Dora Heldt
sind bei dtv großdruck außerdem erschienen:
Urlaub mit Papa
Tante Inge haut ab
Kein Wort zu Papa
Ausgeliebt
Bei Hitze ist es wenigstens nicht kalt
Herzlichen Glückwunsch, Sie haben gewonnen
Jetzt mal unter uns
Im Grunde ist alles ganz einfach
Schnee ist auch nur hübsch gemachtes Wasser
Sommer. Jetzt!
Da fällt mir noch was ein
Mathilda oder Irgendwer stirbt immer
Alles eine Frage der Perspektive
Liebe oder Eierlikör – Fast eine Romanze

Ungekürzte Ausgabe 2024
3. Auflage 2026

Tumblingerstraße 21, 80337 München
produktsicherheit@dtv.de
Dieses Werk wurde vermittelt durch die
Literarische Agentur Thomas Schlück GmbH, Hannover.
Umschlaggestaltung: dtv unter Verwendung eines Bildes von
Markus Roost
Satz: 3w+p Typesetting Automation Experts, Rimpar
Druck und Bindung: Druckerei C.H.Beck, Nördlingen
Printed in Germany · ISBN 978-3-423-25456-4

1.

»Mir ist langweilig«, langsam schnipste Ernst einen Krümel vom Tisch. »Mir ist so langweilig. Ich könnte verrückt werden.«

Seine Frau hob kurz den Blick von der Zeitung. »Sollen wir die Bank überfallen?«

»Was?«

»Die Bank überfallen«, wiederholte Gudrun. »So wie gestern im Film.«

»Blöder Witz.« Ernst starrte sie an, sie vertiefte sich aber schon wieder in die Zeitung. Langsam schob er seine Hand über den Tisch und schnipste gegen den nächsten Krümel. Dieses Mal traf er die Zeitung und machte die Siegerfaust. Seine Frau reagierte nur nicht. Ernst ließ den Arm wieder sinken. Vielleicht sollte man doch mal über einen Banküberfall nachdenken. Aber wozu? Im richtigen Leben wurden die Bankräuber ja immer erwischt. Und langweilten sich dann im Gefängnis. Er seufzte. Dann noch mal etwas lauter. Bis Gudrun ihn wieder ansah.

»Mein Gott, Ernst«, sie ließ die Zeitung sinken. »Dann mach doch irgendetwas. Aber stöhn hier nicht rum.«

»Was soll ich denn bitte schön machen?« Mit einem Anflug von Verzweiflung schüttelte er den Kopf und deutete nach draußen. »Man kann noch nicht mal spazieren gehen. Bei diesem Wetter.«

Energisch legte Gudrun die Zeitung zur Seite. »Nächstes Wochenende ist schon der erste Advent, es ist noch jede Menge zu tun. Was ist los mit dir? Du freust dich doch sonst auch auf Weihnachten. Du kannst die Lichterketten draußen anbringen, du kannst meine Weihnachtskugeln vom Boden holen, du kannst den Keller aufräumen, du kannst …«

»Draußen? Die Lichterkette?« Entsetzt sah er sie an. »Es stürmt und regnet draußen. Willst du mich umbringen?«

»Dann räum den Keller auf«, Gudrun stand auf und schob ihm die Zeitung hin, »oder lies die Zeitung. Da ist eine nette Kritik über den Film von gestern. Den wir so lustig fanden.« Sie stellte die leeren Kaffeetassen ineinander und ging in die Küche. Und sang dabei laut und schief: »Schneeflöckchen, Weißröckchen, wann kommst du geschneit.«

Ernst seufzte und zog die Zeitung heran. Die Fernsehkritik stand auf der dritten Seite.

Die Gentleman-Räuber. Die charmante Komödie nach einer wahren Begebenheit war der Quotenhit des gestrigen Abends …

Mithilfe seines Zeigefingers las Ernst den Artikel. Es war interessant, er hatte gar nicht gewusst, dass es die drei Männer, die vor vielen Jahren sehr höflich mehrere Banken überfallen hatten, wirklich gegeben hatte. Solche Geschichten mochte er. Professionelle Arbeit, gute Planung, keine Gewalt. Nur so wurde man erfolgreich. Und nicht erwischt.

»Das ist gut«, sagte er laut. »Ja, so macht man das.« Als er den Kopf hob, stand Gudrun plötzlich im Mantel vor ihm und drapierte ihr Halstuch, während sie ihn ansah.

»Wo willst du denn hin?«

»Das habe ich dir doch gestern Abend erzählt.« Gudrun schob Portemonnaie und Lesebrille in die Handtasche. »Das Festkomitee trifft sich um drei. Um die Termine zum Schmücken der Schulaula und die letzten Feinheiten für den Weihnachtsmarkt dort abzusprechen. Und du wolltest mich um 17 Uhr abholen. Das kannst du doch nicht schon wieder vergessen haben.«

Er hatte es natürlich nicht vergessen, genau da lag ja das Problem. Seit Gudrun in Rente war, organisierte sie mit Hella, Minna und Dietrich den alljährlichen Weihnachtsmarkt, dessen Höhepunkt die große Dorfweihnachtsfeier mit Baum, Chor, Geschenken für die Kinder

der Gemeinde und sehr viel Glühwein und Keksen war. Das ganze Dorf versammelte sich an den Adventswochenenden, der Weihnachtsmarkt war einer der wichtigsten Treffpunkte des Jahres. Ein wirkliches Ereignis, das natürlich viel Vorbereitung erforderte.

Selbstverständlich hätte Ernst sofort mitgemacht, wenn sie ihn denn gefragt hätten. Er konnte hervorragend organisieren und war auch handwerklich begabt. Aber sie hatten ihn gar nicht gefragt, stattdessen hatten sie sich für Dietrich entschieden, kurz vor der Rente, Banker, mit zwei linken Händen, der nie Nein sagen konnte. Er hatte nach der Scheidung sein Haus auf der Insel verkaufen müssen, wohnte jetzt auf dem Festland und pendelte jeden Tag zur Arbeit in die hiesige Bankfiliale, wo er Filialleiter war. Dietrich tat den Damen leid, so ohne Frau und Haus auf Sylt. Und sie waren der Meinung, dass dieser Job gut für ihn, er wichtig fürs Komitee und überhaupt der Beste im Spendensammeln sei. Das machte er jedes Jahr aufs Neue, damit sie den Kindern ihre Weihnachtswünsche erfüllen konnten. Und Dietrich kannte sich ja mit Geld aus. Als Bankchef. Und damit nicht genug, er durfte auch noch die Geschenke verteilen. In einem schon ziemlich verfilzten Weihnachtsmannkostüm, das er gebraucht gekauft hatte. Jedes Jahr fuchtelte er dabei theatralisch mit den Armen und rief laut »Ho, Ho, Ho«, sobald er die Aula betrat.

Ernst war sich sicher, dass zumindest die kleinen Kinder eine Mordsangst vor ihm hatten. Aber auf dem Ohr war Gudrun taub. Sie fand Dietrich als Weihnachtsmann toll, und fertig. Kritik an ihm oder am Komitee ließen die Damen nicht zu. Auch wenn Ernst eine wirklich große Hilfe sein könnte. Aber sie hatten ja Dietrich. Und waren der Meinung, dass vier Leute ausreichten. Als Ernst seine Mitarbeit angeboten hatte, wurde sie abgelehnt. Einfach so. Er könne ja beim Schmücken der Aula helfen, hatte Gudrun ihm vorgeschlagen, Dietrich könne ja nicht so gut auf eine Leiter steigen, weil er Höhenangst habe. Das wiederum hatte Ernst abgelehnt. Sollte der Banker auf der Leiter doch schwitzen. Ernst war raus. Und hatte jetzt Langeweile.

»Natürlich weiß ich das noch«, beeilte sich Ernst jetzt zu sagen. »Ich bin ja nicht senil. Um 17 Uhr bin ich da. Zur Abholung.«

»Gut«, Gudrun knöpfte sich ihren Mantel zu, »und im Übrigen hat es aufgehört zu regnen und der Sturm hat sich gelegt. Außerdem hat der Wetterdienst Schnee in den nächsten Tagen vorhergesagt. Vielleicht hebt das ja deine Laune. Und du denkst bitte dran, die Lichterkette noch an die Tanne zu hängen. Bevor es ganz dunkel wird.«

»Ich muss noch die Glühbirnen überprüfen«, antwortete Ernst. »Außenelektrik setzt Sorgfalt voraus. Das geht nicht so husch, husch.«

»Dann mach das sorgfältig.« Gudrun sah ihn an. »Aber die Lichterkette kommt noch dran, morgen will ich sie anmachen. Dann bis nachher.«

Ohne seine Antwort abzuwarten, verschwand sie. Resigniert atmete Ernst aus. Er fand auch das Wechseln kaputter Leuchtmittel wahnsinnig langweilig. Aber das interessierte ja niemanden.

Um kurz vor halb fünf erhellten alle Lämpchen der Lichterkette die Tanne und den Garten, zufrieden überprüfte Ernst ein letztes Mal die Zeitschaltuhr, das war also auch wieder erledigt. Es war schon gut, dass er diese handwerkliche Begabung hatte, Dietrich hätte sich bestimmt einen Elektriker holen müssen. Das sollte Ernst vielleicht mal Gudrun mitteilen. Die den Superweihnachtsmann ja für so perfekt hielt.

Mit einem Blick auf die Uhr beschloss er, sich jetzt auf den Weg zu machen und keinen weiteren Gedanken an Dietrich zu verschwenden. Vorher würde er noch einen kleinen Spaziergang durch den Ort unternehmen und bei einem Abstecher zur Bank gleich Kontoauszüge holen. Bewegung war ja wichtig, lückenlose Kontrolle des Kontostandes auch.

Als er kurz darauf in dicker Jacke vor die Tür trat,

schauderte er kurz. Es war richtig kalt geworden, die Windböen hatten sich gelegt, und er fand, dass es schon nach Schnee roch. Er nickte zufrieden. Kein Mensch kam bei Schmuddelwetter in weihnachtliche Stimmung, dafür brauchte es schon Schnee und Frost und Sternenhimmel. Und knackige Kälte, damit an den Buden vor der Schule auch Glühwein und Bratwurst schmeckten. Hoffnungsvoll sah Ernst in den Himmel. Schnee wäre schon schön. Wenigstens zur Eröffnung des Weihnachtsmarktes am nächsten Wochenende.

Ernst hob die Hand, als er zwei Gemeindemitarbeiter traf, die rote Schleifen an die Straßenlaternen banden, so langsam breitete sich die Adventsstimmung im Dorf aus. Auch in den Vorgärten waren die Vorbereitungen im Gange, Ernst entdeckte die ersten Lichterketten, die ersten Holzweihnachtsmänner und sah Bekannte, die sich auf Leitern oder hinter Fenstern abmühten, um Haus und Garten weihnachtlich zu schmücken. Beim Bäcker standen Nikoläuse aus Schokolade, in der Apotheke hingegen bunte Kugeln an einem Tannenzweig, selbst der Fahrradladen hatte goldene Sterne in der Auslage. Das Dorf rüstete auf.

Als er auf die erleuchteten Fenster der hiesigen Bankfiliale zulief, fiel ihm der Film von gestern Abend wieder ein. Die Gentleman-Bankräuber waren immer gut gekleidet gewesen, lediglich eine schwarze Maske hatte ihre

Gesichter verdeckt. Bei ihren Überfällen hatten sie sehr elegant ausgesehen. Ganz anders als diese groben Banditen mit Nylonstrümpfen, die man sonst so kannte. Das war ein ganz anderer Schnack. Eine sehr kultivierte Form des Bankraubs.

Die Bank hatte noch geöffnet, im Schalterraum war Licht, über der Tür hing eine Tannengirlande mit roten Schleifen. Ernst blieb vor dem Schaufenster stehen und sah sich die wenigen Immobilienangebote an. Und die Weihnachtsdekoration, die schon aufgebaut war. Ein Plastiktannenbaum mit roten Kugeln und blinkender Lichterkette. Und überall lag weißer Kunstschnee. Wie schon im letzten Jahr, denen fiel wohl auch nichts Neues ein.

Er betrat die Bank und blieb im Vorraum neben dem Kontoauszugdrucker stehen, nicht ohne in den Schalterraum zu sehen. Hinter dem Schalter saß Martina, sie arbeitete schon immer in dieser Filiale. Sie war ziemlich dick, vielleicht kam das vom vielen Sitzen. Und sie redete nicht viel, eigentlich nur das Nötigste. Aber das war eben ihre Art. Dafür konnte sie sehr gut rechnen und hatte ein überragendes Gedächtnis. Ernst konnte sie gut leiden. Besser als ihren Chef Dietrich Stockmann. Den Weihnachtsmann. Mit den beiden linken Händen und der Höhenangst.

Als Martina plötzlich den Kopf hob und mit gerunzelter Stirn nach draußen schaute, hob Ernst sofort die Hand zum Gruß, sie grüßte nicht zurück, vermutlich war sie in Gedanken. Sie war meistens etwas spröde, ganz das Gegenteil von der Plaudertasche Dietrich, der immer irgendetwas erzählen musste. Auch wenn es niemanden interessierte. Martina machte eben ihre Arbeit, nicht mehr und nicht weniger. Sie wurde ja nicht fürs Schwatzen bezahlt. Das kam Ernst sehr entgegen. Während der Drucker ratternd die Auszüge ausspuckte, überlegte Ernst, ob diese Bank schon irgendwann mal überfallen worden war. Vermutlich nicht, es war einfach eine kleine, langweilige Dorffiliale. Kein Vergleich mit den eleganten Banken, die sich die Gentleman-Räuber ausgesucht hatten.

Ernst schob seine Hände in die Jackentaschen und spähte an die Decke des Vorraums. Waren hier überhaupt Überwachungskameras? Er sah keine, die glaubten wohl selbst nicht, dass sich irgendwelche Bankräuber die Mühe machen würden. Dazu war diese Filiale viel zu klein.

Der Drucker spuckte den letzten Auszug aus, Ernst faltete ihn mit den anderen ordentlich zusammen und schob sie in die Jackeninnentasche. Er wandte sich um und verließ die Bank. Eigentlich könnte er Dietrich nachher mal fragen, ob er schon mal einen Banküberfall erlebt hatte. Vermutlich nicht, sonst hätte er das schon hundertmal erzählt. Aber er kannte garantiert jemanden, dem das schon passiert war. Er kannte ja immer alle. Vielleicht würde Ernst ihn doch nicht fragen. Sonst würde Gudrun noch denken, dass er sich für Dietrich interessierte. Das tat er aber nicht. Höchstens für dessen Job.

2.

»Es sind ja inzwischen einundzwanzig Kinder im Chor«, Gudrun ließ die Liste beeindruckt sinken und sah Minna und Hella an, »und viele neue Namen.«

»Ja«, Minna nickte, während sie die nächste Lichterkette aus einem Karton zog. »Und die meisten kommen aus dem Kinder-Club. Ich finde das zu schön. Und es sind so gute Stimmen dabei.«

Früher war Minna Paulsen Grundschullehrerin gewesen, seit sie in Pension war, leitete sie ehrenamtlich nachmittags den Kinder-Club. Dort trafen sich die Kinder erst zum Mittagessen, danach konnten sie unter Minnas Aufsicht Hausaufgaben machen, spielen, lesen oder basteln. Und Minna hatte mit ihnen einen Kinderchor gegründet, der sogar manchmal auftrat. Natürlich auch bei der Dorfweihnachtsfeier.

»Ach, sieh mal an, der Anton, das ist der kleine Blonde, der bei Martina im Haus wohnt.« Hella Fröhlich tippte mit ihrem blau lackierten Fingernagel so schwungvoll auf einen Namen, dass ihre Armbänder klimperten. »Anton Kulikow. Den finde ich ja so niedlich. Und so gut erzogen. Den sehe ich immer, wenn ich morgens Kaffee trinke. Dann geht er zum Bus. Und winkt jedes Mal. Der ist doch auch neu dabei, oder?«

»Er kommt jetzt auch zum Mittagessen.« Minna nickte und sah sie an. »Ich musste seine Mutter aber überreden, es anzunehmen. Es war ihr unangenehm. Also, dass ihr Sohn umsonst bei uns essen kann. Aber dafür ist das Geld von der Gemeinde doch da. Als Zuschuss für die Familien, denen es nicht so gut geht.«

Auch das hatte Minna vor einigen Jahren organisiert, die Möglichkeit eines Mittagessens für die Kinder, deren Eltern arbeiten mussten und wenig Zeit zum Kochen oder Kümmern hatten. Die resolute Minna hatte in Nullkommanix Frauen aus dem Dorf gefunden, die abwechselnd hier kochten. Zum Einkaufen gab es Geld aus der Gemeindekasse, die Frauen kochten gern und machten es aus Überzeugung. Für Kinder, deren Eltern wenig verdienten, war das Essen umsonst.

»Bei Martina im Haus?« Gudrun ließ das aufgewickelte Schleifenband auf dem Tisch liegen. »Ist die Mutter diese hübsche Blonde? Die arbeitet doch im neuen Hotel, oder?«

»Ja.« Hella fuhr fort, die Kerzenständer aus dem Seidenpapier zu wickeln. »Und sie ist alleinerziehend, eine ganz sympathische junge Russin, arbeitet rund um die Uhr. Erst im Hotel und dann macht sie, glaube ich, auch noch abends irgendwo sauber. Der Junge ist viel allein. Aber immer fröhlich. Ein ganz Süßer.«

Gudrun stellte den leeren Karton unter den Tisch und kam wieder hoch. »Minna, dieser Kinder-Club war eine deiner besten Ideen. Ich koche übrigens nächste Woche zwei Tage. Mit Hannelore. Das ist immer nett. Und auf die Weihnachtsfeier freue ich mich auch wieder. Auf die Gesichter der Kinder, wenn der Weihnachtsmann reinkommt. Und wenn sie ihre Geschenke auspacken. Hast du ihnen gesagt, dass sie die Wunschzettel am Sonntag an den Baum hängen sollen? Am ersten Advent?«

»Natürlich. Die Ersten haben sie schon geschrieben. Aber apropos Weihnachtsmann«, sagte Minna und sah dabei auf die Uhr. »Es ist gleich halb fünf. Was ist denn mit Dietrich?«

»Keine Ahnung«, Hella hob die Schultern, »vielleicht macht er in der Bank gerade die großen Geschäfte. Oder wird überfallen. Habt ihr gestern Abend auch diesen lustigen Bankräuberfilm gesehen?«

»Haben wir. Ich ruf ihn mal an«, sofort suchte Gudrun in ihrer Handtasche nach ihrem Handy. »Vielleicht hat er es einfach vergessen. Er ist ohnehin ein bisschen unzuverlässig geworden, finde ich.«

»Ja«, Hella zog einen Spiegel aus der Tasche und zog

ihren Lippenstift nach, »seit er eine neue Freundin hat.« Sie schob die Kappe auf den Stift und warf ihn zurück in ihre Handtasche.

»Er hat eine Freundin?« Ruckartig hoben sich die Köpfe von Minna und Gudrun. »Ernsthaft? Woher weißt du das?«

»Ich habe sie am Bahnhof in Niebüll gesehen. Als ich vor ein paar Wochen beim Augenarzt war. Ich wollte zurück nach Westerland, Dietrich stieg aus dem Zug und seine Freundin hat ihn abgeholt. Und sie haben gleich am Bahnsteig geknutscht.«

»Und?«, fragte Minna neugierig. »Was ist das für eine?«

Achselzuckend sah Hella sie an. »Ich habe sie nur von hinten gesehen. Sie war klein und schlank, mit einem blonden Zopf. Das Alter kann ich nicht einschätzen. Aber Männer seines Alters suchen sich ja meistens jüngere Frauen, oder? Sie haben mich aber nicht gesehen, deshalb wurde sie mir auch nicht vorgestellt.«

»Das ist ja ein Ding.« Gudrun lächelte. »Aber das hat er verdient, seine Frau hat sich ja unmöglich benommen. Hoffentlich ist die Neue netter. Wann hast du ihm denn Bescheid gesagt, Hella? Dass wir uns heute treffen?«

»Ich habe ihm schon letzte Woche auf den Anrufbeantworter gesprochen«, Hella zupfte ihr schreiend buntes Tuch über dem Busen zurecht. »Auf dem Handy und zuhause. Mindestens dreimal, er hat aber nicht zurückgerufen.«

Gudrun musterte sie erstaunt. »Warst du nicht bei ihm in der Bank? Nachdem du ihn zuhause nicht erreicht hast?«

»Da war er nicht.« Hella hob die Schultern. Sie hatte Lippenstift am Schneidezahn, das hatte sie aber eigentlich immer. »Zweimal habe ich es versucht, aber Martina hat jedes Mal gesagt, er sei nicht da. Ich habe ihn schon seit Wochen nicht mehr zu Gesicht bekommen. Das ist irgendwie komisch, oder?«

»Zu sehen«, korrigierte sie Minna. »Du hast ihn nicht zu sehen bekommen, zu Gesicht sagt man nicht im Hochdeutschen. Ich denke, du warst in deiner Jugend Schauspielerin, da ist man doch eigentlich empfindlich, was die Sprache angeht.«

Hella verdrehte die Augen. »Danke, Frau Lehrerin. Noch was?«

»Du hast Lippenstift am Zahn«, Minna sah sie unbeteiligt an, »am Schneidezahn.«

»Ich habe mein Handy zuhause liegen gelassen.« Kopfschüttelnd stellte Gudrun ihre Handtasche wieder auf den Boden. »Kann eine von euch ihn noch mal anrufen?«

»Ich kann das machen.« Minna stand auf und ging zu ihrem Mantel, der über einem Stuhl hing. Während

Hella mit dem Zeigefinger über die Schneidezähne schrubbte, wählte Minna eine Nummer und blieb abwartend mitten im Raum stehen.

»Das ist die Mailbox von …«

»Er hat sein Handy aus.« Minna ließ ihr Telefon sinken. »Hat jemand die Nummer von der Bank im Kopf?«

»3612«, antwortete Gudrun prompt und sah zu, wie Minna die Zahlen eintippte und einen Faden von ihrem Pullover strich, während sie wartete.

»Hallo, Martina, hier ist Minna Paulsen. Kannst du mir mal deinen Chef geben? Ja? Danke, ich warte.«

Zufrieden lächelte sie Gudrun und Hella an, bis ihr Lächeln plötzlich einfror. »Mit wem spreche ich?«

Sie runzelte die Stirn und verlagerte ihr Gewicht aufs andere Bein. »Nein, ich wollte Herrn Stockmann sprechen.«

Die neugierigen Blicke von Hella und Gudrun ignorierend drehte sie sich zur Seite. »Wie? Seit wann das denn? Und warum? Ach. Und wo …? Nein, danke. Aber wie war Ihr Name noch mal? Steffens. Aha. Dann … Hallo? Sind Sie noch dran? Hallo?«

Irritiert ließ sie die Hand mit dem Telefon sinken und starrte die anderen beiden an. »Aufgelegt. Das ist ja … Also, Dietrich ist nicht da. Er arbeitet im Moment nicht in der Bank. Dafür ist da jetzt so ein Schnösel namens Steffens. Was ist denn da los?«

»Wie? Er arbeitet im Moment nicht in der Bank?« Verblüfft schüttelte Gudrun den Kopf. »Was soll denn das heißen? Und wo ist er jetzt?«

»Das wollte dieser Schnösel nicht sagen«, langsam ließ sich Minna auf den Stuhl sinken. »Das ist ja ein Ding. Hat jemand Dietrichs Festnetznummer im Kopf?«

Sofort fing Gudrun an, in einem kleinen Notizbuch zu blättern. »Hier ist sie«, sie hielt Minna die Seite hin. »Die Vorwahl von Niebüll und dann die hier.«

Minna wählte neu, wartete gespannt ab, dann legte sie die Hand kurz aufs Handy und neigte ihren Kopf. »Anrufbeantworter«, sagte sie leise, um dann laut draufzusprechen: »Ja, Dietrich, hier ist Minna. Ich warte mit Gudrun und Hella in der alten Schule auf dich, wir haben doch heute Festkomitee und wundern uns, wo du bleibst. Und jetzt haben wir gerade gehört, dass du im Moment nicht in der Bank arbeitest? Melde dich doch mal.«

»Das ist ja echt ein Ding«, sagte Hella in die anschließende Stille. »Ob er geklaut hat?«

»Dietrich doch nicht«, entgegnete Gudrun entschieden. »Was denkst du denn?«

»Es muss doch einen Grund geben, dass er so plötzlich raus ist.« Hella riss ihre Augen auf. »Also, ich finde das komisch.«

Nachdenklich betrachtete Gudrun ihre beiden Mitstreiterinnen. Minna mit praktischer Kurzhaarfrisur im grauen Rollkragenpullover, Hella in einer knallroten Samtjacke, die dunkel gefärbten Haare mit glitzernden Haarnadeln hochgesteckt.

»Seit Dietrich nach seiner Scheidung das Haus verkauft hat und aufs Festland gezogen ist, sieht man ihn ohnehin nicht mehr privat. Nur noch in der Bank«, meinte Minna jetzt. »Und ich war ewig nicht mehr da. Ich glaube, ich habe Dietrich das letzte Mal im Spätsommer gesehen.«

»Soll ich mal Jutta anrufen?« Gudrun blätterte in ihrem Notizbuch. »Vielleicht weiß sie, wo er ist. Immerhin ist sie seine Ex-Frau.«

»Die ist doch so blöde«, winkte Hella ab. »Die haben doch kaum noch Kontakt. Seit sie ihn dermaßen über den Tisch gezogen hat. Erst nimmt sie sich einen Liebhaber und danach hat sie sein Konto abgeräumt. Wenn Dietrich bei der Bank Geld geklaut hat, dann ihretwegen. Das sag ich euch.«

»Jetzt setz keine Gerüchte in die Welt.« Tadelnd sah Gudrun sie an, während sie den Finger auf einen Eintrag legte. »Woher weißt du das? Mit dem Konto?«

»Hat Dietrich mir letztes Jahr nach der Weihnachtsfeier erzählt. Als die Geschenke verteilt und die Kinder alle weg waren. Da haben wir doch noch den Glühwein leer gemacht. Und die restlichen Bratwürstchen gegessen. Und irgendwann hatte Dietrich einen im Tee und fing an zu reden. Ich brauchte gar nichts fragen, das kam alles von selbst.« Hella zog eine ihrer Haarnadeln raus und schob sie fester in die Frisur. »Wenn man Interesse ausstrahlt, reden die Menschen mit einem. Ihr habt ja alle schon angefangen aufzuräumen, während ich mir eben Zeit für den betrunkenen Dietrich genommen habe.«

»Du räumst doch nie mit auf«, erinnerte sie Minna.

»Jetzt tu man nicht so.«

»Kann jetzt mal jemand Jutta anrufen?«, ungeduldig hielt Gudrun das Notizbuch hoch. »Ich sag die Nummer an.«

»Ich konnte die nie leiden«, Hella hob ablehnend die Hand. »Ich ruf die nicht an.«

Mit einem langen Blick auf Hella nahm Minna ihr Handy wieder in die Hand. »Sag mal, du stellst dich aber auch an.«

Sie tippte die Zahlen nach Diktat ein, stellte auf Freisprechanlage und wartete, bis eine laute Frauenstimme zu hören war.

»Stockmann.«

»Hallo Jutta, hier ist Minna Paulsen. Ich habe da mal eine Frage.«

»Ach, Minna. Ja, was denn?«

»Ich sitze hier mit Gudrun und Hella zusammen, wir

haben eine Festkomitee-Sitzung für den Weihnachtsmarkt und warten auf Dietrich. Und können ihn nicht erreichen. Weißt du, ob er verreist ist? Oder ob irgendetwas passiert ist?«

»Der ist irgendwo auf den Kanaren.«

»Was?«, rief Gudrun dazwischen und beugte sich näher ans Telefon. »Hallo, Jutta, hier ist Gudrun, hast du Kanaren gesagt? Wie lange bleibt er denn da?«

»Keine Ahnung. Wir telefonieren nicht regelmäßig.«

»Ach«, Minna gab sich Mühe, ihre Stimme harmlos klingen zu lassen. »Wann kommt er denn wieder?«

»Weiß ich nicht. Der arbeitet ja gerade nicht. Schon seit sechs Wochen. Den Rest müsst ihr ihn selbst fragen. Tschüs.«

Sie legte einfach auf.

Hella lächelte triumphierend. »Sag ich doch, die ist so blöde.«

»Ja, und nun?« Minna wog ihr Handy in der Hand und hob die Schultern. »Er ist ja nicht nur unser Weihnachtsmann, Dietrich verwaltet auch unsere Spendenkasse. Für die Weihnachtsgeschenke der Kinder. Er muss uns doch wenigstens das Geld bringen, sonst können wir nichts einkaufen. Aber von den Kanaren aus ist das ja nun schwierig.«

»Wir müssen mit ihm reden«, beschloss Gudrun. »Wir

versuchen es einfach immer wieder, der hat doch bestimmt sein Handy mit und irgendwann geht er schon ran. Und ansonsten gehe ich in die Bank und frage Martina. Dietrich ist ihr Chef, sie wird ja wohl wissen, was da passiert ist. Und vielleicht weiß sie ja auch, auf welchem Konto das Geld für die Weihnachtsgeschenke liegt. Oder er hat ihr was hinterlassen. So, und jetzt arbeiten wir mal die Liste ab, wir sind noch lange nicht fertig.«

»Und was machen wir mit dem Weihnachtsmann?«, fragte Hella neugierig. »Also, wenn Dietrich wirklich nicht mehr hier arbeitet, kann er das ja schlecht machen, er kommt doch nicht extra an den Adventssonntagen auf die Insel. Was haltet ihr denn von der Idee, dass wir dieses Jahr mal eine Weihnachtsfrau haben? Ich meine, ich habe schon ganz andere Rollen gespielt, das wäre für mich ein Leichtes. Und wir würden mal ein Zeichen setzen. Für ein modernes Weihnachten, für Frauenpower und Innovation.«

»Hella, bitte«, mit hochgezogenen Augenbrauen sah Minna sie an. »Du machst dich lächerlich. Weihnachtsfrau, um Himmels willen. Wir sind nicht im Varieté. Es ist eine Dorfweihnachtsfeier. Mit Kinderchor und Seniorenkaffee. Außerdem passt es nicht zu Dietrich, dass er sich gar nicht meldet. Er will doch immer allen gefallen und Nein sagen kann er auch nicht.«

»Ich könnte auch einen Mann spielen. Nichts leichter als das.«

»Du hast viel zu viel Busen.« Gudrun betrachtete Hellas Dekolleté. »Aber ich habe eine Idee, wer das machen könnte. Er hat auch ungefähr dieselbe Größe wie Dietrich und im Moment nichts anderes vor.«

Alle drei wandten sich um, als die Tür quietschend geöffnet wurde.

»Wenn man vom Teufel spricht«, Gudrun lächelte und stand auf. »Ernst, du kommst genau im richtigen Moment. Du hast vorhin doch gesagt, dir sei langweilig. Wir haben eine Aufgabe für dich.«

3.

563 227 3, dachte Martina, als das alte Paar kurz vor Feierabend die Bank betrat. Sie rollte mit ihrem Stuhl ein Stück näher an den Tresen und zog einen Kugelschreiber aus dem Becher. Das Ehepaar Braun weigerte sich, seine Bankgeschäfte am Computer oder an einem seelenlosen Bankautomaten zu machen, sie bevorzugten schriftliche Überweisungen und Daueraufträge, holten die Auszüge nur zu Öffnungszeiten ab und bezahlten alles bar. Sie hatten noch nicht einmal eine EC-Karte.

»'n Abend, Martina.« Herr Braun nahm seinen Hut ab und lächelte sie durch beschlagene Brillengläser an. Seine Frau blieb ein Stück hinter ihm stehen und betrachtete die Weihnachtsdekoration im Fenster. Es war jedes Jahr dieselbe. Alles Plastik, auch der Kunstschnee. Aber eine farbige Lichterkette. Mit siebenundzwanzig Lämpchen.

»Ich möchte gern meinen Enkeln ein bisschen Nikolausgeld überweisen, jedem Enkel 50 Euro, und dann hätte ich gern noch 300 Euro in bar. Meine Kontonummer ist die 563 227 3.«

Martina nickte und begann, das Überweisungsformular auszufüllen. Herr Braun sah ihr mit schief gelegtem Kopf zu. »Was du für eine schöne Handschrift hast«, sagte er bewundernd. »Wie mit einer Schablone.«

Das hatten schon ihre Lehrer in der Schule gesagt. Sie hatte tatsächlich eine sehr schöne Handschrift. Immer schon gehabt. Ihr bestes Fach war allerdings Mathe gewesen. Martina liebte Zahlen. Sie fand sie beruhigend. Es gab nichts zu deuten, nichts zu diskutieren, entweder stimmte das Ergebnis oder es stimmte nicht. Das mochte sie. Und deswegen mochte sie auch ihre Arbeit in der Bank. Die sie seit Jahren machte. Und zwar sehr, sehr gut.

»Hier bitte unterschreiben.« Sie schob Herrn Braun die Überweisungsformulare über den Tresen. »Die dreihundert in kleinen Scheinen?«

»Ja, bitte.« Während er unterschrieb, betrachtete Martina die Altersflecken auf seiner Hand. Es waren vierzehn. In unterschiedlichen Größen.

Früher war er Busfahrer gewesen, sie war morgens mit ihm zur Schule gefahren. Und hatte immer auf dem Einzelsitz hinter ihm gesessen, weil sie nicht mit den anderen Kindern reden wollte. Sie sah morgens einfach gern aus dem Fenster, besonders an der Stelle zwischen

Westerheide und Vogelkoje, wo das Meer bis an die Straße kam. Dann bekam sie gute Laune. Und wenn ihnen danach eine gerade Zahl an Autos entgegenkam, war das ein Zeichen für einen guten Tag. Meistens stimmte es.

»Und?« Herr Braun schob die unterschriebenen Überweisungen zu ihr zurück. »Hast du Weihnachten etwas Schönes vor?«

Martina sah ihn an und nickte. »Ja. Und Sie?«

»Unsere Kinder kommen. Alle am 22. Dezember, meine beiden Töchter mit ihren Männern, mein Sohn mit seiner Freundin und dem Hund, natürlich unsere beiden Enkelkinder, ja, das wird schön. Es gibt Gans. An Heiligabend. Was gibt es bei euch?«

Bei euch, hatte er gefragt. Er konnte wohl nicht glauben, dass es Menschen gab, die an Weihnachten allein waren. Dabei feierten 14 % der Alleinlebenden auch Weihnachten allein. Das war belegt. Und es beruhigte Martina. 14 %. Sie gehörte dazu.

»Kartoffelsalat mit Würstchen.« Martina hatte in einer anderen Statistik gelesen, dass die meisten Deutschen das als ihr Heiligabendessen nannten. Mit dieser Antwort war sie auf der sicheren Seite.

»Auch gut. Aber das essen wir immer Silvester. Weihnachten muss es etwas Besonderes geben. Und danach machen wir dann Bescherung, die Enkelkinder sagen

Gedichte auf, es gibt ein Glas Rotwein, ach, es ist doch immer zu schön.«

»Ja.« Martina steckte den Kugelschreiber zurück in den Becher, in dem immer neun Kugelschreiber steckten. »Dann wünsche ich einen schönen ersten Advent.«

»Danke«, Herr Braun lächelte sie an, »für dich auch. Bis zum nächsten Mal.«

Zweiundzwanzig Schritte brauchte er bis zur Tür, er hatte kurze Beine. Die meisten blieben unter zwanzig.

Hinter ihr flog plötzlich die Bürotür auf, ihr neuer Chef klimperte mit den Schlüsseln. »Feierabend«, sagte er mit seiner unangenehmen und etwas zu lauten Stimme. »Wir können abschließen.«

»Nein.« Martina sah ihn an. »Es ist 16:54 Uhr.« Sie deutete auf die Uhr über dem Eingang. »Die Bank schließt um 17 Uhr. In sechs Minuten.«

»Es kommt doch keiner mehr. Jetzt stellen Sie sich mal nicht so an. Sie wollen doch auch nach Hause.«

»Nein. Jetzt noch nicht. Erst in sechs Minuten.« Der Zeiger sprang eine Minute weiter. »In fünf.«

Sven Steffens stöhnte genervt auf, Martina sah auf seine Schuhe. Braune Lederschuhe, vorn ganz spitz, vermutlich Schuhgröße 42. Kleine Füße für einen Mann. Sein Anzug war blau, ein bisschen glänzend und auf Figur geschnitten. Ihr neuer Chef war ein eitler Fatzke, dachte Martina. Jetzt gerade betrachtete er sich in der spiegelnden Fensterscheibe und strich sich über seine kurzen blonden Haare. Sein Scheitel war sehr gerade, er sah aus wie einrasiert. War er wohl auch.

»Was starren Sie mich denn so an?« Steffens spielte mit den Schlüsseln. »Ist was?«

»Kundschaft«, Martina sah an ihm vorbei. »Frau Brandstetter bringt Geld ins Schließfach.«

»Was?«

»Schließfach 27«, antwortete Martina knapp. Kontonummer 523 111 8, dachte sie, sagte es aber nicht laut. Aber die Brandstetters zahlten nur montags ein. Donnerstags legten sie immer nur Umschläge ins Schließfach.

»Guten Abend.« Eingehüllt in eine Parfümwolke betrat Insa Brandstetter in diesem Moment die Bank und blieb irritiert stehen, weil Sven Steffens ihr mit großer Geste die Tür aufgehalten hatte. »Was für ein Service.«

»Je später der Abend, desto schöner die Kunden«, schwadronierte Steffens und musterte sie mit einem strahlenden Lächeln. Insa Brandstetter lächelte kokett zurück.

»Ich danke Ihnen. Sind Sie neu in der Bank? Wir kennen uns ja noch gar nicht.« Sie reichte ihm die manikürte Hand, Martina sah auf knallrote Fingernägel und Goldringe.

»Sven Steffens.« Er ergriff ihre Hand und deutete eine kleine Verbeugung an. »Aufgrund von Umstrukturierungen leite ich im Moment die Geschäfte hier. Falls Sie also irgendwelche Fragen bezüglich Ihrer Konten oder Anlagemöglichkeiten haben, jederzeit gern. Warten Sie, ich gebe Ihnen meine Karte.«

Insa Brandstetter blieb abwartend vor ihm stehen, während er hektisch in den Taschen nach einer Visitenkarte suchte. »Einen kleinen Moment, ich hole sie eben aus meinem Büro.«

Er schoss davon, während Insa Brandstetter ihm nachsah, bis ihr Blick schließlich auf Martina landete. »Ach, guten Abend. Ist das Ihr neuer Kollege? Ist Herr Stockmann im Urlaub?«

Martina nickte stumm. Zwei Mal.

»Smarter Typ.« Insa Brandstetter zog einen braunen Umschlag aus ihrer teuren Handtasche und ging langsam in Richtung Glastür. »Ich habe nur was fürs Schließfach. Machen Sie mir mal die Tür auf.«

Martina entriegelte sie mit einem Knopf, der hinter dem Schalter war. Insa Brandstetter zog die Tür auf und trat ein.

Sie war noch im Schließfachraum, als Steffens zurückkam. »Wer ist das?«, flüsterte er Martina zu, obwohl ihn Insa hinter der geschlossenen Tür gar nicht hören konnte.

»Brandstetter«, antwortete Martina. »Brandstetter GmbH & Co., Holzfirma und Bauunternehmen aus

Westerland mit Filiale in Bredstedt, ein Geschäftskonto, ein Privatkonto, keine Vermögensanlagen bei uns. Sie ist die Ehefrau von Horst Brandstetter. Vollmachten für alle Konten, auch für die …«

Die Glastür ging auf, Insa Brandstetter trat raus und blieb einen Moment stehen, so als würde sie auf den einsetzenden Applaus warten. Stattdessen kam Sven Steffens ihr entgegen.

»So, jetzt kann ich Ihnen meine Karte überreichen.« Bewundernd musterte er ihr elegantes Outfit, bevor er schwungvoll mit der Visitenkarte wedelte. »Es ist mir ein Vergnügen.«

»Gleichfalls.« Insa Brandstetter neigte den Kopf ein bisschen und warf ihm einen interessierten Blick zu. »Wo waren Sie denn vorher? Sie kommen doch nicht von der Insel, oder?«

»Nein. Aus Hamburg«, er trat einen kleinen Schritt näher, »wobei ich die nächsten Monate hier verbringen werde. Jetzt im Moment finde ich die Vorstellung äußerst angenehm.«

Insa lächelte lasziv. »Hamburg? Ach, ich liebe diese Stadt.« Ohne ihn aus den Augen zu lassen, nahm sie ihm die Visitenkarte aus der Hand. »Ich hoffe, Ihnen fällt hier nicht die Decke auf den Kopf. Sie sind ja sicher was ganz anderes gewohnt. Tolle Bars, Kultur, Restaurants, da weiß man doch gar nicht, was man zuerst machen soll.«

»Bars und Restaurants gibt es doch auf Sylt auch.« Steffens starrte sie interessiert an. »Ich kenne mich zwar noch nicht besonders gut aus, aber ich denke, diese Insel hat doch einiges zu bieten.« Er wirkte plötzlich regelrecht entflammt, auch Insa schien das zu empfinden, geschmeichelt trat sie ein Stück näher und sah zu ihm hoch. »Oh ja. Also, wenn Sie mögen, dann gebe ich Ihnen gern den einen oder anderen Tipp. Oder begleite Sie sogar …«

»Sehr gern«, Steffens senkte seine Stimme. »Also, wenn ich Sie einladen darf …«

Insa fuhr sich mit den Fingern durch die blonden Locken und mit der Zunge über die Lippen. »Sie dürfen«, sagte sie langsam. »Herr Steffens. Ich rufe Sie an.«

Sie ließ die Visitenkarte in die offene Handtasche fallen und warf ihm einen betörenden Blick zu. »Wir sehen uns. Bis bald, Herr Steffens.«

Dann schritt sie an ihm vorbei zum Ausgang, wo sie sich noch kurz umdrehte, nickte und »Schönen Feierabend« hauchte. Als sich die Tür hinter ihr schloss, sprang der Zeiger der großen Uhr auf die Zwölf.

Mit routinierten Handgriffen loggte Martina sich an ihrem Computer aus, schob den Stuhl mit Schwung zurück und nahm die blaue Strickjacke von der Lehne. Sie stutzte, als sie den ertappten Blick ihres Chefs bemerkte.

»Ist noch etwas?«

»Seit wann arbeiten Sie eigentlich hier?«

»In dieser Filiale seit zweiundzwanzig Jahren und sieben Monaten. Vorher war ich acht Jahre und vier Monate im Hauptgeschäft in Westerland.«

Sie zog die Jacke an und zupfte die Ärmel zurecht. Steffens schluckte.

»Immer auf der Insel?«

»Schon immer. Kann ich jetzt gehen? Es ist zwei nach fünf.«

»Ja, sicher. Ich schließe ab.«

Martina nickte und nahm ihren Mantel vom Haken. Sie zog ihn an, setzte ihre bunte Wollmütze auf und ging an ihrem Chef vorbei durch die Tür. »Guten Abend.«

»Ja, ähm, ebenso.«

Martina drehte sich nicht mehr um, sondern schob die Hände in die Manteltaschen und stapfte die Hafenstraße runter.

Sven Steffens. Wie er Insa Brandstetter angestarrt hatte. Es war schon fast peinlich gewesen. Obwohl es Insa anscheinend gefallen hatte. Wahrscheinlich hatte sie sich geschmeichelt gefühlt, weil Steffens bestimmt zehn Jahre jünger war. Und ihr eigener Mann viel älter. Wenn auch mit mehr Geld. Aber das ging Martina ja gar nichts an und eigentlich interessierte es sie auch nicht. Von ihr aus konnten alle machen, was sie wollten, solange sie Martina in Ruhe ließen. Sie sagte nichts dazu, sie dachte sich nur ihren Teil. Vielleicht hatte sich ihr neuer Chef gerade eben tatsächlich verknallt, nur hatte Insa vermutlich andere Gründe, auf ihn einzugehen. Das würde er noch merken. Martina würde bestimmt nichts sagen. Das tat sie nie. Weil sie nicht gern redete. Zumindest, wenn sie nicht gefragt wurde.

Sie kniff die Augen zusammen, als sie an dem großen Hotel vorbeikam, das erst seit ein paar Jahren hier stand und an dessen Anblick sie sich immer noch nicht gewöhnt hatte. Hinter einunddreißig Fenstern brannte Licht, das war höchstens eine Auslastung von zwanzig Prozent. Nicht genug, um damit viel Geld zu verdienen. Selbst schuld, man hätte das Hotel auch kleiner bauen können, dann hätte es sich gerechnet. Aber sie fragte ja keiner. Dabei sah sie sich regelmäßig die Konten an, toll war das nicht.

Martina blieb gewohnheitsmäßig stehen, bevor sie die Straße überquerte, obwohl in den letzten Minuten kein einziges Auto an ihr vorbeigefahren war. So war das auf dieser Insel außerhalb der Saison. Es war nichts los. Kaum Gäste, kaum Autos, kaum Lärm. Sie mochte das. Diese Übersichtlichkeit und Ruhe. Die leeren Parkplätze, die leeren Straßen, die leeren Läden. Allerdings saß da auch das Problem. Das alles führte bei manchen auch zu leeren Konten. Und Martina wusste, wer aus dem Dorf dazugehörte.

Sie ging über die Straße und warf einen Blick in das gegenüberliegende Häuschen der Bushaltestelle. Als sie eine Bewegung wahrnahm, blieb sie stehen. Da war er wieder. Der Mann, der seit einigen Wochen im Dorf war und in einem alten VW-Bus lebte, der ab und zu auf dem Parkplatz am Hafen stand. Jetzt saß er im Wartehäuschen auf der Bank, die Beine übereinandergeschlagen, eingemummelt in einen speckigen Parka, auf dem Kopf eine braune Pudelmütze, und rauchte eine Zigarette. Er hob die Hand, als er sie entdeckte, sie grüßte stumm zurück und ging weiter. Komischer Vogel, dachte sie. Aber immer freundlich.

Nur wenige Meter vor ihrem Haus fühlte sie etwas Feuchtes auf ihrer Nase. Verblüfft wischte sie es weg und hob den Kopf. Schneeflocken. Es waren ganz zarte Schneeflocken, die plötzlich im Schein der Straßenlaterne tanzten. Martina kniff die Augen zusammen und nickte.

»Es schneit.« Die helle Stimme hinter ihr ließ sie herumfahren. »Frau Wolf, es schneit. Ähm, guten Abend, Frau Wolf.«

Martina starrte den kleinen Jungen im dicken Pullover und ohne Mütze an. Die Schneeflocken verfingen sich schon in seinen blonden, strubbeligen Haaren. »Hast du keine Mütze?«

»Drin«, er deutete auf den Hauseingang neben ihnen,

»ich habe nur schnell einen Brief an Oma eingesteckt, gerade eben hat es ja noch nicht geschneit.«

Wieder nickte Martina, dann wandte sie sich um und ging langsam auf ihre Eingangstür zu. Der Junge folgte ihr. Während sie ihren Schlüssel in die rechte Haustür schob, schloss er die linke auf. »Ich kann gut Schnee schieben«, teilte er ihr noch mit. »Sie müssen mir nur sagen, wo der Schieber steht, dann kann ich das machen.«

Martina nickte.

»Ach, und Frau Wolf?«

»Ja?«

»Kann ich Sie noch etwas fragen? Wenn Sie mal Zeit haben? Es dauert vielleicht länger.«

Martina sah ihn an. »Morgen«, sagte sie. »Morgen können wir sprechen.« Sie betrat ihr Haus und hörte noch ein fröhliches: »Danke. Bis morgen. Ich warte dann hier auf Sie. Zur selben Zeit wie heute.«

Sie nickte und schloss langsam die Tür.

4.

»Ich sehe aus wie eine Wurst«, befand Ernst und betrachtete unzufrieden sein Spiegelbild. »Du kannst mir doch nicht erzählen, dass Dietrich da reingepasst hat.«

»Doch«, Gudrun musterte ihn mit zuckendem Mundwinkel, »hat er. Du hast mehr Bauch.« Sie ging um ihren Mann herum und fühlte über die Seitennähte des roten Weihnachtsmannmantels. »Aber man kann hier noch was rauslassen. Das soll Hella sich mal ansehen, die kann ja nähen.«

Ernst hielt die Luft an und drehte sich zur anderen Seite. »Also, so gehe ich nicht los.« Er atmete wieder aus, bis der Stoff spannte. »Wenn Hella das nicht hinbekommt, will ich einen neuen Mantel. Ich bin doch nicht dicker als Dietrich. Nie im Leben. Das Ding ist über den Sommer eingeschrumpelt.«

Er schälte sich aus dem roten Mantel und warf ihn über einen Stuhl, bevor er den ehemals weißen, jetzt etwas gelblichen Bart vom Bett nahm und ihn sich vor den

Mund hielt. »Kann man den noch desinfizieren? Der riecht so muffig. Sonst kaufe ich einen neuen.«

»Klar, machen wir.« Gudrun legte den Weihnachtsmannmantel zusammen. »Setz noch mal die Mütze auf, nicht, dass Dietrich auch noch einen kleineren Kopf hat. Aber dann könnten wir auch noch eine neue kaufen.«

Die Mütze passte. »Na bitte«, sagte Ernst zufrieden und drehte seinen Kopf. »Riecht auch komisch, steht mir aber. Und was ist jetzt mit Dietrich? Man hört doch nicht einfach auf zu arbeiten und macht wochenlang Urlaub. Da muss doch was vorgefallen sein. Soll ich mal nachforschen?«

»Wie denn?« Gudrun hob die Augenbrauen. »Dieser Steffens hat nichts gesagt und ans Telefon geht Dietrich ja nicht. Ich habe es heute Morgen auch schon wieder versucht, ich bekomme immer nur die Ansage, dass der Teilnehmer nicht zu erreichen ist. Vielleicht ist er ja mit seiner neuen Freundin im Urlaub. Und die beiden haben Besseres zu tun, als zu telefonieren.« Sie kicherte albern, Ernst warf ihr einen verständnislosen Blick zu, bevor er sich die rote Mütze vom Kopf zog.

»Ich muss sowieso zur Bank.« Er strich seine dünnen Haare glatt. »Und ich kann ganz gut mit der dicken Martina.«

»Ernst, bitte«, empört trat Gudrun einen Schritt zurück. »Das sagt man nicht. Das sollte man noch nicht einmal denken.«

»Warum?« Arglos sah er sie an. »Martina ist dick. War sie ja schon immer. Das macht doch nichts.«

»Aber sie hat so ein hübsches Gesicht.« Gudrun nickte bekräftigend. »Und außerdem ist sie sehr klug. Auch wenn sie nicht viel spricht.«

»Eben«, Ernst zog einen Wollpullover über seinen Kopf und glättete wieder die Haare. »Deswegen macht es ja nichts, dass sie dick ist. Ich gehe jetzt mal los. Erst zur Bank, Kontoauszüge holen, Martina fragen, was mit Dietrich passiert ist, und danach zur Gemeinde, um Günther zu fragen, wann wir wieder Doppelkopf spielen.«

»Wieso rufst du ihn nicht an? Du musst ihn doch nicht bei der Arbeit stören.«

»Gudrun«, Ernst sah sie mitleidig an, »bei der Arbeit stören? Günther hat auf der Gemeinde im Moment genauso wenig zu tun wie ich. Der ist für die Kurabgaben verantwortlich. Und die Touristen. Die sind aber nicht da. Der freut sich über eine kleine Abwechslung.«

»Binde dir einen Schal um.« Gudrun deutete aus dem Fenster. »Es schneit.«

»Meine leichteste Übung.« Pfeifend ging Ernst an ihr vorbei. Als Gudrun seine Schritte auf der Treppe hörte, sah sie aus dem Fenster auf die fallenden Schneeflocken.

Was doch ein bisschen Schnee und die Aussicht, eine Aufgabe zu haben, ausmachten. Ihr Mann hatte sofort gute Laune.

Die kleinen Schneeflocken wirbelten durch die Luft, als Ernst aus dem Haus trat. Er fragte sich, ob der Schnee liegen bleiben würde, wenigstens für die Adventswochen. Allerdings war das schon seit Jahren nicht mehr passiert, die letzten Weihnachtsspaziergänge waren immer in Regenjacken absolviert worden. Bei sieben Grad plus und Wind von vorn. Vielleicht hatten sie ja dieses Jahr Glück und an Weihnachten blauen Himmel und ein Winterwunderland.

Er sah in das Schneegestöber und nickte. Wenn es so weiterging, könnte er am Nachmittag seinen Schneeschieber aus dem Keller holen. Dann hätte er auch wieder was zu tun.

Nach kurzem Überlegen wandte er sich nach rechts. Er würde den Weg über die Promenade nehmen, bei dem Wetter traf er vermutlich keinen Menschen dort, aber er konnte aufs Wasser sehen und sich mal am Hafen umschauen. Wo vermutlich auch nichts los war. Die meisten Touristen kamen erst am zweiten Weihnachtstag, um den Jahreswechsel hier zu verbringen. Auch, damit ihre Hunde kein Knalltrauma bekamen, zum Glück war auf der Insel die Silvesterknallerei verboten. Wobei tatsächlich einige Einheimische gern dagegen verstießen. Ernst kannte seine Pappenheimer, er selbst wohnte in einem Reetdachhaus und hatte ein Auge auf sie. Nicht, dass sie ihm aus Versehen um Mitternacht das Dach abfackelten. Zur Vorbeugung hatte er schon im letzten Jahr eine ganze Tüte Böller konfisziert. Ein paar Jungs hatten am Hafen gesessen und sich gegenseitig ihre Feuerwerkskörper gezeigt, die sie auf irgendwelchen kruden Seiten im Internet bestellt hatten. Ernst war zufällig vorbeigekommen und hatte den Sohn von Walter Piper erkannt. Walter war nicht nur ein bekanntermaßen strenger Vater, sondern auch noch der Chef der hiesigen Feuerwehr. Ernst hatte nur drei Minuten gebraucht, um die Tüte zu beschlagnahmen, letztlich hatte das Argument gezogen, von einer Anzeige abzusehen und Walter nichts zu sagen. Der vermutlich einen Heidenärger gemacht hätte, wenn herausgekommen wäre, dass ausgerechnet sein Sohn mit verbotenen Böllern an Silvester über die Insel zog. Damit Papa anschließend die Strohdächer löschen musste.

Die prall gefüllte Tüte stand immer noch bei Ernst im Keller. Er hatte sie eigentlich seinem Enkel Mats nach Weihnachten mitgeben wollen. Die jungen Leute feierten doch in Hamburg immer die wildesten Silvesterpartys. Davon war Ernst zumindest ausgegangen. Aber Mats hatte ihn nur entsetzt angeschaut und das großzügige Angebot rigoros abgelehnt. Diese blöde Knallerei wäre schlecht fürs Klima, gefährlich für Umstehende, zeuge von Ignoranz und verbrenne im wahrsten Sinne Geld, das sinnvoller auszugeben wäre.

Ernst hatte nur geschluckt und sich gewundert, von wem Mats das hatte. Diesen Vorsatz, die Welt zu retten. Aber gut, dann blieb die Tüte eben im Keller. Neben dem Schneeschieber. Da störte sie ja niemanden.

Mittlerweile hatte es schon so viel geschneit, dass seine Schritte Abdrücke auf dem Weg hinterließen. Ernst drehte sich um, um die Spuren anzusehen. Der einzige Mensch unterwegs. Als wäre noch nie jemand anderes hier gelaufen.

Langsam setzte er seinen Weg fort, den Blick nach vorn gerichtet. Die Promenade lag jetzt schnurgerade und einsam vor ihm, nur ein paar Möwen saßen gelangweilt an der Wasserkante. Ernst überlegte, ob Möwen im Schnee beim Fliegen überhaupt gucken konnten. War vermutlich schwierig.

Weit vor ihm entdeckte er eine vermummte Gestalt, die schnell auf ihn zumarschierte. Obwohl er in diesem Ort doch eigentlich jeden der Einwohner kannte, hatte Ernst keine Ahnung, wer sich in diesem dicken Steppmantel, hinter dem Schal und unter der dicken Wollmütze verbergen könnte. Neugierig kniff er die Augen zusammen. Was so eine Mütze und ein Schal doch ausmachten. Wenn diese Person vor ihm nun eine Straftat begehen würde, hätte Ernst keine Ahnung, wer es gewesen wäre. Er könnte noch nicht mal bei einer Phantomzeichnung behilflich sein.

Jetzt waren sie nur noch wenige Meter voneinander entfernt. Die Mütze war eine Damenmütze, befand Ernst. An der Seite hatte sie eine rote Blume, kein Mann würde so was aufsetzen. Auch nicht kurz vorm ersten Advent.

»Moin«, die rote Blume blieb vor ihm stehen. »Arschkalt, oder?«

Ernst beugte sich ein bisschen runter, immer noch ahnungslos, wer das nun war. Erst als ein bunter Handschuh die Mütze ein bisschen nach hinten schob, erkannte er, wer da im Schnee vor ihm stand. »Hella«, sagte er überrascht. »Ich habe dich gar nicht erkannt. Was machst du denn hier?«

»Ich wollte einfach mal ein Stück spazieren gehen.« Hella sah zu ihm hoch, eine Schneeflocke landete auf ihren Wimpern, sie zwinkerte sie weg. »Ich habe ja nicht geahnt, dass es so kalt wird. Hast du das Weihnachtsmannkostüm anprobiert?«

»Ja. Es ist aber … der Stoff hat sich so zusammengezogen. Gudrun sagt, du könntest was rauslassen. Irgendwie an der Seite oder so. Ich kriege sonst nicht so gut Luft.«

»Ist dir zu eng, oder was?« Kritisch musterte sie ihn. »Bist du dicker als Dietrich?«

»Das glaube ich jetzt nicht. Ich habe nur obenrum eine andere Figur.«

»Oder so.« Hella nickte. »Ich gucke es mir an. Habt ihr denn inzwischen Dietrich erreicht?«

»Nein«, Ernst schüttelte den Kopf, »immer nur die Ansage, dass der Teilnehmer nicht zu erreichen ist. Ich gehe jetzt mal zur Bank und frage Martina. Die muss mir ja was sagen können.«

Heftig nickend legte Hella ihm die Hand im bunten Fäustling auf den Arm. »Ja. Und dann frag bitte auch nach dem Konto, auf dem das Geld für die Weihnachtsgeschenke liegt. Da kommt nämlich nur Dietrich ran, wir anderen wissen noch nicht mal, wie viel Geld da drauf ist.«

»Ich kümmere mich darum«, antwortete Ernst. »Dann bis bald, Hella.«

Sie hob die Hand. »Grüß Gudrun. Und bis zum nächsten Treffen, du gehörst als Weihnachtsmann ja jetzt auch zum Festkomitee. Und somit ist das nun eine Pflichtveranstaltung. Tschüs.«

Der Schnee knirschte leise unter ihren Füßen, als sie weiterging. Ernst sah ihr noch einen Moment nach, bevor er sich umdrehte und langsam wieder in Bewegung setzte.

Hella Fröhlich war ein bisschen verrückt, fand er, aber sehr unterhaltsam. Sie hatte bis zu ihrer Rente in einer Damenboutique in Westerland gearbeitet, war aber eigentlich als junge Frau Schauspielerin gewesen, bekannt aus Funk und Fernsehen, wie sie immer beteuerte. Ihre Karriere hatte sie für ihren damaligen Mann aufgegeben, der ein Hotel in Kampen übernommen hatte und ein paar Jahre später schwungvoll pleitegegangen war. Danach war er weg, Hella blieb auf Sylt und in der Boutique und spielte eine Zeit lang noch in einer Laientheatergruppe mit. Nicht lange allerdings. Nachdem sie mal wieder nicht die Hauptrolle bekommen hatte, hörte sie auf. Sie könne nicht mit Amateuren arbeiten, das könne niemand von ihr verlangen, hatte sie erbost erklärt. Schließlich hätte sie in Fernsehfilmen mitgewirkt, wenn auch nur in kleinen Rollen. Aber sie konnte nicht ertragen, dass die Hedda Gabler von der Frau des Kurdirektors gespielt wurde, die ständig von der Souffleuse angeschrien werden musste, weil sie sich ihren Text nicht merken konnte.

Und so zeugten nur noch die gerahmten Plakate und einige Fotoalben von Hellas großartiger Karriere. Zumindest Gudrun war davon nach wie vor sehr beeindruckt. Besonders von einem Bild, das die noch sehr junge und schöne Hella mit dem noch schöneren Paul Hubschmid zeigte. Sie hatte damals ein Zimmermädchen gespielt, das in seine Suite gekommen war und »Ihr Tee, gnädiger Herr« gesagt hatte. Zu Paul Hubschmid. Das Bild stand in einem silbernen Rahmen in Hellas Wohnzimmer und wurde täglich abgestaubt.

Ernst war so in Gedanken gewesen, dass er ganz überrascht war, plötzlich am Hafen zu stehen. Wie vermutet war nichts los. Auf dem großen Parkplatz standen nur vereinzelte Autos, im Sommer platzte er jeden Tag aus allen Nähten. Ganz am Rand sah Ernst einen grünen VW-Bus stehen, dessen Fenster beschlagen waren. Durch die Scheibe konnte er einen Kopf erkennen, es saß jemand drin.

Ernst kniff die Augen zusammen, um das Kennzeichen zu erkennen. Es fing mit B an. Die Karre hatte er schon mal hier gesehen, sie gehörte einem etwas ungepflegt aussehenden Mann, der aber freundlich gegrüßt hatte. Offenbar lebte er in diesem Bus. Ernst schüttelte den Kopf. Es gab ja wirklich Schicksale.

Berlin, dachte er, die Hauptstadt. Er war schon mal da gewesen, eine Busreise, die die Gemeinde organisiert hatte. Das halbe Dorf war mitgefahren, für kleines Geld, das meiste hatte die Gemeinde zugesteuert. Es war toll gewesen, allerdings auch schon lange her. Warum kam nun ein Berliner mit einem VW-Bus im Winter auf die Insel? Berlin war doch schön. Allein schon die ganze

Weihnachtsbeleuchtung. Hier war es dagegen regelrecht dunkel.

Achselzuckend lief er weiter in Richtung Bank. Rechts ging es in die Straße, in der Hella wohnte. Ihre Wohnung war klein, aber bezahlbar. Und sehr vollgestellt, fand Ernst. Dafür gab es aber auch immer besondere Getränke, wenn man sie besuchte. In dem Punkt war auf sie Verlass.

Ernst warf einen Blick die Straße hinunter und verlangsamte seine Schritte, als er den kleinen Jungen sah, der ein paar Meter vor ihm eine schwere Tüte schleppte. Er lief ganz schief, die Tüte musste ein Mordsgewicht haben. Ernst blieb stehen. Der Junge war höchstens zehn, vielleicht zwölf, was hatte denn ein kleines Kind so Schweres zu tragen? Genau in diesem Moment rissen die Henkel der Tüte und der Inhalt rollte über die Straße. Ohne nachzudenken, ging Ernst in Richtung des Jungen und stoppte mit dem Fuß die Dosenerbsen, die auf ihn zurollten.

»Brauchst du Hilfe?«

»Oh«, der Junge sah erschrocken aus der Hocke hoch, in der Hand ein Netz mit Apfelsinen, neben seinem Fuß weitere Konservendosen, ein Paket Mehl, ein Glas Würstchen, die den Unfall unbeschadet überstanden hatten. »Mir ist die Tüte gerissen.« Er trug eine blaue Pudelmütze, aus der ein paar blonde Haare hervorlugten. »Die war wohl zu voll.«

»Wo musst du denn hin?« Ernst hob die Dosenerbsen auf und hockte sich neben ihn. »Ich kann dir tragen helfen.«

Sofort stand der Junge auf. »Nein, das ist nicht nötig. Aber wenn Sie einen Moment hier auf die Sachen aufpassen würden, dann könnte ich von zuhause einen Korb holen.« Er zeigte auf den nächsten Hauseingang. »Ich wohne da. Ich würde mich auch beeilen.«

»Ja, dann mal los.« Mit einem leisen Stöhnen erhob sich Ernst und schob die Hände in die Jackentasche. »Ich passe auf.«

»Danke.« Mit einem Lächeln spurtete der Junge weg. Ernst sah zu, wie er einen Schlüssel am Band vom Hals zog und die Tür öffnete. Kurz danach kam er mit dem Korb zurück. »Vielen Dank«, sagte er ernsthaft und sammelte seine Einkäufe mit Ernsts Hilfe von der Straße. »Es ist ja nichts kaputtgegangen. Da hatte ich wohl Glück.«

»Wie heißt du denn?« Ernst musterte den Jungen, der sorgfältig die Dosen in den Korb stellte.

»Anton«, große blaue Augen sahen ihn ernst an. »Anton Kulikow.« Er stellte sich gerade hin und streckte Ernst die Hand hin.

»Hallo Anton«, sagte Ernst und ergriff die Hand, um sie zu schütteln. »Sehr erfreut. Ich bin Ernst. Ernst Mannsen. Warum musst du denn allein die schwere Tüte schleppen?«

»Meine Mama arbeitet heute lange. Sie schafft es nicht, auch noch einzukaufen. Und ich habe ja Zeit.« Er legte die Apfelsinen zum Schluss in den Korb. »Ich hatte den Korb vergessen. Deshalb musste ich die Tüte nehmen. War blöd.«

»Wie alt bist du denn?«

»Zwölf.« Anton schob die Pudelmütze ein Stück nach hinten. »Aber jetzt muss ich los. Noch mal vielen Dank für die Hilfe, Ernst Mannsen. Wiedersehen.«

»Ja, Wiedersehen.«

Ernst hob die Hand, während Anton den Korb in Richtung Haustür schleppte. Was für ein nettes Kind, dachte er. Und so gut erzogen.

5.

Hella zog ihre Strickmütze tiefer ins Gesicht und wischte sich mit dem Handschuh die Schneeflocken von den Wangen, bevor sie ihren Weg fortsetzte. Ernst schien ja richtig gute Laune zu haben, das hätte sie Gudrun gleich sagen können. Gebt den Männern eine Aufgabe und schon fangen sie an zu lächeln, das hatte schon Hellas Mutter immer gesagt. Dass die Aufgabe, den Weihnachtsmann zu spielen, schon reichte, fand Hella allerdings erstaunlich. Aber Ernst hatte eben ein einfaches Gemüt. Einfach, aber sehr freundlich.

Nichts gegen Ernst, aber Hella hätte einen Mann wie ihn nie heiraten können. Er war, wie sollte sie das sagen, zu zeitintensiv. Gudrun musste sich schon sehr um ihn kümmern, sie hatte mal erzählt, dass er weder kochen noch die Waschmaschine bedienen, noch bügeln oder sonst etwas im Haushalt konnte. Stattdessen mähte er Rasen, strich den Schuppen, schnitt die Hecken, pflegte das Auto und putzte gern Schuhe. Bis auf das Letzte könnte Hella nichts von seinen Fähigkeiten gebrauchen.

Was für ein Unterschied bestand da zu Hugo, Hellas Ex-Mann. Der hatte gekocht wie ein Gott, seine Hemden selbst gebügelt, weil niemand ihm das gut genug machte, ihr morgens einen Kaffee ans Bett gebracht und es sogar gemocht, mit ihr einkaufen zu gehen.

Hella seufzte leise. Hugo. Was hatte sie für verrückte Zeiten mit ihm erlebt.

Sie war dreißig gewesen, als sie den schönen Hugo Fröhlich bei einer Premierenfeier kennengelernt hatte. Hella hatte im Flensburger Theater die Eiskönigin im Weihnachtsmärchen gespielt und war nach der Premiere mit dem ganzen Ensemble noch in ein Lokal gegangen. Hugo hatte mit einem Freund am Tresen gesessen, er konnte zwar weder mit Kindern noch mit Weihnachtsmärchen etwas anfangen, aber er hatte sich auf der Stelle in Hella verknallt. Die an diesem Abend auch wirklich atemberaubend ausgesehen hatte, es gab immer noch Fotos davon, die Hella sich ab und zu begeistert ansah. Sie hatte sogar kleine Glitzerschneeflocken in den Haaren gehabt, eine echte Eiskönigin. Aber eine mit heißem Blut. Hella lächelte verwegen bei dieser Erinnerung.

Nur drei Monate später hatten sie geheiratet, und sie war dem schönen Hugo auf die Insel gefolgt, weil der in Kampen ein sehr elegantes Hotel übernommen hatte. Sie beendete ihre Schauspielkarriere, bevor sie so richtig in Gang kommen konnte, um in der Zukunft Hoteliersgattin zu sein. Es waren tolle Jahre, damals, Ende der Siebziger, Anfang der Achtziger. Kampen pulsierte, im Sommer gab es jeden Tag Partys am Strand, abends tanzten die Promis durch die Clubs, die Hotels waren voll und Hugo und Hella mittendrin. Sie verdienten wie verrückt, Hella fuhr alle zwei Monate nach Hamburg, um zu einem berühmten Friseur zu gehen und sich die extravagantesten Kleider bei einer Französin namens Coco schneidern zu lassen. Sie kannten Gott und die Welt, vor allen Dingen die prominente Welt, die Bar in ihrem Hotel galt als Kulttreff, es war zu schön gewesen.

Eine Schneeflocke flog Hella in den Mund, sie schloss ihn sofort und vertrieb so die bunten Bilder von schönen Menschen in sommerlicher Abendgarderobe, Silvesterbällen im Hotel mit Champagnerbrunnen, vollen Gläsern und vollen Kassen. Es hatte nur leider nicht lange gedauert. Hugo war zwar schön, aber nicht richtig clever. Und er nahm es nicht sonderlich genau mit seiner Buchführung, um die sich Hella aber auch nicht kümmerte. Natürlich konnte kein Mensch ahnen, dass der flotte Herr Schneider, der irgendwann in der Bar saß, ein Steuerprüfer war. Sonst hätte ihm Hugo bestimmt nicht angeboten, die Übernachtung ohne Quittung preiswerter zu machen. Nur weil Herr Schneider gesagt hatte, ein

Hotel dieser Eleganz könne er sich nicht leisten. Hugo hatte es ja nur gut gemeint.

Statt dankbar zu sein und sich mal was Schönes zu gönnen, hatte Herr Schneider seine Kollegen von der Steuerfahndung ins Hotel geschickt. Und, das musste man uneingeschränkt zugeben, sie hatten eine Menge gefunden. Das Hotel wurde verkauft und der schöne Hugo hatte Glück, dass er nur eine Geldstrafe bekam. Das hielt ihn aber nicht davon ab, eine Romanze mit der zwanzig Jahre jüngeren Tochter eines bekannten Herzchirurgen anzufangen und Hella zu verlassen.

Geschenkt, dachte sie jetzt, was sie gehabt hatte, das hatte sie gehabt. Und Schönheit verging, das hatte sie gemerkt, als sie Hugo vor ein paar Jahren zufällig auf Sylt wiedergetroffen hatte. Er machte Ferien mit der Chirurgentochter, die jetzt schon lange seine Ehefrau war, und dem gemeinsamen dicken Enkelkind. Das Kind brüllte die ganze Zeit, während Hella sich mit Hugo unterhielt und die Ehefrau mit breitem grauen Haaransatz maulig neben ihnen stand und demonstrativ auf die Uhr sah. Fürchterlich, hatte Hella gedacht, zumal das dicke Kind eindeutig die Gene seines Großvaters hatte. Der schöne Hugo hatte nämlich inzwischen nicht nur eine Halbglatze, sondern auch eine richtige Plauze bekommen.

Aber sie hatten damals trotzdem eine tolle Zeit gehabt. Lang war's her. Seufzend bog Hella vom Deich ab und lief Richtung Hafenstraße, langsam wurde ihr kalt, sie freute sich auf ihre warme Wohnung und einen Tee mit Rum. Natürlich war ihre kleine Wohnung nicht so glamourös wie ihre damalige in Kampen, die direkt neben dem Hotel gelegen hatte. Dafür war die Miete bezahlbar, Hellas Rente war nicht gerade üppig. Aber es war in Ordnung, sie verdiente sich mit Näharbeiten ein bisschen was dazu, hatte einen großen Freundeskreis, es gab jede Menge Abwechslung, sie war in Kampen immer noch bekannt und trug nach wie vor ihre von Coco geschneiderten Kleider. Von denen sie noch fast alle hatte, Qualität zahlte sich eben aus.

Es schneite jetzt stärker, Hella wischte sich ein paar Flocken aus dem Gesicht und zog den Schal ein Stück hoch. Sie wunderte sich über die Gestalt in dünner Jacke und Turnschuhen, die ihr schnell entgegenkam. Die musste bei dieser Kälte doch festfrieren. Kurz bevor sie sich begegneten, stülpte sie zumindest ihre Kapuze über die blonden Haare, jetzt erkannte Hella sie.

»Hallo, Frau Kulikow.« Sie blieb stehen, Irina Kulikow zögerte überrascht, dann erkannte sie Hella und lächelte breit.

»Hallo, Frau Fröhlich. Das ist doch schön, dass es schneit, oder? Weil doch bald Weihnachten ist.«

»Ja«, Hella schob die Mütze nach hinten und musterte Irina kritisch, »aber es ist kalt. Frieren Sie nicht? In der dünnen Jacke? Und den Turnschuhen?«

»Nein, nein«, Irina blickte etwas verlegen an sich hinunter. »Ich bin Russin, ich bin ganz andere Winter gewöhnt. Und ich muss nicht weit.«

Hella nickte. »Müssen Sie zur Arbeit? Ins Hotel?«

Erschrocken sah Irina sie an. »Ja, ich … also nicht ins Hotel, ich helfe ja noch ein bisschen …«

»Sie machen noch Ferienwohnungen sauber, oder?« Hella sah sie freundlich an. »Nach Feierabend im Hotel? Das muss Ihnen nicht peinlich sein, das habe ich auch schon gemacht. Bringt ein bisschen Geld. Und man sieht schöne Häuser.«

»Ja«, erleichtert nickte Irina. »Aber das müssen Sie vielleicht nicht …«

»… im Hotel erzählen?« Hella lachte. »Da gehe ich nie hin. Ist mir nicht elegant genug. Zu groß. Kassieren Sie das Geld wenigstens schwarz?«

Schuldbewusst riss Irina die Augen auf. »Ich …«

»Ich habe gar nicht gefragt.« Hella fuhr sich mit dem Zeigefinger über die Lippen. »Aber sonst bleibt ja gar nichts übrig. Kommen Sie auch zur Weihnachtsmarkteröffnung?«

»Ja, natürlich.« Jetzt sah Irina sie stolz an. »Anton singt ja im Chor. Er singt sehr schön. Und es macht ihm solchen Spaß.«

»Das freut mich.« Hella lächelte. »Er ist ja auch so ein Süßer. Dann sehen wir uns am Sonntag.«

»Ja«, trotz des Lächelns sah Hella, dass Irinas Lippen vor Kälte zitterten. »Bis Sonntag. Und Ihnen noch einen schönen Tag.«

Sie richtete ihre Kapuze und setzte sich wieder in Bewegung. Hella sah ihr nach. Sie hatte sich in den wilden Zeiten mal eine Lammfelljacke von Coco schneidern lassen, die noch immer in einem Kleidersack in ihrem Keller hing. Sie hatte damals so viel wie ein Kleinwagen gekostet, selbst Hugo hatte geschluckt. Aber es war nichts dran, sie sah noch aus wie neu. Hella trug sie nur nie, weil sie inzwischen immer an die süßen kleinen Lämmer denken musste, die zu Ostern so fröhlich auf den Deichen herumsprangen. Aber vielleicht hatte Irina solche Skrupel nicht. Sie würde sie fragen. Gleich morgen. Und ihr erklären, dass Irina ihr damit einen Gefallen täte. Damit sie nicht von Lämmern träumte.

Noch ganz in Gedanken schlenderte sie nach Hause, erst vor der Eingangstür hob sie den Blick und blieb stehen, als sie plötzlich die in Daunenmantel und roter Pudelmütze vermummte Minna sah, die mit entschlossenem Blick den Finger auf Hellas Türklingel hielt und gerade laut hervorstieß: »Jetzt mach schon auf.«

»Kann ich nicht.« Hella kam ein Stück näher, worauf Minna vor Schreck zur Seite sprang.

»Mein Gott, was schleichst du dich denn so an?«

»Ich wohne hier. Und du? Waren wir verabredet?«

»Ich muss dir was erzählen.« Minna presste die Lippen kurz zusammen, Hella sah jetzt erst, dass sie richtig sauer war. »Du wirst es nicht glauben. Mach auf, es ist kalt.«

»Dann leg mal los.« Hella kippte einen ordentlichen Schuss Rum in den Tee und ließ sich auf ihre rote Couch fallen. »Du bist ja auf hundertachtzig.«

»Ja, das bin ich.« Minna ließ den Keks sinken, den sie gerade zum Mund führen wollte. Sie musste kauen, wenn sie sich aufregte. »Ich habe gerade Ute getroffen. Und du ahnst nicht, was sie mir erzählt hat. Aus Versehen, weil sie sich ja immer so wichtigmachen muss.«

Sie schob sich den Keks in den Mund und kaute wütend und sehr laut. Hella fiel dabei ein Kaninchen ein. Oder ein sehr kleines Pferd. Sie legte den Kopf schief. »Welche Ute?«

»Ute Piper.« Minna verschluckte sich ein bisschen, ein paar Krümel flogen auf den runden Holztisch, sie wischte sie sofort weg. »Die Frau von Walter. Unserem Bürgermeister. Und Feuerwehrchef. Ich mochte den mal. Aber jetzt … Ich bin so sauer.« Sie griff zum nächsten Keks. »Hast du die eigentlich selbst gebacken?«

»Nein«, sofort schüttelte Hella den Kopf. »Ich und Kekse. Um Himmels willen. Die sind von Gudrun. Die macht immer zu viel. Und Ernst hat so zugenommen. Du kriegst bestimmt auch noch welche.« Sie schob die

Schale dichter zu Minna. »Und was hat Ute jetzt erzählt?«

»Die haben den Zuschuss gestrichen.« Zutiefst erbost griff sich Minna den nächsten Keks. »Sie haben ihn für das nächste Jahr einfach gestrichen. Sie geben Geld für alles Mögliche aus, aber sie streichen den Zuschuss, den Zuschuss, stell dir das mal vor, ich weiß gar nicht, was ich dazu sagen soll, ich finde das so, so, so beschämend! Und unmöglich! Und ungerecht!« Ihre Stimme war immer lauter geworden, ihre Gesten ausufernder, ihr Gesicht rot, sie hatte den Keks schon beim Gestikulieren halb zerkrümelt, jetzt holte sie tief Luft und sah Hella heftig nickend an. »Stell dir das mal vor.« Der Rest vom Keks verschwand in ihrem Mund und wurde hektisch zermalmt.

Hella befürchtete schon, dass Minna erstickte. »Ähm, welcher Zuschuss? Und vielleicht trinkst du mal ein bisschen Tee? Zur Beruhigung?«

Minna öffnete den Mund und schloss ihn wieder. Dann zuckte sie die Schultern und nahm ihren Teebecher, an dem sie erst schnupperte, bevor sie ihn an die Lippen setzte.

»Oha«, sagte sie, bevor sie ein zweites Mal trank und ihn in der Hand behielt. »Das ist ja amtlich.« Sie lehnte sich in dem geblümten Ohrensessel zurück und schüttelte den Kopf. »Es ist beschämend. Da hilft auch der Rum nicht.«

Hella hatte abgewartet, bis sich Minnas Aufregung etwas gelegt hatte. Jetzt kam ihre rosige Gesichtsfarbe eher vom Rum als vom Ärger, also fragte Hella vorsichtig: »Ich verstehe aber immer noch nicht, um welchen Zuschuss es geht.«

Ruckartig ging Minnas Kopf in ihre Richtung. »Zum Mittagessen. Das kostenlose Mittagessen für die Kinder aus armen Familien. Das jeden Tag in der alten Schule angeboten wird, bevor ich den Kindern aus dem Club bei den Schularbeiten helfe und wir dann im Chor singen. Das Essen für diese Kinder. Die Gemeinde will uns das Geld dafür streichen. Dabei ist es gar nicht so viel. Aber sie meinen, es wäre nicht nötig, weil es nicht so viele Kinder sind. Und sie müssen sparen, weil …«

»Schrei mich doch nicht an«, unterbrach Hella sie, weil sie fürchtete, dass Minna gleich einen Herzinfarkt bekam. So wie sie sich schon wieder aufregte. Und so laut, wie sie gerade redete. »Ist das denn schon beschlossen?«

Minna nickte wütend. »Ute hat mir das vorhin unter dem Siegel der Verschwiegenheit gesagt. Ich habe ihr nur erzählt, dass ich mit dem Kinder-Club einen Chor gegründet habe und der auf der Weihnachtsfeier vor der Bescherung singen wird. Und da hat sie gesagt, dann sollten wir mal nicht so teure Geschenke kaufen, weil doch der Zuschuss zum Essen für nächstes Jahr gestrichen wird. Das könnten wir ja dann von den Spendengeldern bezahlen, die Dietrich immer so schön gesammelt hat. Aber der Tipp käme nicht von ihr, das soll ich keinem sagen. Das ist doch eine Frechheit sondergleichen.«

»Fürchterliche Person, diese Ute Piper.« Hella goss Tee nach, um den Rum mehr zu verdünnen. »Sie ist so gewöhnlich. Finde ich.«

Minna winkte ab. »Das ist doch jetzt egal. Aber das lasse ich mir nicht gefallen. Ich war hier nicht jahrzehntelang Lehrerin, um zuzulassen, dass meine Kinder-Club-Kinder kein warmes Mittagessen mehr bekommen. Da gehe ich gegen an, das kann ich dir aber versprechen.«

Hella hatte daran keinen Zweifel. Wenn jemand das schaffte, dann Minna. Die Kämpferin für die Kinder, der Robin Hood für die Unterdrückten, die Anwältin für ungerechte Behandlungen, der Zorro …

»Was denkst du?« Minna unterbrach Hellas Gedanken. »Sollen wir eine Bürgerinitiative gründen? Und als Protest eine Demo vor der Gemeinde machen?«

Hella sah aus dem Fenster. Genau in diesem Moment sprang die Zeitschaltuhr um und beleuchtete ihre Balkonbrüstung, rote und violette Lichter fingen an zu blinken.

»Es ist zu kalt, um zu demonstrieren«, Hella drehte

sich wieder zu ihr, »da kommt ja keiner. Wir müssen anders an das Geld kommen. Vielleicht ist auf dem Konto für die Weihnachtsgeschenke so viel drauf, dass wir mit dem Rest zumindest die erste Zeit bezahlen können. Und dann überlegen wir neu. Oder? Ich glaube, ich rufe mal Gudrun an. Ernst sucht doch immer Aufgaben, vielleicht hat er Lust, für die Kinder und ihr Mittagessen zu sammeln. Vor Weihnachten spenden die Leute immer gern. Das müssten wir doch hinkriegen.«

Unvermittelt stand Minna auf und stellte sich vor die Balkontür. »Sie ist sehr bunt, deine Weihnachtsbeleuchtung. Etwas dezenter wäre auch hübsch gewesen.«

»Ich war in meinem ganzen Leben noch nie dezent«, Hella stellte sich neben sie und blickte stolz auf das blinkende Spektakel. »Warum sollte ich in der Adventszeit damit anfangen?«

6.

Die Hände in den Manteltaschen vergraben marschierte Ernst zur selben Zeit nachdenklich durch den mittlerweile verschneiten Ort. Es war kalt, es war glatt, aber er konnte nicht auf direktem Weg nach Hause gehen, er musste erst mal sortieren, was er gerade alles erfahren hatte. Seine Ohren taten weh, diese blöde Mütze, die Gudrun ihm im letzten Winter von einer Einkaufstour in Flensburg mitgebracht hatte, mochte modisch sein, hielt die Ohren aber nicht warm. Was für ein Unsinn, solche Mützen überhaupt herzustellen, sie gingen doch völlig an ihrer Bestimmung vorbei. Das würde er Gudrun auch gleich sagen, wenn er zuhause war, die konnte die Mütze seinetwegen beim nächsten Flohmarkt des Roten Kreuzes verscherbeln. Er würde zu seiner alten russischen Fellmütze zurückkehren, die hatte wenigstens richtige Ohrenklappen und einen reellen Kinnriemen. Die saß fest. Und die Ohren blieben warm. Da war es ihm auch egal, dass Gudrun immer sagte, er sähe damit aus, als hätte er gerade einen Bären erwürgt. Im Schneesturm.

Der Schnee rieselte unablässig weiter, Ernst musste aufpassen, dass er nicht ins Rutschen kam. Stellenweise war es höllisch glatt, er fragte sich, wo die Gemeindemitarbeiter waren, wenn man sie mal brauchte. Hier musste doch gestreut werden. Aber Kollege Günther saß an seinem warmen Schreibtisch und machte Sudoku, während Ernst gerade in Gefahr geriet. Er hatte das noch nicht zu Ende gedacht, als es ihn plötzlich von den Füßen riss und er sich auf allen vieren im Schnee wiederfand.

Stöhnend versuchte er hochzukommen, sein Fuß fand keinen Halt, er rutschte einfach auf der vereisten Stelle weg und lag jetzt der Länge nach auf dem Bauch. Umständlich kam er wieder auf die Knie und rappelte sich hoch. Er überlegte noch, ob ihm irgendetwas wehtat, bevor er vorsichtig die ersten Schritte machte. Ein paar Meter weiter war eine Bushaltestelle, er steuerte langsam auf die Bank zu, als ein VW-Bus neben ihm hielt. Die Scheibe ging runter, eine Stimme fragte: »Kann ich Ihnen helfen?«

Peinlich berührt, dass ihn jemand bei dem Sturz beobachtet hatte, drehte Ernst sich um. Es war dieser Berliner, der sich gerade über den Beifahrersitz gebeugt hatte und ihn ansah. Eine Rasur und ein Haarschnitt würden ihm mal guttun, dachte Ernst und registrierte den etwas muffigen Geruch, der aus dem Bus nach draußen drang. Als wenn er da einsteigen würde. Trotzdem war es nett von diesem Mann. Der aus der Nähe aussah wie ein Landstreicher. Und auch so roch.

»Nein, danke, es ist nichts passiert, alles in Ordnung«, antwortete Ernst schnell und sah den Mann an. »Und bei Ihnen? Auch alles in Ordnung?«

»Ja«, der Mann lächelte überrascht. Er hat erstaunlich schöne Zähne, dachte Ernst. Sie passten gar nicht so richtig zu dem etwas heruntergekommenen Rest. Seine Kleidung war verblichen und nicht ganz sauber, auf dem Kunstfell seiner speckigen Jacke lagen weiße Krümel. Ernst hoffte, dass es harmlose Schuppen und keine Drogenreste waren.

»Dann ist ja alles gut. Vielen Dank für das Hilfsangebot.« Ernst trat einen Schritt zurück und nickte. Der Mann auch. Dann hob er die Hand. »Wiedersehen.«

»Ja, Wiedersehen.« Ernst sah dem Bus nach, der langsam Fahrt aufnahm, und merkte sich das Kennzeichen. Nur so, einfach als Übung.

Eine halbe Stunde später öffnete er das Gartentor, den Blick auf die prächtige Tanne im Vorgarten gerichtet, die im Lichterglanz funkelte. Gleichmäßig in den Ästen verteilt leuchteten die kleinen Lichter und warfen einen goldenen Glanz auf den schneebedeckten Rasen, es sah sehr idyllisch aus. Und schon sehr weihnachtlich.

Ernst stampfte mit den Stiefeln auf der Fußmatte im Vorbau, um den Schnee aus den Profilsohlen zu bekommen, und schloss dabei die Haustür auf. »Ich bin wieder da«, rief er und ließ sich auf die Bank im Flur fallen, um die Stiefel auszuziehen. »Gudrun? Guudruun!« Er stellte die nassen Schuhe auf das Abtropfbrett und schlüpfte in seine Hausschuhe. Als er die Tür zum Wohnzimmer aufstieß, sah er seine Frau auf dem Sofa sitzen, das Telefon am Ohr, der Gesichtsausdruck ungläubig.

»Das ist ja alles nicht zu fassen«, sagte sie jetzt laut und hob den Kopf. Als sie Ernst an der Tür stehen sah, hob sie die Hand. »Ach, jetzt ist Ernst gerade gekommen. Ich werde ihm das erst mal alles erzählen, der wird sich auch aufregen. Unmöglich ist das, wirklich unmöglich. Aber da fällt uns was ein, Minna. Das wäre ja gelacht. Und Ernst macht das bestimmt, ich frage ihn gleich, aber ich bin mir sicher, dass er das gern macht.«

Sie sah ihren Mann an, während sie der Stimme am anderen Ende weiter zuhörte und schließlich antwortete: »Von einer Demo halte ich bei diesem Wetter gar nichts, da holen wir uns nur was weg. Und damit ist ja keinem gedient. Nein, da gibt es bestimmt eine bessere Lösung. Gut, Minna, ich rede jetzt erst mal mit Ernst und dann besprechen wir alles Weitere morgen, ja?«

Anscheinend war Minna mit dem Vorschlag einverstanden. Gudrun legte das Telefon auf den Tisch und stand auf. »Du glaubst ja nicht, was Minna mir gerade erzählt. Stell dir …«, sie stutzte, als ihr Blick auf Ernsts Knie fiel. »Hast du da ein Loch in der Hose? Am Knie?«

Er folgte ihrem Blick und zog den Stoff mit zwei Fingern glatt. »Tatsächlich. Kann man das flicken?«

Gudrun beugte sich runter und fasste auf die Stelle. »Was …«

»Aua!« Sofort sprang Ernst nach hinten. »Das tut doch weh. Mich hat es auf glatter Straße von den Beinen gerissen. Ich weiß wirklich nicht, was die Jungs auf der Gemeinde machen. Das schneit jetzt schon seit Stunden, da können die doch wohl mal mit Salz und Schneeschieber kommen.«

»Ich sage dir, was die machen.« Gudrun kam wieder hoch und stemmte ihre Hände in die Hüften. »Minna hat mich gerade eben angerufen. Sie sitzt noch bei Hella und trinkt Tee mit Rum. Und sie ist so aufgeregt, dass sie während des ganzen Telefonats ganz laut Kekse gegessen hat. Ich habe Hella ja auch eine ganze Dose von meinen Heidesand gebracht, ich hatte ja viel zu viel gebacken. Hella wollte den Rest dann Heiligabend mit zu Minna und Werner nehmen, die essen doch immer zusammen Fondue, das machen die ja schon …«

»Gudrun«, Ernst hatte sein Hosenbein hochgerollt

und beäugte die abgeschürfte Stelle am Knie. »Kannst du mal zum Punkt kommen und mir anschließend sagen, ob wir noch irgendwo Pflaster haben? Oder muss da Luft ran?«

»Luft«, Gudrun warf nur einen flüchtigen Blick auf die Wunde. »Jedenfalls hat Minna erzählt, dass sie Ute Piper getroffen hat, weißt du, die Ute von Walter, und die hat gesagt, dass, und jetzt kommt's: dass die Gemeinde den Zuschuss für das kostenfreie Mittagessen der Kinder aus Minnas Kinder-Club streichen will. Das wusste Ute von Walter, der ist ja Bürgermeister und durfte das eigentlich gar nicht erzählen. Ist das nicht unmöglich?«

»Dass sie nichts erzählen darf? Finde ich nicht, die kann doch nicht einfach Gemeindesachen in der Gegend herumposaunen. Das muss doch nicht sein.«

»Das meine ich doch nicht.« Gudrun sah ihn ungehalten an. »Ich rede davon, dass die den Kindern den Mittagessenszuschuss streichen wollen. Das ist unmöglich. Ute ist mir doch egal. Wie findest du das denn? Das geht doch nicht. Minna wollte eigentlich morgen vor der Gemeinde demonstrieren, Hella und ich halten das aber für eine Schnapsidee, ist ja auch viel zu kalt, aber das kann man sich doch nicht gefallen lassen. Minna kann das ohnehin nicht, schließlich leitet sie den Kinder-Club, das macht sie ja auch schon ehrenamtlich. Von uns, die da abwechselnd kochen, ganz zu schweigen, also Hannelore und Traude und Eva, fast alle vom Roten Kreuz, und jetzt so was, das können …«

»Kannst du mal Luft holen?« Ernst sah seine Frau angestrengt an. »Ich komme kaum mit. Und vielleicht können wir uns mal hinsetzen, ich habe nämlich eine Verletzung am Knie, die schmerzt. Und dann sagst du noch mal alles in knappen Sätzen und in Ruhe. Außerdem habe ich auch etwas zu erzählen.«

Zehn Minuten später hatte Ernst einen kalten Wickel um sein Knie und Gudrun hatte die ganze Geschichte noch einmal und etwas strukturierter erzählt. »Und jetzt muss Minna sich überlegen, wie sie das Mittagessen demnächst bezahlen kann«, endete Gudrun jetzt und lehnte sich zurück. »Sie war auf hundertachtzig.«

Ernst hob den Wickel etwas an, um wieder die Schürfwunde zu betrachten. »Jetzt wundert mich auch nicht mehr, dass Günther so komisch war«, sagte er langsam und ließ den feuchten Stoff wieder sinken. »Ich habe ihm erzählt, dass ich in diesem Jahr für den Kinder-Club den Weihnachtsmann spiele und er hat ganz schmallippig reagiert. Der weiß das natürlich mit der Kürzung, der ist ja bei den Gemeinderatssitzungen dabei, das war ihm wohl unangenehm. Gesagt hat er natürlich nichts. Mann, Mann«, er schüttelte nachdenklich den Kopf. »Die kassieren so viel Geld von uns, von den

Gästen, von den Zweitwohnungsbesitzern, und an den Kindern wird gespart. Schändlich finde ich das, wirklich schändlich.«

»Eben«, stimmte ihm Gudrun sofort zu. »Das ist ja mein Reden. Aber wenigstens haben wir das Konto, auf dem das Geld für die Geschenke zur Weihnachtsfeier ist. Minna meinte, dass da ziemlich viel drauf sein muss, weil die Wünsche der Kinder letztes Jahr doch eher bescheiden waren. Und dieses nette Ehepaar aus Hamburg doch noch so viel gespendet hatte. Wir haben jetzt schon überlegt, dass wir einen Teil des Geldes vielleicht zurücklegen, um damit die erste Zeit das Essen zu bezahlen. Und noch mal zu einer kleinen Spendenaktion aufrufen. Bei den Sylter Firmen. Und einigen reichen Privatleuten. Hättest du da nicht Lust? Du kannst so was doch gut.«

»Ich?« Ernst sah Gudrun an. »Eine kleine Spendenaktion? Ich kann das nicht. Das machst du doch mit Hella viel besser, von wegen Frauencharme. Wie viel Geld wollt ihr denn sammeln?«

Achselzuckend antwortete Gudrun: »Das kommt drauf an, wie viel Geld wir noch haben. Darum hat sich ja Dietrich immer gekümmert. Vielleicht reicht das ja auch. Bis die Gemeinde diese grundfalsche Entscheidung zurücknimmt.«

»Nein«, Ernst schüttelte langsam den Kopf und sah

nachdenklich über Gudruns Schulter in den verschneiten Garten, »das reicht nicht.«

»Warum nicht?«, mit fragendem Blick rückte Gudrun näher. »Hast du mit Martina gesprochen? Kommen wir nicht an das Konto ran?«

»Das ist etwas komplizierter.« Tief ausatmend legte Ernst seine Hand auf Gudruns. »Es gibt gar kein Konto.«

»Was?«, erstaunt zog sie die Hand zurück. »Wieso? Das kann nicht sein. Du musst dich verhört haben.«

»Nein.« Er wiegte den Kopf, während er überlegte, wie er seine Neuigkeiten am besten zusammenfassen konnte. »Erstens«, begann er schließlich und setzte sich gerade hin, »Dietrich ist vorübergehend beurlaubt worden. Martina weiß nicht, ob er zurückkommt. Zweitens: Es existiert bei unserer Bank kein Konto, auf dem Spendengelder für den Kinder-Club liegen.«

»Wie …«, verständnislos starrte Gudrun ihn an. »Und wo ist das Geld für die Kinder-Club-Weihnachtsgeschenke?«

Ernst hob die Schultern. »Das konnte Martina mir nicht sagen. Oder wollte nicht. Sie redet ja nie viel. Aber Dietrich hat nie ein Konto dafür angelegt. Vielleicht hat er die Spenden irgendwo in einen Umschlag gesteckt, wer weiß? Ich habe jedenfalls nichts über den Verbleib des Geldes rausgekriegt.«

»Oh Gott.« Gudrun fuhr sich mit beiden Händen

durch die Haare. »Wenn Minna das erfährt, flippt sie aus. Sie war ja schon gerade eben kurz davor. Das sollten wir ihr im Moment noch gar nicht erzählen. Vielleicht meldet Dietrich sich ja noch.«

»Vielleicht.« Ernst sah sie an. »Und wenn nicht?«

»Dann haben wir ein Problem.« Gudrun ließ die Schultern sinken. »Was machen wir bloß?«

»Was wir machen?«, wiederholte Ernst plötzlich entschlossen und zog sich am Tisch hoch. Er humpelte zum Schrank, in dem sich ihre Hausbar verbarg, und öffnete die Tür. »Einen Plan B. Wie wir das Geld auf andere Weise zusammenkriegen. Falls Dietrich sich nicht meldet. Eierlikör?«

»Lieber Alte Marille«, Gudrun stützte ihr Kinn auf die Faust, »das muss jetzt im Hals brennen.«

7.

»Guck mal, Mama, wie schön das ist«, begeistert riss Anton sich seine Mütze vom Kopf und blieb stehen. »Wie im Film.«

Irina kam fast ins Stolpern, weil sie gegen ihn lief. »Anton, du kannst doch nicht einfach … oh ja.«

Staunend betrachtete sie die weihnachtlich geschmückten Holzbuden, die auf dem von Schnee bedeckten Schulhof den Duft von Bratwurst, Punsch, Kaffee und Gebäck verströmten. Die einfachen Buden waren mit Tannengirlanden dekoriert, in denen kleine Lichter leuchteten. Weihnachtsmusik schallte über den Platz, Menschen standen mit dampfenden Bechern und Bratwurst dicht an dicht, die Doppeltür, die in die Aula führte, war weit geöffnet. Irinas Blick fiel auf die langen Tafeln, die innen aufgebaut waren, auf die ebenfalls mit Tannen geschmückte Bühne, auf die Kerzen in den Fenstern, das Gewusel der Frauen, die ehrenamtlich das Kuchenbuffet und den Kaffeeausschank vorbereiteten, und die große erleuchtete Tanne in der Mitte des Raumes. Es war wunderschön und alles war bereit für die Eröffnung des diesjährigen Weihnachtsmarktes. In einer halben Stunde war der offizielle Einlass.

»Da ist Viktoria.« Anton winkte hektisch in Richtung eines kleinen blonden Mädchens, das neben seiner Mutter an einer der Buden stand. Sofort winkte Viktoria zurück, Anton lächelte. »Sie steht neben mir im Chor und sie kann ganz schön singen. Kann ich zu ihr gehen?«

Er sah zu Irina hoch, die ihm über die in alle Richtungen abstehenden Haare strich und nickte. »Natürlich, mein Schatz. Komm, dann stell mich mal deiner Freundin vor.«

Sie hatte Mühe, ihrem Sohn zu folgen, der sofort auf Viktoria zuschoss, um dann aber etwas verlegen vor ihr stehen zu bleiben. Als Irina dazukam, hörte sie, wie er sagte: »Meine Mutter kommt auch. Und nachher essen wir noch Bratwurst.«

Das Erste, was Irina sah, waren hochgezogene Augenbrauen, unter denen ein skeptischer Blick Irina von oben bis unten musterte. »Und das ist also deine Mama?«

»Irina Kulikow«, sie lächelte Viktorias Mutter an und streckte ihre Hand aus. Zögernd wurde sie genommen.

»Britt Elvers.«

Sie zog die Hand sehr schnell wieder zurück und schob die Hände in die Jackentaschen. »Meine Tochter hat schon viel von Anton erzählt. Er ist ja der Klassenbeste. Wie machen Sie das? Bekommt er Nachhilfe? Und wenn ja, dann müssen Sie mir die Adresse geben, Viktoria tut sich ja in einigen Fächern so schwer.«

Irina warf einen Blick auf ihren Sohn, der Viktoria gerade etwas ins Ohr flüsterte, worauf das Mädchen leise kicherte. Sie war viel sympathischer als ihre Mutter. Langsam hob Irina den Kopf und sah Britt Elvers an. Sie hatte einen schrecklichen Lippenstift, viel zu orange. Er machte gelbe Zähne.

»Er lernt einfach gern«, sagte sie mit einem stolzen Unterton. »Es fällt ihm leicht, er ist sehr klug.«

»Aha«, Britt presste kurz die Lippen zusammen, dann wanderte ihr Blick an Irina hinunter. »Ist Ihnen nicht kalt? Wir haben Minusgrade, in einer so dünnen Jacke würde ich mich totfrieren.«

Tatsächlich fror Irina, aber es war ihre beste Jacke, sie hatte sie erst im Herbst gekauft. Sie war nicht billig gewesen, aber Irina hatte noch nie so eine hübsche Jacke besessen. Ihr verblichener brauner Parka war zwar dicker, aber inzwischen sehr fadenscheinig. Also fror sie lieber.

»Mir ist nicht kalt«, sagte sie deshalb leichthin. »Und ich …«

»Irina, Anton!« Eine laute, dunkle Stimme hinderte sie, ihren Satz zu beenden. Überrascht drehte sie sich um und sah Hella Fröhlich auf sie zukommen, eine große

Tasche über der Schulter. »Einen schönen ersten Advent wünsche ich und herzlich willkommen zur Eröffnung. Hallo, Britt, das ist ja mal ein Lippenstift…«

Irina verbiss sich ein Lachen, als sie Hellas Blick wahrnahm, die Britt Elvers jetzt genauso kritisch musterte, wie die es gerade bei ihr getan hatte. »Und da ist ja auch Viktoria, na, Schätzchen, habt ihr eure Weihnachtswünsche schon an den Wunschbaum gehängt?«

»Noch nicht«, Viktoria sah zu Anton, »aber ich kann das jetzt machen, ich habe schon eine ganze Liste fertig geschrieben. Wollen wir zum Wunschbaum gehen?«

Antons Blick war unsicher, schließlich nickte er. »Ich habe aber nur eins aufgeschrieben«, sagte er leise und zog einen zusammengefalteten Zettel aus der Hosentasche. »Aber das war das Wichtigste.«

Irina hatte das Gefühl, dass ihr Herz sich zusammenzog, als sie ihren Sohn anblickte. Was immer er sich auch gewünscht hatte, es durfte nicht zu teuer sein, sonst würde sie es ihm nicht kaufen können.

»Dann lauft rein«, forderte Hella die beiden Kinder auf. »Minna wartet auf die Wunschzettel.« Sie beugte sich zu Irina und sagte leise: »Das bekommen die Kinder ja von uns.«

Irina fragte sich, ob Hella Gedanken lesen konnte. »Dann hoffe ich mal, dass Anton einen bescheidenen Wunsch aufgeschrieben hat«, antwortete sie leise und sah den Kindern nach, die jetzt reinliefen.

»Wir versuchen alles, um die Wünsche zu erfüllen.« Hella sah sie von der Seite an. »Ach so, da fällt mir noch was ein. Sind Sie nachher zuhause? Ich würde Ihnen gern noch etwas rüberbringen. Sie könnten mir einen Gefallen tun.«

»Ja«, Irina nickte. »Natürlich.«

»Dann bis später.« Hella drückte ihr kurz den Arm, bevor Irina nach einem flüchtigen Lächeln den Kindern durch die Eingangstür folgte.

»Die kommen aus Russland, oder?«, fragte Britt nach einem kleinen Moment. Hella sah sie von der Seite an und ärgerte sich über den abfälligen Ton.

»Ich glaube, sie kommen ursprünglich aus der Ukraine«, antwortete sie etwas schnippisch. »Und sie sind schon seit einigen Jahren hier, ich finde sie beide ganz reizend.«

»Na ja«, Britt kräuselte die Lippen, »wenn man dieses Schlichte mag. Gehört Anton nicht auch zu den Kindern, die hier umsonst Mittagessen kriegen? Weil die Mutter nicht für ihn kocht?«

»Weil die Mutter arbeiten muss«, korrigierte Hella scharf. »Und nicht das Glück hat, mit einem selbstständigen Elektriker verheiratet zu sein, der sich vor Aufträgen kaum retten kann. Habt ihr eigentlich schon für den Kinder-Club gespendet? Wir haben gleich am Eingang ein Sparschwein aufgestellt. Um den Kleinen ab und zu eine Freude zu machen.«

»Ich habe selbst zwei Kinder, denen ich dauernd eine Freude machen muss.« Britt zuckte die Achseln. »Ich kann mich nicht auch noch um fremde kümmern. Und ich koche für meine auch selbst, die kosten die Gemeinde keinen Cent.«

Blöde Kuh, dachte Hella, lächelte sie aber nur heiter an. »Ja, dann will ich jetzt mal reingehen. Ich muss bei der Kuchenausgabe helfen und außerdem kommt ja auch gleich die offizielle Eröffnungsrede. Viel Spaß noch.«

Sie ließ Britt stehen und ging, sich selbst zu dieser schauspielerischen Leistung gratulierend. Heiter und höflich zu bleiben, obwohl aus diesem grässlich geschminkten Mund so ein Schwachsinn kam, das musste man erst mal hinkriegen.

Hella durchquerte die weihnachtliche Aula und ging direkt zur Kuchenausgabe, hinter der bereits Gudrun und ein paar andere Frauen Kuchen schnitten, Servietten falteten und Kuchenteller aufstapelten.

»Hast du die Tortenheber?« Gudrun hob den Kopf, als sie Hella entdeckte. »Und die Dosensahne?«

»Alles hier drin.« Mit Schwung wuchtete Hella die große Tasche auf den Tisch. »Sag mal, was ist Britt Elvers für eine arrogante Ziege? Kein Geschmack, kein Stil, aber eine große Klappe und zu allem eine Meinung. Fürchterlich.«

»Wieso regst du dich so auf?« Gudrun warf einen flüchtigen Blick auf sie, während sie sofort anfing, die Tasche auszupacken. »Hat sie dich geärgert?«

»Sie hat sich über das kostenlose Mittagessen mokiert«, Hella stützte ihre Hände auf den Tisch. »Und will nichts spenden. Eine wirklich dämliche Person. Die wird schon sehen, der liebe Gott straft alles.«

»Hat er schon«, ungerührt öffnete Gudrun eine Verpackung und goss die Dosensahne in ein Kännchen. »Ihr Mann hat eine Freundin in Hörnum und ihr großer Sohn ist beim Haschischrauchen auf dem Schulhof erwischt worden und hat jetzt richtig Ärger. Mit Britt möchte ich gerade nicht tauschen. Ich glaube, die würde gern wieder arbeiten, statt sich nur um die Familie zu kümmern. Aber sie findet ja nichts, was ihr gefällt.«

Ein breites Lächeln überzog Hellas Gesicht. »Sex und Drogen«, sagte sie fröhlich. »Hätte ich das gerade schon gewusst.«

»Hella, bitte«, Gudrun schüttelte tadelnd den Kopf, »statt böse Gedanken zu haben, könntest du besser Hannelore beim Tortenschneiden helfen. Gleich lassen wir die Leute rein, dann haben wir keine Zeit mehr dafür.«

»Natürlich.« Immer noch lächelnd nahm Hella ihren

Platz neben Hannelore Müller ein, die ihr ein Messer reichte, und nickte den anderen Damen zu, die mit geübten Händen alles für die große Schlacht am Kuchenbuffet vorbereiteten.

»Habt ihr schon gehört?« Plötzlich stand Minna vor ihnen, das Gesicht hochrot, die Hände in die Hüften gestemmt. »Walter Piper hat sich krankgemeldet. Gerade eben. Ruft doch tatsächlich eine halbe Stunde vor seiner Eröffnungsrede an und meldet sich krank. Krank! Ich habe ihn heute Morgen noch auf dem Fahrrad gesehen, da kam er vom Brötchenholen. Und jetzt ist er angeblich krank. Was hat er? Fahrradunfall? Schusswunde? Genickbruch? Ich glaube es ja wohl nicht. Na, der kann sich aber auf was gefasst machen, wenn der mir das nächste Mal über den Weg läuft. Was ist das? Was soll ich damit?«

»Wasser«, sagte Hella und hielt das Glas höher. »Trink mal. Wir möchten nicht, dass du uns den Ablauf durcheinanderbringst, weil du gleich einen Herzinfarkt kriegst. Trink aus.«

Minna befolgte den Befehl, dann knallte sie das Glas auf den Tisch. »Dann halte ich eben die Rede.«

»Du?« Zweifelnd sah Gudrun sie an. »Weißt du denn so schnell, was du sagen willst?«

Minna blickte sie scharf an. »Meine Liebe, ich habe

schon Reden gehalten, als Walter Piper noch Schüler in meiner Schule war. Das ist nun wirklich meine kleinste Übung. Ist Ernst schon umgezogen? Der Weihnachtsmann lässt die Leute immer rein. Oh Gott, ich darf dabei nicht an Dietrich denken, sonst bringe ich ihn um. Ernst? Hallo, Ernst, komm mal her.«

Alle Damen wandten die Köpfe, als Ernst plötzlich als Weihnachtsmann aus einer Seitentür trat. Gudrun nickte stolz, Hellas Augen glänzten, sogar Minna schien besänftigt. Ernst war wirklich ein bildschöner Weihnachtsmann. Der neue Bart strahlte in frischem Weiß, die Keile, die Hella in den Mantel genäht hatte, gaben ihm eine schlanke, wenn doch kräftige Silhouette, die Mütze saß perfekt, seine blauen Augen leuchteten unter dem roten Samt, die Stiefel waren poliert, seine Haltung entschieden.

Mit raumgreifenden Schritten kam er auf sie zu, blieb stehen und ließ sich bewundern.

»Wow!« Hannelore Müller ließ das Tortenmesser sinken und betrachtete ihn mit geöffnetem Mund. »Da kann Dietrich aber nicht mithalten. So einen schönen Weihnachtsmann hatten wir ja noch nie.«

Geschmeichelt klaubte Ernst ein unsichtbares Haar vom Mantel und nickte. »Danke. Wenn ich was mache, dann richtig. Soll ich nun die Leute reinlassen?«

»Ja«, entschlossen ging Minna an ihm vorbei. »Und

ich mache mir ein paar Notizen. Lass dir von Gudrun erzählen, warum Walter Piper in Zukunft Angst vor mir haben muss.«

Das Stimmengewirr schwoll an und auch wieder ab, im Hintergrund sang Bing Cosby von weißen Weihnachten, die Kuchenausgabe war noch belagert, viele Besucher saßen schon mit Kaffee und Kuchen an den Tischen und unterhielten sich, während andere noch durch die Gegend schlenderten und sich die Stände mit selbstgemachter Marmelade, selbstgestrickten Socken, Geschenken aus Filz, Kerzen oder Kekstüten ansahen. Als Minna auf die Bühne trat und Gudrun das Saallicht dimmte, wurde es leiser. Ernst stand neben dem Bühnenaufgang und schwang eine Glocke, den Blick auf die zahlreichen Gäste gerichtet, die jetzt tatsächlich still wurden.

»Liebe Weihnachtsmarktgäste«, rief er laut und mit verstellter, dunkler Stimme. »Ich freue mich über so viele Besucher und ich freue mich auch auf die wunderbare, großartige, einzigartige Minna Paulsen. Bühne frei und Applaus für Minnaaa Paaaaulseeeeen.«

Er zeigte mit großer Geste auf Minna, die jetzt die Bühne betrat. Gudrun verdrehte die Augen. »Mein Gott«, flüsterte sie. »Wir sind doch nicht beim Boxen. Kann ihm das mal jemand sagen?«

Hella hob die Schultern. »Er macht das doch toll. Pass auf, jetzt kommt Minna.«

Minna stand schon in der für sie typischen Lehrerinnenhaltung auf der Bühne und tippte energisch gegen das Mikro. Der fiese Ton ließ auch die Letzten im Raum still werden. »Hallo? Test, Test, ja, ich bin zu hören.«

In der letzten Reihe applaudierte das Ehepaar Braun, die jedes Jahr die Ersten am Kuchenbuffet waren. Hinter ihnen entdeckte Minna plötzlich den etwas abgerissenen Mann, der in seinem VW-Bus wohnte. Er sah sie aufmerksam an. Minna stutzte, dann sagte sie sich, dass Weihnachten das Fest der Nächstenliebe war, und beschloss, ihm später ein Stück Kuchen und eine Tasse Kaffee umsonst zu geben. Nur keinen Alkohol. Sie tippte noch einmal kurz auf das Mikro, dann begann sie zu reden.

»Ich möchte Sie alle recht herzlich zu unserem diesjährigen Weihnachtsmarkt begrüßen, der an den nächsten Adventswochenenden für Sie geöffnet sein wird.« Sie machte eine kleine Pause und ließ ihre Blicke über die Reihen schweifen, ganz so, als wolle sie sich überzeugen, dass auch der Letzte ihr zuhörte. Und nicht auf seinem Stuhl herumhampelte. Sie nickte zufrieden und fuhr fort: »Wir führen mit diesem Weihnachtsmarkt eine lange, schöne Tradition fort, hier treffen sich an den Adventswochenenden die Dorfbewohner und die Gäste, es gibt selbstgebackenen Kuchen, Kaffee, kleine Geschenke, Weihnachtsschmuck und draußen natürlich Bratwurst, Glühwein und Eiergrog.«

Die Brauns klatschten an dieser Stelle frenetisch. Minna wartete, bis sie fertig waren. Der VW-Bus-Bewohner wickelte sich seinen schwarzen Schal vom Hals. Ihm wurde wohl endlich mal warm.

»Der Höhepunkt kommt am vierten Advent. Dann feiern wir die große Dorfweihnachtsfeier, bei der die Kinder beschenkt werden und wir alle noch einmal zusammenkommen, es ist immer ein sehr schönes Fest. Und ich hoffe, Sie alle sind auch in diesem Jahr dabei.«

Jetzt applaudierte der ganze Saal. Minna wartete wieder. Mit ernster Miene, bis der Applaus verebbte.

»Ich möchte mich an dieser Stelle noch bei allen bedanken, die das alles möglich gemacht haben, die Damen hinter dem Kuchenbuffet, die für uns backen und Kaffee kochen, die fleißigen Arbeiter, die hier so schön dekoriert haben, unserem Hausmeister Frank, Hella, Gudrun und Ernst fürs Organisieren und natürlich allen, die gebastelt, gestrickt, gefilzt oder gekocht haben, damit wir schöne Dinge zum Verschenken haben.«

Wieder Applaus, die Damen kamen hinter ihrem Kuchenbuffet hervor und verbeugten sich, der Hausmeister winkte. Minna nickte ihnen anerkennend zu und klatschte auch. Dann räusperte sie sich und trat etwas näher zum Mikro.

»Und bevor ich zum Schluss komme: Auf dieser Bühne singt jetzt gleich unser Kinderchor. Es ist ein toller Kinderchor, es sind einundzwanzig tolle Kinder, von denen die Hälfte zum Kinder-Club gehört, der sich hier jeden Tag trifft. Zum Spielen, zum Basteln, zum Schularbeitenmachen und einige kommen auch zum Essen. Sie müssen nichts dafür bezahlen. Das hat nämlich immer die Gemeinde übernommen. Wobei …«, sie machte eine dramatische Pause, »… wobei ich heute leider sagen muss, sie *mussten* nichts dafür bezahlen. Das wird nämlich geändert. Ab dem nächsten Jahr soll das eingespart werden. Ich hätte dazu gern unseren Bürgermeister Walter Piper gehört, der aber leider heute nicht kommen woll… konnte.«

Minna sprach jetzt lauter, um die einsetzende Unruhe zu übertönen. »Es soll gespart werden. Bei den Kindern. Das wollen wir natürlich nicht hinnehmen. Das geht nicht. Das sehen Sie alle bestimmt genauso. Und deshalb starten wir heute schon mal einen Spendenaufruf. Dieses Mal für unser kostenloses Mittagessen. Da Sie alle so zahlreich erschienen sind, kommt bestimmt eine hübsche Summe zusammen und dafür bedanke ich mich schon jetzt, auch im Namen der Kinder. Und jetzt Bühne frei für unseren Chor und die schönsten plattdeutschen Weihnachtslieder.«

Nach drei Liedern und einem begeisterten Applaus verließen die Kinder wieder die Bühne. Ernst stand neben Gudrun und strich sich über den falschen Bart. »Was kann der kleine Anton gut singen«, meinte er immer noch beeindruckt. »Ich könnte mir gar nicht den ganzen Text merken. Und der singt noch die eine Strophe ganz allein.«

»Ja, der ist wirklich süß«, stimmte Gudrun ihm zu und beobachtete Minna, die den Kindern stolz zu ihrem Auftritt gratulierte. Ernst folgte ihrem Blick.

»Du hast es Minna hoffentlich nicht gesagt? Dass wir nicht wissen, wo das Spendengeld ist.«

»Nein«, Gudrun schüttelte empört den Kopf, »nur Hella weiß es. Das haben wir doch besprochen. Wenn Minna das auch noch hört, bekommt sie wirklich einen Herzinfarkt.«

»Oder bringt jemanden um«, unbemerkt war Hella zu ihnen getreten. »Wir dürfen ihr wirklich nichts sagen. Ich habe ja immer noch die Hoffnung, dass sich alles klärt und das Geld wieder auftaucht.«

»Dein Wort in Gottes Ohr.« Ernst ordnete seinen Bart. »Aber leider hat Dietrich das Geld irgendwo liegen, ist auf den Kanaren und meldet sich nicht. Also beginnen wir mit Plan B und ihr startet morgen die Sammelaktion. Es muss viel zusammenkommen, falls wir davon auch noch Geschenke kaufen müssen. Ich habe euch übrigens eine Liste mit Adressen erarbeitet. Als Tabelle, damit ihr gleich die Spendensummen eintragen könnt.«

»Jawoll«, Hella salutierte. »So soll es sein. Und jetzt hole ich meine Jacke und gehe draußen an der Bude eine Wurst essen. Kommt jemand mit?«

»Ich«, Gudrun nickte sofort, »nach all dem süßen Zeug brauche ich dringend eine Wurst mit ganz viel Senf. Ernst?«

»Ich bin der Weihnachtsmann.« Ernst straffte seine Haltung. »Habt ihr schon mal einen Weihnachtsmann beim Bratwurstessen gesehen? Eben. Ich halte hier die Stellung, gehe durch die Reihen und animiere die Leute schon mal zum Spenden. Wir müssen ja mehr zusammenkriegen, als Minna ahnt.«

»Dann bis gleich.« Gudrun ging schon los. »Viel Erfolg.«

Ernst blieb noch einen Moment stehen und überlegte, an welchem Tisch er anfangen sollte, als er plötzlich neben sich eine Stimme hörte. »Hallo, Ernst Mannsen.«

»Oh«, er beugte sich runter, um Anton ins Gesicht zu sehen. »Hallo Anton. Aber ich bin doch der Weihnachtsmann.«

»Ich bin zwölf.« Anton lächelte ihn freundlich an. »Und ich weiß, dass es keinen Weihnachtsmann gibt. Ich habe dich an der Stimme erkannt.«

»Aha.« Ernst wunderte sich, weil er seine Stimme doch extra verstellt hatte. Der Junge war wirklich schlau. »Und? Kann ich was für dich tun? Oder wolltest du nur meine Tarnung auffliegen lassen?«

»Ich werde natürlich nichts sagen«, beteuerte Anton sofort. »Ich wollte dich nur um einen Gefallen bitten.«

Ernst nickte aufmunternd. »Ich höre.«

Anton trat einen Schritt näher und flüsterte: »Kannst du meinen Wunschzettel wieder vom Baum holen? Es ist der blaue Zettel, fast ganz oben. Da steht auch mein Name drauf. Ich komme da nicht ran. Frau Paulsen ist auf eine Leiter gestiegen. Aber bitte erst, wenn alle weg sind. Du musst doch bestimmt bis zum Schluss bleiben. Als Weihnachtsmann. Oder?«

»Ja. Aber …«, erstaunt sah Ernst den Jungen an. »Aber warum?«

»Es ist der falsche Zettel. Es ist zu teuer. Ich wusste nicht, was das kostet, aber Viktoria hat es mir gerade gesagt. Und sie hat gerade noch gesagt, dass der Kinder-Club arm ist. Und nur billige Geschenke kaufen kann. Ich würde mir lieber dieses Buch hier wünschen, das kostet nur 8,95, ich habe es aufgeschrieben. Könntest du bitte die Zettel austauschen?«

Er hielt Ernst einen Zettel hin, auf dem in ordentlicher Handschrift der Autor, Titel, Verlag, Bestellnummer und Preis notiert waren. »Das wäre voll nett.«

Zögernd nahm Ernst ihn entgegen. »Was stand denn auf dem anderen?«

Anton sah sich schnell um, dann beugte er sich näher. »Ein Handy«, sagte er leise. »Eins, mit dem man den anderen beim Telefonieren sehen kann. Also ein Smartphone. Es kostet aber zu viel.«

»Bist du alt genug für so ein teures Handy?« Ernst runzelte die Augenbrauen. »Das ist doch eigentlich nichts für Kinder. Oder?«

»Nicht für mich«, beeilte sich Anton zu sagen. »Für Mama. Damit sie Oma und meinen Onkel angucken kann. Beim Telefonieren. Die sind in der Ukraine, das ist so weit weg und sie kann die nie sehen.«

Ernst schluckte. Dann nickte er langsam und schob den Zettel in seine Manteltasche. »Das mach ich gleich für dich«, sagte er und sah Anton an. »Darauf kannst du dich verlassen. Der Weihnachtsmann löst nämlich alle Probleme.« Er musste sich räuspern, weil seine Stimme plötzlich kratzig war. Anton lächelte. »Danke«, er senkte seine Stimme zu einem Flüstern. »Vielen Dank, Ernst Mannsen. Und jetzt gehe ich mit Mama Bratwurst essen.«

Er schoss davon, während Ernst ihm nachsah und sich noch mal räusperte.

»Halsbonbon?« Eine Hand mit einem Bonbon tauchte plötzlich neben ihm auf, Ernst sah hoch. Der Berliner aus dem VW-Bus stand auf einmal neben ihm. Sein Blick war freundlich. Ernst nahm ihm das Bonbon aus der Hand und wickelte es aus. »Danke«, sagte er und schob es in den Mund.

»Gern.« Ein Paar kluger Augen sah Ernst an. »Manche Kinder gehen einem ans Herz, nicht wahr?«

So schnell wie er aufgetaucht war, verschwand er wieder. Ernst blickte ihm nach, er hatte gar nicht mitbekommen, dass er hinter ihm gestanden hatte. Dann musterte er nachdenklich das Bonbonpapier. Der Mann hatte das Gespräch mit Anton gehört. Was er hier wohl wollte? Er hob den Kopf und ließ seinen Blick suchend über die Menge schweifen. Er konnte den speckigen Parka nirgendwo entdecken. Der Mann war weg. Vielleicht war er nur gekommen, um einen heißen Kaffee und ein Stück Kuchen zu schnorren. Minna hatte ihm beides vorhin umsonst gegeben. Weil bald Weihnachten war. Das fand Ernst in Ordnung, auch arme Schlucker hatten mal was Schönes verdient. Da hätte er als Weihnachtsmann auch selbst draufkommen können. Zumal der Mann sogar seine Bonbons mit ihm teilte.

8.

Hella trug einen weit ausgestellten roten Samtmantel, hatte ihre Hände in einen Muff aus weißem Kunstfell geschoben, dazu schwarze Schnürstiefel, einen voluminösen grünen Spitzenschal und auf dem Kopf einen Haarreif, an dem zwei Fellpuschel an hochstehenden Drähten befestigt waren. Bei jedem Schritt wippten sie in alle Richtungen. Gudrun warf ihr einen amüsierten Seitenblick zu, den Hella registrierte. »Was ist?«

»Deine Puschel«, sagte Gudrun kichernd. »Lustig. Und hast du Metallbeschläge unter deinen Mary-Poppins-Schuhen? Die knallen so beim Laufen.«

Sofort hob Hella einen Fuß und zeigte ihr die Sohle. »Ja«, sagte sie selbstbewusst. »Schließlich soll man hören, dass ich komme. Und die Puschel sind Weihnachtsdeko. Engelsgleich, finde ich, die hatte ich noch in einer meiner zahlreichen Kisten aus dem Theaterfundus.«

»Mich erinnern sie eher an Hasenohren.« Gudrun

musterte sie skeptisch. »Bist du sicher, dass die zur Weihnachtsdeko gehören?«

Sie standen jetzt vor dem Eingang eines Hotels und betrachteten ihr Spiegelbild. Gegen die exzentrische Hella wirkte die praktisch angezogene Gudrun im dunkelblauen Mantel und grauer Mütze fast unscheinbar.

»Vielleicht solltest du auch mal eine Weihnachtsmannmütze aufsetzen«, schlug Hella vor. »Weil heute Nikolaus ist und damit ein bisschen Stimmung in die Bude kommt. Das könnte die Spendenbereitschaft erhöhen. Im Moment haben wir gerade mal 35 Euro eingesammelt, das ist doch ein Witz.«

Kopfschüttelnd trat Gudrun einen Schritt zur Seite. »Wir sammeln für kostenloses Mittagessen und Weihnachtsgeschenke für die Kinder«, sagte sie missbilligend. »Wir machen keine Werbung für eine Weihnachtsorgie.«

»Das eine schließt das andere überhaupt nicht aus.« Hella ging entschlossen auf die Eingangstür zu, die sich automatisch öffnete und die Sicht auf das weihnachtlich geschmückte Hotelfoyer freigab. »Ich gehe mal vor. Moin.«

Sie stand schon an der Rezeption, Gudrun beeilte sich hinterherzukommen.

»Was kann ich für Sie tun?« Die junge Frau an der Rezeption lächelte freundlich.

»Wir würden gern den Chef sprechen.« Hella lächelte

zurück. »Ist er da?« Sie beugte sich vor, um den Namen auf dem Schild zu erkennen. »Heike?«

»Um was geht es denn?«

»Um eine gute Sache«, antwortete Hella. »Weil bald Weihnachten ist.«

»Also, falls Sie für irgendetwas sammeln wollen, muss ich Sie enttäuschen. Wir sind angehalten, dass wir nur auf dem offiziellen Weg und unter Einhaltung von …«

»Sehe ich so aus, als würde ich für *irgendetwas* sammeln?«, unterbrach Hella sie rüde. »Den Geschäftsführer bitte.« Sie hatte etwas lauter gesprochen, sofort kam eine zweite Frau aus der offenen Tür hinter der Rezeption.

»Moin, mein Name ist Vera Sander, ich bin die stellvertretene Geschäftsführerin, kann ich vielleicht helfen?«

»Bestimmt.« Hella knipste ein strahlendes Lächeln an. »Frau Sander, sehr angenehm, können wir vielleicht für einen Moment in Ruhe sprechen? Vielleicht dort in der Sitzgruppe? Bei einem Cappuccino?«

Eine Viertelstunde später standen sie schon wieder draußen. Hella presste ihre Lippen zusammen, dann sah sie Gudrun an und meinte: »Ich bringe ihn um. Ich bringe Dietrich Stockmann um.«

Gudrun nickte. »Es ist so peinlich. Die müssen doch denken, wir wären blöde.«

»Das ist mir völlig egal«, entgegnete Hella grimmig.

»Ich frage mich nur, wo Dietrich das Geld hat. Dreihundert Euro, hat Frau Sander gesagt, dreihundert haben sie im September gespendet. Und dann holt sie auch noch die Quittung und zeigt sie uns. Dietrich hat die sogar unterschrieben.«

»Vielleicht bewahrt er das Geld zuhause sicher in einer Metallkassette auf«, überlegte Gudrun laut, schüttelte aber sofort den Kopf. »Das kann doch wirklich nicht sein, dass der sich mit seiner neuen Freundin auf den Kanaren verlustiert und unsere Weihnachtsfeier hier vergessen hat. Wenn er sich doch bloß mal melden würde.«

»Also, wenn du mich fragst«, Hella rückte ihre Puschel gerade, »dann hat Dietrich das Geld eingesteckt. Ich weiß, dass ihr immer viel von ihm gehalten habt, aber mir ging er mit seinem Gesabbel auf die Nerven. Und sein Drang, immer allen gefallen zu müssen. Furchtbar. Und eigentlich hat Minna ihn auch damals nur gefragt, ob er mitmachen will, weil sie dachte, als Bankchef bekäme er mehr Spenden zusammen. Hat er eigentlich mal gesagt, wie viel Geld bei den jährlichen Spendenaufrufen für den Kinder-Club zusammengekommen ist? Also insgesamt?«

Gudrun sah sie betreten an. »Nein. Minna hat ausgerechnet, was die Geschenke kosten, das hat sie ihm gesagt und er hat ihr das Geld gegeben. Es hat immer für unsere Wunschzettel gereicht. Was übrig war, hat er nicht gesagt. Nach dem Kontostand haben wir ihn nie gefragt, schließlich war er der Bankdirektor.«

»Filialleiter«, korrigierte Hella spitz. »Und ich glaube, dass er den Rest des Geldes eingesteckt hat. So üppig waren die Wünsche der Kinder doch nie. Wahrscheinlich ist die Spendensumme viel höher gewesen. Und wie hoch, das wusste nur er?«

»Ja«, räumte Gudrun ein. »Wir waren doch froh, dass wir uns nicht darum kümmern mussten. Du übrigens auch, du hast ja auch nie gefragt. Aber er ist kein schlechter Kerl, er ist nur ein bisschen zu weich. Und lässt sich zu schnell überreden. Und kann nie Nein sagen. Aber für die Geldangelegenheiten war Dietrich schließlich der Fachmann.«

»Toller Fachmann«, knurrte Hella. »Wie auch immer, jetzt müssen wir das Geld anders zusammenbekommen.« Sie blieb so plötzlich stehen, dass Gudrun ihr fast in die Fersen trat. »Ich gehe jetzt zum Zahnarzt und in den Kosmetiksalon und du zum Bäcker und in die Apotheke. Und anschließend treffen wir uns in der Bank.«

»Was willst du in der Bank?«

Hella hob kampfeslustig das Kinn. »Ich finde, die Bank hat auch eine Verantwortung. Wenn Dietrich unsere Spenden für dieses Jahr tatsächlich eingesackt hat, dann kann sein Nachfolger uns vielleicht helfen. Das ist doch auch nicht in seinem Sinne, wenn rauskommt, dass für Kinder gespendetes Geld verschwunden ist. Vielleicht übernimmt der neue Chef so eine Art Schirmherrschaft. Das wäre das Einfachste. Also, bis gleich.«

Beeindruckt sah Gudrun ihr hinterher, sah den Mantel schwingen und die weißen Puschel wippen. Ein kleines Mädchen, das an der Hand ihrer Mutter gerade aus der Apotheke kam, starrte Hella mit offenem Mund an. »Mama, guck mal, die Weihnachtsfrau hat Hasenohren.«

Gudrun wartete beim Bäcker, bis die letzte Kundin den Laden verlassen hatte, erst dann stellte sie sich an den Tresen. »Hallo, Frau Meyn.«

»Moin, Frau Mannsen, wie immer, ein Lauenburger und ein Vollkorn?«

Etwas aus dem Konzept gebracht nickte Gudrun, obwohl sie gar kein Brot brauchte. Sie wartete, bis Frau Meyn die Brote in die Tüten geschoben hatte, dann sagte sie: »Und ich habe noch ein anderes Anliegen. Wir sammeln für den Kinder-Club, für die Weihnachtsgeschenke, die die Kinder bei der Weihnachtsfeier bekommen sollen. Sie spenden doch bestimmt auch, oder?«

»Fünf Euro fünfundsechzig«, Frau Meyn legte die Tüten auf den Tresen. »Wir haben doch schon gespendet. Das macht der Chef selbst. Ich kann hier nichts aus der Kasse nehmen.«

»Okay.« Gudrun zog das Wort lang, während sie das

Geld abzählte und die Brottüten unter den Arm klemmte. Diese Sammelaktion wurde langsam peinlich. »Dann habe ich das wohl übersehen. Also, wir sehen uns bestimmt auf dem Weihnachtsmarkt, einen schönen Tag noch.«

Die freundliche Kosmetikerin hatte Gudrun bedauernd gesagt, dass ihre Chefin gerade nicht da sei, aber soviel sie wüsste, würde sie jedes Jahr schon im Sommer für den Kinder-Club spenden. Also verließ Gudrun auch hier erfolglos den Laden. Nicht ganz erfolglos, sie hatte eine schöne Papiertüte voller Proben bekommen. Allerdings glaubte sie nicht, dass sich die Kinder über kleine Tütchen mit Peelings oder Nachtcremes unterm Weihnachtsbaum freuen würden.

Hella stand schon vor der Bank und sah ihr erwartungsvoll entgegen. Ihr Blick ging erst zur Tüte, dann zu den Broten. »Du solltest nicht einkaufen, du solltest sammeln.«

»Brauchst du noch ein Vollkornbrot?«, Gudrun streckte ihr eine Tüte entgegen. »Ich habe noch ein ganzes zu Hause.«

Hella schüttelte den Kopf. »Und?«, fragte sie. »Wie viel?«

»Beim Bäcker nichts und bei der Kosmetik diese Proben.« Ratlos hob Gudrun die Tüte. »Die haben alle schon gespendet, sagen sie. Was machen wir denn jetzt bloß? Am liebsten würde ich die Geschenke selbst bezahlen, aber wir haben ja auch nicht so viel Rente. Und nächstes Jahr müssen wir das Dach neu decken, ich kann noch nicht mal was vom Sparbuch nehmen. Also, vielleicht ein bisschen, aber eigentlich … Ach, es ist alles so furchtbar.«

Sie hatte plötzlich Tränen in den Augen, sofort tätschelte Hella ihr den Arm. »Jetzt komm«, sagte sie tröstend. »Keiner von uns kann viel zuschießen. Ich auch nicht, dafür könnte ich den schönen Hugo immer noch erwürgen. Mein Ex-Mann hat unsere Ersparnisse damals komplett versenkt. Aber wir werden eine Lösung für unser Problem finden. Also los, vielleicht ist die schon hinter dieser Tür.«

Mit diesen Worten drückte sie die Tür der Bankfiliale auf und zog Gudrun hinter sich her.

Hinter der Glasscheibe an der Kasse hob Martina den Kopf und sah ihnen ausdruckslos entgegen. Gudrun dachte, dass sie aussehe, als würde sie zählen, aber das war vermutlich Einbildung.

»Hallo, Martina.« Hella stützte sich mit beiden Händen auf den Tresen und sah Martina durch die Trennscheibe an. »Ich habe drei Fragen. Erstens: Was hat Dietrich Stockmann eigentlich angestellt, dass er so

Knall auf Fall in den Urlaub geschickt wurde? Zweitens: Haben Sie inzwischen die Spenden für den Kinder-Club gefunden? Und drittens: Ist Ihr neuer Chef da?«

»Erstens: Ich darf über Interna nicht sprechen«, Martina blickte unbeteiligt hoch. »Zweitens: Ich habe keine Ahnung, wo er was aufbewahrt. Und drittens: Herr Steffens ist im Büro.«

»Und es gibt wirklich kein Spendenkonto?« Jetzt trat Gudrun näher. »Für den Kinder-Club? Sind Sie sich da ganz sicher?«

»Ja«, Martina sah sie verständnislos an, »natürlich. Ich kenne alle Konten. Soll ich den Chef holen?«

»Seien Sie so gut«, Hella lächelte, bevor sie sich zu Gudrun umdrehte, »wir möchten gern etwas mit ihm besprechen. Also sagen Sie was Nettes über uns.«

Sie warteten knappe fünf Minuten, in denen Hella auf Gudruns Bitte etwas beleidigt ihre Puschel vom Kopf nahm, um die Ernsthaftigkeit der Situation zu unterstreichen. Als die Bürotür aufging, hoben sie die Köpfe. Sven Steffens kam mit strahlendem Lächeln und ausgestreckter Hand auf sie zu.

»Guten Morgen, die Damen, Sven Steffens, was kann ich für Sie tun?«

»Mein Name ist Hella Fröhlich.« Hella drückte Gudrun schnell den Reif mit den Puscheln in die Hand, ergriff die von Sven Steffens und schüttelte sie. »Und das ist Frau Mannsen.« Gudrun versuchte hektisch, die wippenden Puschel in die Tüte mit den Proben zu stopfen und nickte ihm nur kurz zu.

Sein Lächeln verstärkte sich. »Frau Wolf hat mir gesagt, Sie hätten ein Hotel in Kampen? Welches Haus ist es denn? Ich kenne mich noch nicht so gut auf der Insel aus.«

Frau Wolf? Gudrun sah ihn irritiert an, bis ihr einfiel, dass Martina ja auch einen Nachnamen hatte. Alle sagten nur Martina zu ihr. Weil sie schon so lange da war. Sie musterte den neuen Chef und fand ihn eigentlich ganz sympathisch. Vor allen Dingen wirkte er sehr gepflegt. Die Haare saßen, als wäre er gerade vom Friseurstuhl gesprungen, der Anzug musste teuer gewesen sein, genauso wie die glänzenden braunen Schuhe. Wobei die bei diesen winterlichen Straßenverhältnissen natürlich die falsche Wahl waren. Gudrun hoffte, dass er feste Stiefel dabeihatte, sonst würde er auf den glatten Ledersohlen noch nicht einmal bis zur Straße kommen.

»Ach, das Hotel«, Hella winkte ab, »das ist schon Jahre her, nein, damit habe ich nichts mehr zu tun, heute bin ich nur noch freie Schauspielerin, die sich ab und zu noch um soziale Belange der Gemeinde kümmert.«

Das Lächeln des Bankchefs wurde sofort merklich dünner. »Ach so. Da hat Frau Wolf wohl … egal. Und in welcher Angelegenheit wollten Sie mich sprechen?«

Mit einem verschwörerischen Blick beugte Hella sich näher zu ihm. »Herr Steffens, haben Sie schon mal etwas vom Kinder-Club gehört?«

»Kinder was?« Das Lächeln schwand ganz und wurde von einem fast schon blasierten Gesichtsausdruck abgelöst, mit dem er jetzt demonstrativ auf die Uhr sah und dabei einen Schritt zurücktrat.

»Kinder-Club«, half Gudrun nach. »Ein Club, in dem sich Kinder aus einfachen Familienverhältnissen in der alten Schule treffen, ein kostenloses Mittagessen bekommen und anschließend gemeinsam Schularbeiten, Chorproben oder …«

»Nein«, unterbrach Steffens sie, »und ich muss auch …«

Hellas Hand legte sich wie eine Schraubzwinge um seinen Arm. »… noch einen Moment zuhören«, sagte sie laut. »Denn leider hat anscheinend ein Mitarbeiter dieser Bank, für die Sie ja stehen, ein Konto mit Spendengeldern für genau diesen Kinder-Club verschlampt. Aber vielleicht haben Sie eine Idee, was wir jetzt tun könnten. Um das Geld wiederzubekommen. Das ja in dieser Bank verschwunden ist.«

»Frau Wolf?« Gelangweilt drehte er sich zu Martina um. »Können Sie mal nachsehen, was es mit diesem ominösen Konto auf sich hat?«

»Es gibt keins«, antwortete Martina prompt. »Herr Stockmann hat die Spenden privat verwaltet.«

Sven Steffens wandte sich wieder an Hella. »Tja«, sagte er achselzuckend. »Sie haben es gehört. Dann müssen Sie wohl mit Herrn Stockmann sprechen. Das ist dann ja nicht Sache der Bank. Sondern die von Herrn Stockmann.«

»Sie könnten doch aber für den Kinder-Club spenden«, platzte Gudrun jetzt mit dem Mut der Verzweiflung heraus. »Also, die Bank kann das doch machen. Es ist für Weihnachten.«

»Ach, bitte«, gelangweilt schüttelte Steffens den Kopf. »Ich habe wirklich keine Zeit für so was. Es gibt hier doch bestimmt irgendwelche Sozialvereine, die sich um solche Sachen kümmern. Oder gelangweilte reiche Rentner. Und ich …«

»Es sind keine *solchen Sachen*, es sind Kinder«, fuhr Gudrun ihn wütend an. »Und ich finde, die Bankfiliale in diesem Dorf kann sich ihrer Verantwortung nicht entziehen.«

Steffens verdrehte die Augen und sah über Gudruns Schulter zu Martina. »Frau Wolf, wir haben doch bestimmt noch im Keller irgendwelche Goodies, die wir spenden können. Spardosen, Stifte, Radiergummis, irgendwas. Gehen Sie doch mal unten nachsehen.«

Während sich Martina widerspruchslos hinter ihrem Schalter hervorschob und in den Keller stieg, funkelte Gudrun sprachlos Sven Steffens an. »Goodies?«, presste sie schließlich hervor, um Hilfe suchend Hella anzusehen, die während der letzten Minuten kein Wort gesagt hatte. »Wir brauchen doch keine Spardosen. Oder Radiergummis, wir brauchen …«

»Geld, Herr Steffens«, Hella trat näher, so dass ihr großer Busen fast seine Brust berührte, »wir brauchen Geld. Keine Goodies. Wir wollten ja eigentlich nicht an die Presse gehen, um über Unregelmäßigkeiten in der hiesigen Bankfiliale zu berichten, nein, das wollten wir eigentlich nicht. Aber wenn es so gar kein Entgegenkommen …«

»Soll das eine Erpressung sein?« Mit kaltem Lächeln fixierte Steffens die beiden. »Das können Sie vergessen. Interne Unregelmäßigkeiten werden von uns ohnehin zur Anzeige gebracht, ob es in diesem Käseblatt hier steht oder nicht. Und im Übrigen ist es völlig egal, was Sie über diese Bankfiliale denken. Sie wird nämlich ohnehin geschlossen. Und zwar zum 31. März. Ich bin hier nicht der neue Filialleiter, sondern ich komme aus der Zentrale, um diese Filiale, die sich nicht mehr trägt, abzuwickeln. Die Zukunft liegt im Onlinebanking und falls jemand aus diesem Dorf das nicht will, dann kann er in die Hauptstelle nach Westerland fahren. Wenn Sie jetzt keine Fragen mehr haben, dann entschuldigen Sie …«

Ein lautes Geräusch ließ ihn herumfahren. Hinter ihm hatte Martina gerade einen Karton krachend fallen gelassen, der Inhalt ergoss sich auf den glänzenden Boden. Mehrere Spardosen in Mäuseform rollten durch den Raum, während Martina mit hängenden Armen und blassem Gesicht entgeistert auf ihren neuen Chef starrte.

»Können Sie nicht aufpassen?«, blaffte Steffens sie wütend an. »Sie bewegen sich wirklich wie ein Elefant. Es ist ja nicht zu fassen.« Er ging mit langen Schritten an ihr vorbei in sein Büro. »Stehen Sie hier nicht so bräsig rum, räumen Sie das weg.«

Hinter ihm knallte die Tür zu, erst jetzt rührte Martina sich und sah Gudrun und Hella an.

»Er wickelt meine Filiale ab«, sagte Martina tonlos. »Das kann er doch nicht machen.«

9.

»Ho, Ho, Ho«, rief Ernst schon auf den letzten Stufen, während Hella ihm aus der offenen Tür entgegensah. »Von drauß' vom Walde komm ich her, ich muss euch sagen, es schneit gar sehr.«

»Man sieht es«, Hella zeigte auf seine russische Mütze, »auf den Fellmassen. Ist dir das nicht zu warm am Kopf?«

»Nein.« Ernst nahm die Mütze ab und glättete seine Haare. »Es schneit draußen. Und ich habe es schnell mit den Ohren.«

Sie trat zur Seite, um ihn reinzulassen, nachdem er seine mit Schnee bedeckten Stiefel ausgezogen und ordentlich neben die Fußmatte geschoben hatte. »Dann komm rein, Tee ist fertig.«

Ernst folgte ihr durch den vollgestellten Flur, sehr darauf bedacht, keinen Schaden durch unüberlegte Bewegungen anzurichten. Hellas kleine Wohnung sah aus wie ein Museum. Überall hingen Filmplakate und Porträts von Schauspielern, in jeder Ecke standen irgendwelche Hutschachteln oder andere Behältnisse, die Schränke waren mit allem möglichen Nippes beladen, die Regalböden bogen sich unter den Stapeln von Büchern, außerdem liebte Hella bunte Decken und Tücher, es gab kaum ein Möbelstück, auf dem nicht irgendetwas dekoriert war.

Auf dem kleinen antiken Tisch standen schon Teetassen, Stövchen, Teekanne, ein Weihnachtsgesteck, Sahne, Zucker und eine Schale mit Keksen. Ernst nahm ein gesticktes Kissen vom Stuhl und setzte sich, das Kissen immer noch in den Händen.

»Schmeiß es einfach auf den Boden«, sagte Hella und griff zur Teekanne. »Und? Hattest du keine Lust, Gudrun zu begleiten? Der Flensburger Weihnachtsmarkt ist doch so schön.«

»Um Himmels willen«, Ernst winkte ab. »Ich war einmal mit, nie wieder, das war da so voll, ein einziges Gelärme und Geschiebe. Und dann rennen Gudrun und Wiebke auch noch in alle Geschäfte, als wenn es nie wieder was gibt. Und hinterher gehen die zum Asiaten essen. Das mag ich auch nicht. Nein, mir reicht unser Weihnachtsmarkt hier und Geschäfte haben wir auch. Ich muss nicht am zweiten Adventssamstag aufs Festland. Bestimmt nicht.«

»Es ist ja auch ein Mutter-Tochter-Tag«, Hella warf

drei Würfelzucker in ihren Tee. »Das machen die doch jedes Jahr. Da störst du sowieso nur. Keks?«

Sie hielt ihm den Teller hin, auf dem die von Gudrun gebackenen Kekse lagen. Ernst musterte das Angebot. »Ach nein, die liegen bei uns überall rum, ich kann die jetzt schon nicht mehr sehen.« Suchend sah er sich um. »Hattest du nicht immer diesen schönen Haselnussbrand? Oder ist der ausgetrunken?«

Sofort sprang Hella auf und eilte zu ihrer Schrankwand. Hinter einer Klappe war die Hausbar, sie war gut gefüllt, der Haselnussbrand stand in der ersten Reihe. Während Hella die Flasche und zwei Gläser zum Tisch trug, sah sie ihn an. »So«, sagte sie und stellte die Gläser auf den Tisch, bevor sie sich setzte, »kommen wir gleich zur Sache. Wir brauchen einen Plan. Unsere Sammelaktion war ja ein Desaster.« Schwungvoll goss sie die Gläser voll und hob ihres in seine Richtung. »56,70 Euro nach zwei Tagen. Sieben Leute haben fünf Euro gespendet und das Höchste waren zwanzig, weil beim Fahrradmann zwei ältere Herren standen, die mitgehört und tatsächlich ihr Portemonnaie gezückt haben.«

»Von wem kamen die eins siebzig?«

»Von Insa Brandstetter«, Hella sah theatralisch an die Decke, »sie hat die Münzen aus ihrer Jackentasche gekramt und mir mit großer Geste übergeben. Als ich im Golfclub war. Der auch schon gespendet hatte. Im August.«

Ernst kippte seinen Schnaps und stellte das leere Glas zurück auf den Tisch. »Ich würde noch einen nehmen«, sagte er. »Dann plant es sich besser. Habt ihr mal überschlagen, wie viel Geld Dietrich in diesem Jahr gesammelt hat? So ungefähr?«

»Na ja«, Hella rechnete mit den Fingern. »Wir haben mal geschätzt, dass bestimmt 600, 700 Euro zusammengekommen sein müssten. Die liegen irgendwo bei Dietrich. Wir haben im Moment unsere 56,70 und dann noch die 42,10, die du auf dem Weihnachtsmarkt gesammelt hast, also genau 98,80 Euro – lass es uns aufrunden, dann sind es hundert. Damit kommen Minna und Gudrun beim Geschenkekaufen nicht weit. Und können damit schon gar nicht den Zuschuss fürs Mittagessen übernehmen. Und Dietrich ist mitsamt der Kohle immer noch abgetaucht. Ich könnte ihn umbringen.« Sie machte eine kleine Pause, um nachzudenken. »Dann haben wir aber immer noch kein Geld. Nur die Leiche.«

»Hilft uns aber auch nicht weiter.« Ernst starrte in seine Tasse. »Wir brauchen seine Spendengelder. Mindestens. Oder?«

Hella nickte. »Besser das Dreifache. Wenn die Zuschüsse jetzt wirklich wegfallen.«

Ernst überlegte. Hella seufzte. Das nachdenkliche Schweigen dauerte an. Bis Ernst plötzlich einen Geistesblitz hatte. »Und wenn wir die Bank überfallen?«

»Wenn wir … was?« Mit großen Augen starrte Hella ihn an, ganz langsam stahl sich ein kleines Lächeln in ihr Gesicht. Sie griff zur Flasche und schenkte die Gläser voll. »Die Bank überfallen«, wiederholte sie leise. »Die Idee …«

»Nein, hör auf«, über sich selbst erschrocken unterbrach Ernst sie sofort. »Die Idee ist natürlich Quatsch. Das ist mir nur so rausgerutscht. Ich habe da neulich so einen Film gesehen …«

»Die *Gentleman-Räuber*?« Hella nickte. »Ja, den habe ich auch gesehen. Und soll ich dir was sagen? Der eine Schauspieler hat tatsächlich eine gewisse Ähnlichkeit mit dir, finde ich.«

»Findest du?« Geschmeichelt strich Ernst sein Haar zurück. »Vielleicht. Aber ich …«

»Die Idee ist gut«, platzte es plötzlich aus ihr heraus. »Ernst, die Idee ist wirklich gut. Wir machen es genauso wie in diesem Film. Gewaltfrei, höflich und sehr gut vorbereitet. Wir haben beide den Film gesehen. Und ich habe übrigens mal einen Bankräuber gespielt, ich weiß alles darüber. Ich habe sozusagen Erfahrung.«

»Du hast eine Bankräuberin gespielt?«, zweifelnd sah Ernst sie an.

»Bankräuber«, korrigierte Hella. »Ich spielte einen Mann. Ja gut, ich hatte auch weniger Figur damals. Und es war nur eine Statistenrolle, aber egal. Es lief zur besten

Sendezeit im ersten Programm. Warte mal, ich habe sogar noch …«

Sie sprang auf und verschwand im Nebenzimmer. Ernst hörte Schranktüren klappern, Schubladen, die aufgezogen und wieder zugeschoben wurden, leise Flüche, dann tauchte Hella mit einer Art Strumpfmaske, einem Paar Lederhandschuhe, einem schwarzen Parka und einer Sonnenbrille wieder auf. »Ich habe sogar noch mein Kostüm.«

Sie hob den Parka hoch und ließ ihn sofort wieder sinken. »Größe 36«, sagte sie enttäuscht und ließ ihn auf den Boden fallen. »Gott, ist das lange her.«

Langsam kam sie wieder zum Tisch und setzte sich. »Aber warte mal …« Nachdenklich starrte sie Ernst an, trank ihren Schnaps in einem Zug aus und schenkte gleich wieder nach. »Wir haben Advent. Um diese Zeit laufen jede Menge als Weihnachtsmann verkleidete Menschen durch die Gegend, von denen kann doch einer eine Bank überfallen. Wir müssen an deinem Kostüm vielleicht einige Details ändern, damit dich niemand identifizieren kann, aber das ist meine leichteste Übung. Wir haben auch noch den alten Bart von Dietrich, der ist ein bisschen gelb, aber tarnt gut. Und du brauchst noch mehr Bauch, das geht mit Schaumstoff, und eine Sonnenbrille und …«

»Warte mal kurz«, mit erhobenen Händen unterbrach

Ernst die sich in Rage redende Hella. »Wir reden hier ja von einer Straftat.«

»Für den guten Zweck.« Hella lächelte sanft.

»Aber was ist mit Martina?«

»Was soll mit ihr sein?«

Ernst sah sie zweifelnd an. »Ich kann ihr doch nichts tun. Ich kenne sie doch schon seit Jahren.«

»Du musst ihr ja auch nichts tun.« Hella schüttelte den Kopf. »Du willst nur das Geld und keine Geisel nehmen. Vielleicht hat sie ja auch Pause und ihr neuer komischer Chef ist da. Der nicht spenden wollte und uns deshalb überhaupt zu solchen Mitteln zwingt.«

Ernst war noch nicht beruhigt. »Ich weiß nicht. Wenn Martina da so vor mir sitzt und ich komme auf sie zu ...«

»Ja und?«, unterbrach ihn Hella. »Das ist ihr Berufsrisiko. Damit muss man rechnen, wenn man in der Bank arbeitet. Dass man unter Umständen auch mal überfallen wird. Apropos ...« Aufgeregt sprang sie wieder auf und begann hektisch etwas zu suchen. Mit dem Rücken zu ihm hob sie nacheinander die Deckel verschieden großer Hutschachteln ab, die in einer Ecke gestapelt standen, bis sie etwas gefunden hatte. »Na bitte«, rief sie stolz und drehte sich abrupt mit nach vorn ausgestreckten Armen zu Ernst um, der sofort erschrocken aufschrie und sich duckte. »Herrgott, Hella, nimm das Ding weg.«

»Was denn?« Zufrieden beäugte sie den glänzenden

schwarzen Revolver, der schwer in ihren Händen lag. »Der ist doch nicht echt. Aber gut gemacht, oder? Habe ich damals Kurt aus dem Theaterfundus abgekauft. Für sechs Mark. Ich habe immer gewusst, dass ich den irgendwann gebrauchen kann.«

Tief ausatmend kam Ernst wieder hoch. Sein Herz raste. Das war doch eine Schnapsidee, im wahrsten Sinne des Wortes. Allerdings …

Er beugte sich vor und nahm Hella vorsichtig den Revolver aus der Hand. Er sah täuschend echt aus, wobei Ernst, wenn er ehrlich war, noch nie in seinem Leben einen echten Revolver gesehen hatte. Nur im Film. Aber da sahen die so aus.

Ernst wog ihn prüfend in der Hand, legte dann seinen Zeigefinger auf den Abzug, hob ganz langsam den Revolver hoch, kniff ein Auge zusammen und zielte über Hellas Schulter auf den Plastikraben, der zur Abschreckung der Möwen auf dem Balkongeländer saß. »Peng.«

Er ließ die Waffe sinken. Der Rabe saß immer noch da. »Vorbeigeschossen«, sagte Ernst und sah Hella an. »Aber fühlt sich an wie echt.«

Hella nickte anerkennend. »Der liegt dir so gut in der Hand, man könnte denken, du würdest das dauernd machen. Komm, steh mal auf. Wir probieren was aus.«

Während Ernst sich gespannt erhob, verschwand Hella im Flur und kam nach einem kurzen Augenblick mit ihrem roten Samtmantel, Schal, Mütze und einer Sonnenbrille wieder zurück. »So«, sagte sie, klemmte Mütze und Schal unter den Arm und hielt Ernst den Mantel hin. »Schlüpf mal rein.«

»Aber das ist ein Damenmantel.« Mit gerunzelter Stirn musterte er ihn. Hella hob ihn höher. »Stell dich nicht so an, ich will nur was probieren.«

Ernst zwängte sich rein, der Mantel reichte ihm knapp bis zu den Knien, Hella war nicht besonders groß. Die Ärmel waren viel zu kurz, dafür ließ der Mantel sich schließen, Hella hatte viel Busen.

Sie betrachtete ihn mit schief gelegtem Kopf, dann stülpte sie ihm die Mütze mit der roten Blume auf den Kopf, wickelte ihm einen Schal um den Hals, den sie bis über den Mund zog, und setzte ihm eine Sonnenbrille auf. Sie trat einen Schritt zurück und musterte ihn mit verschränkten Armen. »Nicht zu erkennen.« Sie umrundete ihn und blieb zufrieden vor ihm stehen.

»Jetzt steck mal die Knarre in die Manteltasche«, forderte sie ihn auf. »Und dann proben wir das mal.«

Ernst kniff die Augen zusammen. »Ich kann dich mit der Sonnenbrille kaum erkennen, es ist jetzt alles so düster.«

»Da gewöhnst du dich gleich dran. Los, die Knarre in die Manteltasche. Ich setze mich hierhin und bin Martina. Und du kommst rein und forderst das Geld.«

»Okay.« Ernst versenkte die Revolverattrappe in der Manteltasche, zählte bis drei und schritt entschlossen auf Hella zu, die jetzt auf einem Sessel saß und plötzlich eine gläserne Tortenplatte vor ihr Gesicht hielt. Irritiert sah er sie an. »Was soll das?«

»Das ist die Trennscheibe. Es muss ja so authentisch wie möglich sein.«

»Aber es ist eine Tortenplatte. So kann ich das nicht.«

Seufzend ließ Hella sie sinken. »Na gut. Aber du musst dich auch ein bisschen anstrengen. Komm noch mal auf mich zu.«

Ernst ging wieder zur Tür, straffte seinen Rücken, dann kam er zurück. Hella sah ihn an. »Bitte schön?«

»Nein, nein«, Ernst ließ seine Schultern sinken. »Martina sagt nie: Bitte schön. Du musst das anders machen.«

»Ernst«, Hella funkelte ihn an, »das ist doch völlig egal, was sie sagt. Du musst nur die Waffe zücken und sagen: Geld her. Du hast doch den Film gesehen. Also, noch mal.«

Ernst drehte sich wieder um, ging zur Tür, atmete tief durch und durchquerte den kleinen Raum erneut. Hella sah ihn aufmunternd an und schwieg. Ernst wartete noch einen Moment, dann sagte er laut. »Ich … ich will Geld.«

»Knarre«, formten Hellas Lippen lautlos.

»Was?«

»Du musst die Knarre ziehen.« Hella sprang auf und schob Ernst zum Sessel. »Ich mach es dir mal vor. Meine Güte, du stellst dich aber auch an.«

Sie zog ihm den Revolver aus der Manteltasche und ging zur Tür. Dort stand sie einen Moment mit geschlossenen Augen und konzentrierte sich. Ein letztes Einatmen, eine schnelle Drehung, Entschlossenheit im Blick, perfekte Körperspannung. Jetzt hob sie das Kinn, marschierte auf ihn zu, blieb breitbeinig vor ihm stehen, hielt die Waffe in seine Richtung und rief: »Dies ist ein Überfall. Machen Sie, was ich sage, dann passiert Ihnen nichts. Und nun das Geld her.«

Zufrieden ließ sie die Waffe sinken und sah ihn an. »So musst du das machen. Und jetzt du.«

Sie tauschten wieder die Positionen, Ernst nahm den nächsten Anlauf.

»Dies ist ein Überfall«, rief er, als ihm einfiel, dass er die Waffe noch in der Manteltasche hatte. Beim Rausziehen fiel sie ihm scheppernd auf den Boden.

»Noch mal«, Hella schüttelte den Kopf, »wir üben das jetzt so lange, bis es sitzt.«

»Wir brauchen noch eine Tüte«, fiel Ernst ein. »Das Geld muss ja irgendwo rein.«

»Richtig«, Hella richtete den Zeigefinger auf ihn. »Gut, langsam denkst du mit. Ich habe einen Rucksack. Finde ich besser als eine Tüte. Falls es schneit, wird die Beute nicht nass.«

Ernst wollte gerade zur Tür gehen, als ihm noch was einfiel. »Was machst du eigentlich die ganze Zeit? Gehst du nicht mit rein?«

»Nein«, Hella hob erstaunt den Kopf, »ich fahre doch den Fluchtwagen. Ich stehe mit laufendem Motor vor der Bank. Oder willst du mit dem Rentier fliehen? So, und jetzt noch mal.« Sie klatschte kräftig in die Hände. »Banküberfall, Klappe drei. Und bitte.«

Drei Stunden später wankte Ernst mit leichter Schlagseite nach Hause. Ihm schwirrte der Kopf, er fühlte sich verschwitzt, gleichzeitig euphorisch, hatte Hellas Kommandos noch im Ohr und ein paar Gläser Haselnussbrand zu viel. Was ihn ein bisschen schwindelig machte. Aber er hatte alles, was Hella an Schauspielkunst von ihm verlangt hatte, abgeliefert. Sie hatte sich nach dem letzten Durchgang aus ihrem Sessel erhoben und im Stehen applaudiert. Eine überzeugende Leistung, hatte sie gesagt, sie wäre äußerst zufrieden und Ernst hätte nun wirklich eine große Ähnlichkeit mit dem Schauspieler aus den *Gentleman-Räubern.*

Er stolperte über einen festgefrorenen Schneehaufen und bekam Schluckauf. Etwas langsamer ging er weiter, es lag immer noch viel Schnee, wenngleich die Bürgersteige mittlerweile geräumt waren.

Sie hatten alles minutiös geplant, waren den Text und

die Abläufe immer wieder durchgegangen, bis Hella befunden hatte, dass jetzt alles saß. An dieser Stelle hatte Ernst doch noch leise Zweifel bekommen, ob ihr Vorhaben nicht wahnsinnig, weil doch auch kriminell war, aber Hella hatte ihn beruhigt. »Wir machen es ja nicht zur eigenen Bereicherung, sondern für einen guten Zweck. Und denk doch mal an die Augen der Kinder, wenn du ihnen als Weihnachtsmann ihre Geschenke überreichst. Und an ihre hungrigen Mägen, wenn sie in den Kinder-Club kommen. Und im Übrigen wird die Bank doch sowieso geschlossen. Eigentlich setzen wir doch nur ein Ausrufezeichen. So eine Art Protest.«

Das hatte Ernst letztlich als Argument gereicht. Man durfte sich schließlich nicht alles gefallen lassen. Man musste auch mal Flagge zeigen. Oder eben eine Revolverattrappe.

Als er etwas später die heimische Haustür aufschloss, verspürte er zwar etwas Lampenfieber, war aber vom gefassten Plan mehr als überzeugt. Gudrun würde er nichts davon erzählen, das hatten Hella und er beschlossen. Sie war einfach nicht nervenstark genug, und es bestand die Gefahr, dass sie sich verplapperte. Das konnten sie nicht riskieren. Und je weniger Mitwisser, desto besser, das hatten die *Gentleman-Räuber* auch so gehandhabt. Ihre Ehefrauen waren ja auch ahnungslos gewesen. Also war es so auch das Beste für Gudrun.

10.

Vom Geräusch eines Schneeschiebers geweckt öffnete Martina am Montagmorgen schlaftrunken die Augen und tastete mit einer Hand nach ihrem Wecker. Sie hielt ihn sich vor die Augen, es war gerade mal halb sieben. Und sie hatte heute frei. Ohne die Nachttischlampe anzumachen, schlug sie die Decke zurück und quälte sich aus dem Bett, um aus dem Fenster zu sehen. Sie schob die Gardine ein Stück zurück und sah nach draußen. Es schneite leise vor sich hin, es war dunkel, es schien kalt, und mittendrin schob Anton Kulikow Schnee. Wenigstens hatte er eine Mütze auf.

Seufzend griff Martina nach ihrem gelben Bademantel, der am Haken an der Tür hing. Ihre Hausschuhe standen daneben, sie schlüpfte hinein, zog den Gürtel fest zu und schlurfte zur Haustür. Der Schnee wehte ihr entgegen, als sie die Tür öffnete, Martina ging ein Stück zurück und spähte den Weg entlang. Genau in dem Moment ging die Tür nebenan auf und Irina Kulikow trat heraus.

»Oh«, sie zuckte erschrocken zusammen, als sie Martina im gelben Bademantel entdeckte. »Guten Morgen, Frau Wolf.«

»Morgen«, Martina deutete mit dem Kopf in die Richtung, aus der das Geräusch des Schneeschiebens kam. »Anton muss hier keinen Schnee schieben. Und schon gar nicht so früh. Das mache ich gleich selbst.«

Irina lächelte sie verlegen an. Sie trug heute auch endlich mal eine dicke Jacke, eine sehr schöne, wie Martina fand, sogar mit Fell innen und an der Kapuze. Sonst war sie immer viel zu dünn angezogen.

»Sie müssen doch gleich in die Bank«, sagte Irina jetzt. »Ich fange heute erst um zehn im Hotel an. Und deshalb wollte ich schnell noch schieben, aber Anton wollte unbedingt helfen, ich löse ihn jetzt ab, weil er bald zur Schule muss. Ich habe mir nur eine warme Jacke angezogen.«

Martina nickte. »Ich muss heute nicht in die Bank, ich habe frei.«

»Dann bleiben Sie doch im Warmen.« Irina zog ihre Handschuhe an. »Ich bin schon fertig, ich mache das gern, wirklich.«

Martina zögerte, sie mochte es eigentlich nicht, wenn andere Menschen ihre Arbeit machten. Anscheinend spürte Irina das. »Aber vielleicht kann ich Sie bei dieser Gelegenheit um etwas bitten«, sagte sie langsam.

Martina sah sie an. »Um was?«

»Das Badezimmerfenster schließt nicht richtig«, Irina hob die Schulter, »und ich möchte die Heizung nicht höher drehen. Ich habe versucht, es zu reparieren, aber anscheinend ist der Rahmen verzogen, ich befürchte, das Fenster muss ausgetauscht werden. Es ist immer so kalt im Bad.«

»Ich rufe einen Handwerker an.« Martina ging noch einen Schritt zurück. »Und danke fürs Schieben.«

»Gern geschehen«, Irina stülpte eine Wollmütze über die blonden Haare, »und ich danke fürs Fenster.«

Nach einem abschließenden Nicken schloss Martina die Tür.

Nachdem sie sich gewaschen und angezogen, ihr Bett ordentlich gemacht, sich einen Tee gekocht und wie immer morgens eine Scheibe Graubrot mit Quark und Pflaumenmus gegessen hatte, wusch sie Teller, Tasse und Besteck ab und stellte das Radio an, um Nachrichten zu hören. Als die Radiomoderatorin sagte, dass es jetzt acht Uhr sieben sei, stand sie auf und holte ihr Telefon von der Station. Sie wählte die Nummer, wartete auf die Stimme und sagte: »Guten Morgen, hier ist Wolf aus List, ich brauche ein neues Fenster im Badezimmer. Meine Kundennummer ist die 12227 6778 und es ist dringend.«

»Oh, das passt ganz gut, mein Chef hat gerade angerufen, er ist bei Ihnen in der Gegend und ein Termin ist ausgefallen. Wenn ich ihn sofort anrufe, kommt er gleich selbst vorbei, würde das gehen?«

»Ja.« Martina wiederholte die Adresse, dann legte sie auf und ging raus, um Irina Bescheid zu sagen. Die stellte gerade den Schneeschieber an die Hauswand und schüttelte den Schnee von der Mütze.

»Es kommt gleich jemand und sieht sich das Fenster an. Er klingelt bei Ihnen. Wenn er fertig ist, soll er auch noch bei mir klingeln.«

»Gut«, Irina lächelte dankbar. »Danke. Und ich sag es ihm.«

Irina hatte den Mann, der in einem schwarzen Mercedes gekommen war, in ihre Wohnung gelassen. Es dauerte 14 Minuten von der Ankunft des Mannes bis zum Moment, an dem er bei Martina klingelte. Martina hatte hinter der Haustür gewartet und riss sie nach dem ersten Klingeln auf.

»Guten Morgen, Frau Wolf?«

Schließfach 27, dachte Martina. Kontonummer 523 111 8. Aber sie zahlen nur montags ein. Donnerstags legten sie immer nur Umschläge ins Schließfach.

»Guten Morgen, Herr Brandstetter.«

Brandstetter GmbH & Co., Holzfirma und Bauunternehmen aus Westerland mit Filiale in Bredstedt, ein Geschäftskonto, ein Privatkonto, keine Vermögensanlagen bei der Bank. Insa ist die Ehefrau von Horst Brandstetter. Vollmachten für alle Konten.

Martina sah auf den Boden, bevor sie den Kopf hob und sich auf den Mann, der jetzt vor ihr stand und sie irritiert ansah, konzentrierte. Graue, etwas zu lange Haare, dunkelrote Cordhose, gleichfarbiger Rollkragenpullover, schwarzer Mantel mit Fellbesatz, an jedem Ärmel fünf goldene Knöpfe.

»Treten Sie ein«, sie trat zurück und öffnete die Haustür weit. »Gerade durch.«

Horst Brandstetter war immer noch irritiert. »Kennen wir uns? Verzeihung, ich kann mich gerade nicht erinnern. Aber Sie haben auch ein Problem? Oder betrifft es das Badezimmerfenster nebenan?«

»Ja«, Martina war im Wohnzimmer stehen geblieben und deutete auf einen der vier Stühle, die um den runden Esstisch standen. »Es betrifft das Badezimmer nebenan. Ich muss doch bestimmt einen Auftrag unterschreiben.«

»Ach«, Horst Brandstetter musterte sie, dann sah er sich mit einem eigentümlichen Gesichtsausdruck in ihrem Wohnzimmer um. Martina hatte die Möbel in ihrem Elternhaus nie ausgetauscht, die grüne Sitzgarnitur war noch wie neu, auch der Schrankwand aus dunkler

Eiche sah man ihr Alter nicht an. Vor dem Röhrenfernseher, der immer noch einwandfrei funktionierte, stand ein brauner Sessel, daneben ein dreibeiniges Tischchen, auf dem die Fernbedienung und die Fernsehzeitschrift lagen. Es war alles zweckmäßig und Martina gefiel es. Das Einzige, was sie nicht gemocht hatte, waren die Deckchen, Vasen, Döschen, Sammelbilder und gerahmten Fotos, die ihre Mutter überall hingestellt hatte. Die hatte Martina nach dem Tod ihrer Eltern entsorgt, sie mochte leere Flächen und verabscheute Staub. Und Staubfänger. Bis auf ein Ölbild über dem Sofa, Segelschiff auf tosendem Meer, gab es nichts in diesem Zimmer, was überflüssig war. Es war alles übersichtlich und pflegeleicht. Das Bild hing nur noch da, weil die Tapete dahinter so verblichen war.

»Ist das Ihr Haus? Sie haben die andere Haushälfte vermietet?«

»Ja«, antwortete Martina knapp und fragte sich, warum er das wissen wollte. Er hatte sich immer noch nicht gesetzt, sondern ging stattdessen zur Terrassentür, um in den Garten zu sehen. »Wie groß ist das Grundstück?«

»1174 Quadratmeter.«

»Und die Wohnfläche? Beider Haushälften zusammen?«

»242 Quadratmeter. Können Sie mir sagen, was der Einbau des Fensters kosten wird?«

Horst Brandstetter drehte sich um und schien plötzlich wie ausgewechselt. Mit einem verbindlichen Lächeln zog er einen der akkurat angeordneten Stühle zurück und nahm Platz. »Ja, Frau Wolf«, begann er mit lauter Stimme. »Ich habe mir das Badezimmer drüben ja angesehen. Es müsste schon mal einiges dran gemacht werden, aber das wissen Sie ja bestimmt selbst.«

»Warum muss das Badezimmer gemacht werden?« Martina setzte sich auf den gegenüberliegenden Stuhl. »Da ist nichts dran. Nur das Fenster ist kaputt. Und das muss schnell repariert werden. Es ist kalt draußen.«

»Das Fenster«, er legte den Zeigefinger auf den Mund und sah sinnierend aus dem Fenster. Als hätte er gerade einen Geistesblitz gehabt, nahm er den Finger weg und schüttelte den Kopf. »Wenn ich doch nur wüsste, wo wir beide uns kennengelernt haben. Ich komme einfach nicht darauf.«

Martina blickte ihn regungslos an. Sie war eine dieser unsichtbaren Frauen, die man stets übersah, sie hatte immer schon zu ihnen gehört. Sie wurde nie von Menschen wie Brandstetters wahrgenommen, daran war sie gewöhnt. Horst Brandstetter kam ohnehin selten in die Bank. Und wenn, dann war er immer sofort mit Dietrich Stockmann in dessen Büro gegangen. An Martina hatte er nie einen Blick verschwendet. Das hatte er jetzt davon.

»Das fällt Ihnen bestimmt noch ein. Was wird das Fenster denn nun kosten?«

Brandstetter stützte sein Kinn auf die Faust und sah sie interessiert an. »Haben Sie schon mal darüber nachgedacht, dieses Haus zu verkaufen? Es gibt ja doch einen gewissen Reparaturstau in so einem alten Haus. Auch wenn es schön ist, ist es ja ein altes Haus. Aber im Moment sind alle verrückt darauf, eine Immobilie auf der Insel zu kaufen, meine Frau Insa makelt auch nebenbei, ich kann gern mal den Kontakt herstellen.« Er beugte sich etwas vor. »Wir reden hier sicherlich von knapp zwei Millionen. Bei der Grundstücksgröße und der Lage.«

»Ja«, Martina nickte. »Das weiß ich. Aber ich habe nicht vor, mein Haus zu verkaufen. Ich wohne hier. Und habe nette Mieter. Was kostet jetzt das Fenster? Und wann kann es jemand einsetzen?«

»Das Fenster?«, er lehnte sich wieder zurück. »Also, das Fenster selbst etwa 160 Euro, der Einbau noch mal 400, also roundabout 560 Euro. Brauchen Sie eine Rechnung?«

»Ich zahle bar.«

»Umso besser«, er zwinkerte ihr zu. »Ohne Rechnung bekommen Sie es für 400 Euro. Freundschaftspreis unter Insulanern. Und ich denke, dass wir noch ein Fenster dahaben, dann können wir es Mittwoch oder Donnerstag einsetzen. Ich schicke einen meiner Leute. Darf meine Frau Sie mal anrufen? Bezüglich Ihres Hauses?«

Insa Brandstetter würde sogar wissen, woher sie Martina kannte. Das Haus wollte sie trotzdem nicht verkaufen. Aber vermutlich würde Insa viel freundlicher zu ihr sein, wenn sie die Maklerprovision witterte. Es würde ihr nur nichts nützen.

»Mittwoch oder Donnerstag«, wiederholte Martina jetzt und überlegte, ob das Geld dann schon am Donnerstag von Insa Brandstetter ins Schließfach gelegt würde. In die Nummer 27.

Sie schob ihren Stuhl mit einem lauten Geräusch zurück und sah auf die Uhr. »Gut. Sie rufen an, wenn Sie wissen, wann ein Handwerker kommt?«

»Natürlich«, eilig erhob er sich und streckte seine Hand aus, die Martina etwas widerstrebend ergriff und schnell wieder losließ.

»Die Firma meldet sich. Also dann, wir hören uns bestimmt bald, noch einen schönen Tag.«

Sie brachte ihn zur Tür, wo er sich mit dem Finger an die Schläfe tippte und sagte: »Und bis zum nächsten Mal fällt mir auch ein, woher wir uns kennen.«

Martina nickte und schloss die Haustür hinter ihm. Horst Brandstetter war bestimmt fünfzehn Jahre älter als Insa und fünfundzwanzig Jahre älter als Sven Steffens. Er könnte dessen Vater sein. Martina war gespannt, was sich noch zwischen Steffens und Insa entwickeln würde. Sie würde das im Blick behalten.

11.

»Und du bist dir sicher?« Ernst hatte das Gefühl, er hätte Brausepulver im Bauch, es kribbelte, als würde er gleich explodieren, während er Hella ansah, die noch schnell einen dicken Bommel an die neue Weihnachtsmannmütze heftete. »Ganz sicher?«

»Ja, doch.« Hella biss den Faden ab und stand auf, um ihm die Mütze auf den Kopf zu stülpen. »Martina ist zu Hause, ich kann doch das Haus von meinem Küchenfenster sehen. Brandstetter war ganz früh bei ihr, da muss wohl was repariert werden. Vielleicht hat sie sich deshalb freigenommen.«

»Oh Gott!« Ernst stöhnte und fühlte einen Anflug von Panik. »Ich hätte es lieber noch mal geübt. Es ist schon zwei Tage her, seit wir das geprobt haben. Ich glaube, ich habe schon wieder alles vergessen.«

»Zieh mal den Bart etwas höher«, Hella stand mit schief gelegtem Kopf vor ihm. »Und schieb den Schaumstoff mehr in die Mitte, es soll der Bauch sein, nicht der Hüftspeck.«

Ernst tat, was sie sagte, seine Hände zitterten. »Können wir das Ganze nicht doch noch mal üben? Nur zur Sicherheit?«

»Himmel«, Hella trat näher und knuffte den Schaumstoff unter dem Mantel noch mehr in die Mitte, bis sie zufrieden nickte. »Wie oft noch? Du gehst in die Bank, fuchtelst mit dem Revolver und sagst: *Dies ist ein Überfall. Machen Sie, was ich sage, dann passiert Ihnen nichts. Und nun das Geld her.* Dann schiebst du den Rucksack über den Tisch, nimmst das Geld, drehst dich um und steigst draußen in den Wagen, in dem ich bei laufendem Motor sitze. Abgang. Das war's.«

»Und wenn mich jemand erkennt?« Ernst wischte sich den Schweiß von der Stirn, in Hellas Wohnung war es unerträglich warm.

»Wer soll dich erkennen? Du bist der Weihnachtsmann.« Hella nahm eine Fusselbürste und fuhr damit kräftig über den roten Mantel, den sie extra für diesen Anlass angefertigt hatte. Es durfte schließlich keine Spur zum Weihnachtsmann der Gemeinde führen. Der neue Bankräubermantel war länger, das Rot war dunkler, er war weiter geschnitten, weil Ernst einen Bauch aus Schaumstoff umgeschnallt hatte, und war an Kragen und Kapuze mit weißem Kunstfell besetzt.

»Dieser Mantel ist viel schöner als der alte von Dietrich«, bemerkte sie stolz. »Wenn im nächsten Jahr etwas

Gras über die Sache gewachsen ist, kannst du ihn auch beim Weihnachtsmarkt tragen. Das fällt dann nicht mehr auf. Der ist so elegant geworden, ich habe mich wirklich selbst übertroffen. So. Wollen wir los?«

»Mir ist schlecht.« Ernst presste die Hand auf den Magen. »Oh Gott, oh Gott, oh Gott, wenn das mal alles gut geht. Können wir nicht doch vielleicht erst morgen …«

»Ernst«, ungeduldig warf Hella die Fusselbürste auf den Tisch, »es ist nicht mehr lange bis Weihnachten, wir brauchen das Geld für die Geschenke, Dietrich hockt immer noch auf den Kanaren und meldet sich nicht, Martina hat heute offensichtlich ihren freien Tag, also fahren wir jetzt los und bringen es hinter uns. Jetzt sei keine Memme, sondern ein Mann, schieb die Knarre in die Tasche und sag noch einmal den Text auf.«

»Dies ist ein Überfall. Machen Sie, was ich sage, dann passiert Ihnen nichts. Und nun das Geld her«, antwortete Ernst prompt und war selbst erstaunt, wie leicht ihm der Text über die Lippen ging. Erleichtert lächelte er sie an. »Ich kann es.«

»Geht doch.« Hella gab ihm einen Klaps auf den Arm und griff nach Tasche und Mantel, die schon über dem Stuhl hingen. Sie stellte sich auf die Zehenspitzen und deutete ein Spucken über seine Schulter an. »Toi, toi, toi.«

Schon um neun Uhr hatte Hella bei Ernst angerufen und ihm gesagt, dass bereits heute und nicht erst morgen der Plan ausgeführt werden musste, weil sie durchs Küchenfenster gesehen hatte, dass Martina zu Hause und nicht in der Bank war. Ernst hatte natürlich Panik bekommen, schließlich war es der erste Banküberfall, den er verüben würde, aber Hella hatte ihn mit ihrer Euphorie angesteckt.

»Ernst, es ist perfekt«, hatte sie gesagt. »Du hattest doch Skrupel wegen Martina und jetzt ist der Weg frei. Ich konnte nach dem Weihnachtsmarkt gestern nicht schlafen, ich darf einfach keinen Kaffee nach 17 Uhr trinken, also habe ich noch in meinen Kisten gestöbert und einen alten roten Mantel gefunden. Und ein altes Fellkissen. Und daraus habe ich bis heute Morgen um drei einen grandiosen Weihnachtsmannmantel genäht. Den alten Bart von Dietrich habe ich noch hier, die Mütze habe ich aus den Resten genäht, es ist alles fertig. Es geht los, Ernst, es geht lo-hos. Ich freu mich.«

Bei Ernst hielt sich die Freude in Grenzen, ihm wurde sofort übel vor Lampenfieber. »Und was, was sage ich Gudrun? Wo ich jetzt hingehe? Ich muss ihr ja was sagen, ich habe doch … heute? Wollen wir das wirklich heute machen?« Ihm wurde bei dem Gedanken ganz heiß im Kopf.

»Ernst, du musst atmen. Atmen. Durch den Mund

ein-, durch die Nase ausatmen. So. Und jetzt langsam zum Mitschreiben: Du kommst um 11 Uhr hierher. Dann ziehst du dich um, ich statte dich so aus, dass noch nicht mal Gudrun dich erkennen würde. Eine Stunde später starten wir unser Projekt. Kurz bevor die Bank Mittagspause macht. Wir sind gut vorbereitet, wir haben alles besprochen und geprobt, zum Mittagessen bist du wieder zuhause und wir haben das Problem gelöst. Vielleicht kannst du Gudrun sagen, dass du erst um halb zwei essen willst. Dann kommen wir nicht so in Hektik.«

»Und was soll ich ihr sagen? Was ich vorhabe?«

»Du sagst ihr, dass meine Waschmaschine nicht schleudert und ich dich gebeten habe, mal nachzusehen, woran das liegt. Das glaubt sie sofort, ich habe ihr neulich erzählt, dass die Maschine schon einundzwanzig Jahre alt ist. Also, wir sehen uns um elf. Und denk dran: Atmen.«

Erstaunlicherweise hatte Gudrun noch nicht mal nachgefragt, sondern nur genickt und kaum von den Weihnachtskarten, die sie gerade schrieb, hochgeblickt. »Ja, tschüs, Ernst«, hatte sie nur gemurmelt. »Um halb zwei gibt's heute erst Essen. Ich will vorher noch alle Karten schreiben und mein Geschenkpapier sortieren.«

Und jetzt stand er hier mit dem ganzen Brausepulvergefühl im Bauch. Und hatte plötzlich einen furchtbaren

Gedanken. »Der Fluchtwagen«, stieß er hervor. »Hella, wir haben ein Problem.«

Sie hatte die Haustür schon geöffnet und sah ihn jetzt fragend an. »Welches?«

»Wenn ein Weihnachtsmann vor der Bank in mein Auto steigt und nach einem Überfall mit quietschenden Reifen wegfährt, kann man doch sofort rausfinden, dass ich das war. Es ist doch mein Auto. Und ich werde es nicht als gestohlen melden. Wir …«

»Ernst«, besänftigend legte Hella ihm eine Hand auf den Arm und schob ihn in den Hausflur, »hältst du mich für blöde? Um das Fluchtauto habe ich mich gekümmert, wir nehmen doch nicht deins.«

An der Hauseingangstür ging sie vor und vergewisserte sich, dass niemand auf der Straße war, der Ernst in seinem neuen, eleganten Weihnachtsmannkostüm sehen konnte. »Die Luft ist rein«, sagte sie leise und zog ihn am Ärmel mit sich. Vor einem grünen Kleinwagen, der am Straßenrand geparkt war, blieb sie stehen und öffnete die Türen. »Einsteigen«, befahl sie und setzte sich auf den Fahrersitz, während Ernst das Auto umrundete und auf der anderen Seite einstieg.

»Hamburger Nummer?«, fragte er neugierig. »Wem gehört das Auto?«

»Das Auto gehört einem alten Bekannten aus Kampen«, sagte Hella fröhlich. »Siggi. Der hat ganz früher als

Kellner bei uns im Hotel gearbeitet, ich kaufe im Moment ab und zu für ihn ein, dann leiht er mir immer sein Auto. Er hat den Führerschein abgegeben. Sommerfest am Meer. Da hatte er ein bisschen zu viel getrunken.« Sie startete den Motor und lenkte den Wagen aus der Parklücke.

»Ja, aber«, Ernst sah sie entsetzt an, »dann kann der Verdacht auf ihn fallen, falls uns Zeugen sehen.«

»Nur der Wagen gehört Siggi«, korrigierte ihn Hella und schaltete zügig in den nächsten Gang. »Die Nummernschilder hatte ich noch im Keller, das sind die alten von Hugo. Ich fand das so süß, HH-HH 125. Hamburg, Hella und Hugo und am 12. Mai haben wir geheiratet, ich habe die damals aufgehoben. Ist ja mein Reden, irgendwann kann man alles mal gebrauchen.«

Ernst war über seinem Bart ganz blass geworden. »Du hast die Nummernschilder gewechselt? Und die alten angeschraubt? Das ist verboten.«

»Ein Banküberfall auch«, Hella zuckte die Achseln, »wenn man es genau nimmt. Aber damit sollten wir uns jetzt nicht aufhalten, da vorn ist ja schon die Bank. Uhrenvergleich?«

»Ich habe keine um.«

»Ist auch egal.« Hella runzelte die Stirn. »Wieso stehen da denn zwei Autos auf dem Parkplatz? Sonst ist um diese Zeit kein Mensch in der Bank. Ich fahre noch mal um den Block. Wir brauchen keine Zeugen.«

Sie beschleunigte wieder und fuhr Richtung Ortsausgang, am letzten Abzweig bog sie rechts ab und folgte der Einbahnstraße, die nach einem Bogen wieder auf die Hauptstraße führte. Hella blieb stehen, um den Bus an sich vorbeifahren zu lassen, es war das einzige Fahrzeug, das zu sehen war.

»Nichts los im Ort«, sagte sie leise. »Dann wollen wir mal hoffen, dass jetzt auch die Bank leer ist. Bis auf diesen Steffens. Die arme Martina, jetzt wird die auch noch arbeitslos.«

Ernst zuckte zusammen, er hatte ganz verdrängt, dass er ja auf Steffens treffen würde. Nur Martina hatte frei, ihr Chef würde gleich überfallen werden.

»Und wenn er auch eine Waffe hat?«

»Der hat doch keine Waffe«, Hella lachte auf. »Der hat höchstens einen Knopf unterm Tisch, den er drückt, um den Alarm auszulösen.«

»Ja, eben.« Ernst brach schon wieder der Schweiß aus, sein linkes Knie fing an zu zittern.

»Was, eben?« Hella sah ihn an. »Bis die Polizei aus Westerland hier ist, sitzt du schon beim Mittagessen. Jetzt atme durch, das wird ein Kinderspiel. Sag noch mal den Text.«

»Dies ist ein Überfall. Machen Sie, was ich sage, dann passiert Ihnen nichts. Und nun das Geld her«

»Siehst du«, aufmunternd schlug sie ihm aufs Knie. Sofort hörte es auf zu zittern. »Du kannst es.«

Tatsächlich waren die vier Kundenparkplätze vor der Bank jetzt leer, Hella setzte den Blinker und fuhr auf den vorderen Platz. Sie legte den Leerlauf ein und zog die Handbremse an, während der Motor weiterlief.

»Das ist eigentlich Umweltverschmutzung«, monierte Ernst und starrte auf den Eingang der Bank.

»Das ist eigentlich auch ein Fluchtfahrzeug«, konterte Hella und sah ihn an. »Und apropos. Du musst jetzt da rein. Kontrollier noch mal die Waffe und den Rucksack und dann tief Luft holen.«

Ernst kontrollierte und holte tief Luft, dann legte er die Hand auf den Türgriff, genau in dem Moment, als der grüne alte VW-Bus mit der Berliner Nummer ruckelnd neben ihnen zum Stehen kam. Sofort ließ er die Hand sinken.

»Verdammt«, Hella stellte jetzt doch den Motor aus, »was macht der denn jetzt hier?«

Sie sahen den Mann aussteigen, er trug wieder diesen speckigen Parka und zog im Gehen etwas aus seiner hinteren Hosentasche. Ohne sich umzusehen, drückte er die Tür auf.

»Nicht, dass der vor uns die Bank überfällt«, stöhnte Hella und beugte sich vor. »Dann raste ich aus.«

Ernst schwieg und starrte konzentriert auf die Tür, die schon nach wenigen Augenblicken wieder aufging. Der Berliner kam raus, stutzte kurz, als er den Weihnachtsmann im Auto entdeckte, lächelte und stieg in seinen Bus. Kurz danach fuhr er vom Parkplatz und hinterließ eine dunkle Abgaswolke.

»Der hat wohl nur Geld am Automaten gezogen«, sagte Ernst nach einer Weile. »Komisch, ich hätte gewettet, dass der kein Geld hat. Er sieht aus wie ein Penner.«

»Konzentrier dich.« Hella stieß Ernst an. »Und jetzt los. Bevor noch jemand kommt. Du schaffst das. Denk an die Kinder. An Anton Kulikow.«

Plötzlich spürte Ernst, wie seine Anspannung einer großen Entschlossenheit wich. Seine Schultern strafften sich, sein Blick wurde energisch. Er vergewisserte sich, dass die Waffe in der richtigen Position in der Manteltasche steckte und der Rucksack parat war, dann öffnete er die Tür und stieg aus.

»Lass den Motor laufen, Hella«, sagte er laut und schlug die Tür zu. Mit langen Schritten ging er zur Tür. Er stieß sie auf, durchquerte den Vorraum zur nächsten Tür, wollte auch die schwungvoll aufstoßen, stieß aber krachend dagegen, der Schaumstoff vor dem Bauch federte den Zusammenprall glücklicherweise ab. Sie war zu. Abgeschlossen. Der Schalterraum dahinter lag im Dunkeln, es war niemand zu sehen. Ernst drückte noch mal gegen die Tür. Sie blieb verschlossen. Jetzt erst sah er das weiße Schild, das jemand von innen dagegengeklebt hatte.

Sehr geehrte Kunden, aufgrund einer technischen Umstellung unseres Systems bleibt diese Filiale heute geschlossen. Wir bitten um Ihr Verständnis.

Ungläubig las er den Text, dann gleich noch mal. Das konnte doch nicht wahr sein. Er war hier, auf den Punkt vorbereitet, und jetzt das. Eine technische Umstellung. Was sollte das sein? Und warum ausgerechnet heute?

Ernst trat einen Schritt zurück und schob den Schaumstoffbauch, der beim Zusammenprall mit der Tür etwas verrutscht war, zurück an die richtige Stelle. Er fühlte eine tiefe Enttäuschung. Er war so dicht dran gewesen. So dicht.

Hella sah ihm forschend entgegen, als er mit hängenden Schultern aus der Bank kam. Er öffnete die Autotür und setzte sich umständlich auf den Beifahrersitz.

»Du kannst fahren, Hella«, sagte er frustriert. »Das war nichts.«

»Warum?« Sie sah ihn voller Entsetzen an. »Was ist passiert? Hat er dich erkannt? Hast du es nicht hinbekommen? Sag doch mal.«

»Sie haben zu.« Langsam drehte er sich zu ihr. »Wegen irgendeiner technischen Umstellung. Und ich hatte so ein gutes Gefühl.«

»Ach«, Hella umklammerte mit beiden Händen das Lenkrad und dachte nach. Dann legte sie den Rückwärtsgang ein und fuhr vom Parkplatz. »Okay. Wir betrachten es als gelungene Generalprobe. Und beim nächsten Mal geht es zur Sache. Du hast vorhin so entschlossen ausgesehen, ich bin mir jetzt sicher, dass es klappt. Kopf hoch, Ernst. Wir kriegen die Kohle.«

12.

Wäre die Ampel rechtzeitig auf Grün gesprungen, hätte Anton den Bus noch erwischt. Aber so war er unruhig von einem Bein aufs andere gesprungen, den Blick abwechselnd auf den Bus und die rote Ampel gerichtet, wohl wissend, dass es knapp wurde. Fast wäre er schon bei Rot über die Straße gesprintet, aber das durfte man ja nicht. In dem Moment, als sie auf Grün sprang, fuhr der Bus los. Und Anton sah ihm enttäuscht nach.

Er ließ die Schultern sinken und überquerte langsam die Straße. Der nächste Bus fuhr erst in einer Stunde und Anton fror jetzt schon. Auf dem Bahnhofsvorplatz war der Schnee geräumt, ein großer Tannenbaum mit roten Schleifen und vielen Lichtern stand in der Mitte, hier und da glitzerten die gefrorenen Stellen. Anton schlidderte ein paar Meter, drehte um und schlidderte wieder zurück. Es ging nicht richtig gut, der gestreute Sand stoppte die Fahrt. Er stampfte kräftig den Schnee von den Schuhen, spürte, dass sein linker Strumpf feucht war, und wackelte mit den Zehen. Der Schuh hatte wohl irgendwo eine undichte Stelle.

Unschlüssig blieb er stehen und sah auf die große Bahnhofsuhr. Er musste noch fünfundfünfzig Minuten warten, das war lang. Mit einem nassen Strumpf und kalten Händen. Und jetzt setzte auch noch leichter Schneefall ein. Anton wischte sich Schneeflocken aus dem Gesicht und überlegte, ob es in der Bahnhofsvorhalle wohl etwas wärmer war. Zumindest schneite es da nicht. Seine Zähne klapperten ein kleines bisschen, als er die Halle betrat. Warm war es hier nicht, aber trotzdem besser als draußen. Und ohne Schnee.

Er blieb am Eingang stehen und sah sich um. Es gab ein Café, eine Buchhandlung, einen Blumenladen, einen Raum, in dem man Fahrkarten kaufen konnte. Es waren nur wenige Menschen in der Halle, die auf ihre Züge warteten, einige saßen vereinzelt auf Bänken, andere standen in Gruppen im Gespräch zusammen, niemand beachtete ihn. Sie waren ja auch alle erwachsen.

Anton zog seine schneenasse Mütze vom Kopf und schlenderte zur Buchhandlung, um die Bücher und Zeitschriften im Schaufenster zu betrachten. Ein paar Meter weiter hing ein Fahrplan an der Wand, auch den las er sich durch, was weniger spannend war als die Bücher im Schaufenster. Als er mit allem fertig war, waren immer noch vierzig Minuten übrig. Sein Magen knurrte plötzlich und er blickte sehnsüchtig durch die Tür auf die Auslage des Cafés, in der Kuchen, belegte Brötchen und anderes Gebäck lagen. Alles sah so warm, weich und süß aus, Antons Magen knurrte wieder, er schluckte schnell. Mit seinen klammen Fingern tastete er nach seinem Brustbeutel, zog ihn vor und zählte sein Restgeld. Es waren noch zwei Euro siebzig, Anton beschloss hineinzugehen. Er musste ja nicht das Teuerste kaufen. Und vielleicht war es da etwas wärmer als in dieser zugigen Bahnhofshalle. Es war tatsächlich wärmer, er zitterte, als er sich ans Ende der Schlange stellte, die aus drei Leuten bestand. Mit großen Augen betrachtete er die Auslage, es war fast alles teurer, als er gedacht hatte.

»Na, was bekommst du denn?« Anton zuckte zusammen, er hatte gar nicht mitbekommen, dass es zwei Verkäufer gab und die ersten beiden Kunden schon fertig waren. »Ich müsste noch ein bisschen überlegen«, antwortete er verlegen. »Wenn das geht.«

»Das geht, aber geh solange ein Stück zur Seite und lass den Nächsten ran.« Der Verkäufer blickte über Antons Kopf. »Der Herr dahinter? Was soll's sein?«

Anton machte ihm Platz und versuchte zu entziffern, was ein Franzbrötchen kostete. Die waren nicht ganz so teuer. Die Scheibe des Tresens beschlug von seinem Atem, als er sich runterbeugte, um den Preis zu lesen. Er rieb mit einem Finger über die Stelle vor dem Preisschild.

»Ich nehme zwei Franzbrötchen und einen schwarzen Kaffee zum Mitnehmen«, sagte der Mann hinter ihm laut. Anton drehte sich um. Es war der Mann aus dem grünen Bus, der hinter ihm stand. Der mit den freundlichen Augen. Die ihn jetzt anblickten. »Hallo. Wir kennen uns doch.«

»Hallo«, Anton lächelte. »Ja. Aus List. Sie wohnen in Ihrem Bus.«

Der Mann nickte, zog einen Geldschein aus seiner Tasche und legte ihn auf den Tresen, während er auf seinen Kaffee wartete. »Bist du alleine hier?«

»Ja«, Anton nickte, »ich habe den Bus verpasst. Der nächste fährt erst um zehn nach.«

»Soll ich dich mitnehmen?« Der Mann bekam jetzt seinen Kaffee, die Brötchentüte und das Wechselgeld und sah Anton wieder an. »Du bist ja ganz durchgefroren.«

»Junger Mann?« Der Verkäufer beugte sich über den Tresen. »Hast du dich jetzt entschieden?«

»Was kostet ein Franzbrötchen?«

»Das brauchst du nicht zu kaufen«, der Mann aus dem Bus legte Anton eine Hand auf die Schulter und schob ihn zum Ausgang. »Das habe ich schon gemacht. Danke und auf Wiedersehen.«

Draußen hielt er dem Jungen die duftende Tüte hin. »Nimm dir eins.«

Verlegen blickte Anton erst in die Tüte, dann sah er den Mann an. »Ach, vielen Dank. Ich habe es mir überlegt, ich möchte doch nicht.«

»Nein?« Achselzuckend zog der Mann seinen Arm zurück. »Okay. Soll ich dich denn jetzt mitnehmen?«

»Ich …«, Antons Zähne klapperten wieder, die nasse Kälte seiner Sachen legte sich über seinen ganzen Körper. Er fror so, dass er mit sich kämpfen musste, um die richtige Antwort zu geben. »Ich warte lieber auf den Bus«, sagte er mit fester Stimme und vermied es, den Mann mit den freundlichen Augen anzusehen. »Aber vielen Dank für das Angebot.«

»Der Bus fährt aber erst in über einer halben Stunde.« Der Mann beugte sich ein Stück runter, um Antons Augen sehen zu können. »Und du frierst.«

»Geht schon«, er versuchte ein Lächeln. »Ist nicht so schlimm.«

Die freundlichen Augen ruhten eine Zeit lang auf ihm, Anton biss die Zähne zusammen, damit sie nicht klappern konnten.

»Du sollst nicht zu Fremden ins Auto steigen und nichts von ihnen annehmen?«, fragte der Mann jetzt sehr sanft.

Anton nickte.

»Okay«, der Mann richtete sich wieder auf. »Dann habe ich einen Vorschlag. Mein Bus steht gleich hier vorn. Um die Ecke ist die Polizeistation. Wir setzen uns jetzt genau davor in meinen Bus, machen die Standheizung an, essen zusammen ein Franzbrötchen und warten zusammen die halbe Stunde im Warmen. Bis dein Bus kommt. Wäre das denkbar? Statt draußen weiter mit den Zähnen zu klappern?«

Anton kaute einen Moment auf der Unterlippe, dann nickte er. »Ja. Ich denke, das wäre möglich.«

Anton hatte sich beeindruckt in dem alten VW-Bus umgesehen. Es sah gemütlich aus, es gab ein Bett, einen kleinen Schrank, sogar eine Herdplatte und ein Radio. Während seine Füße in der aufkommenden Wärme anfingen zu kribbeln, hatte der Mann ihm erzählt, dass er Bastian hieß und aus Berlin kam. Also aus der Hauptstadt, das wusste Anton logischerweise, auch wenn er noch nie da gewesen war. Aber er hatte schon mal Bilder gesehen. Und wollte gern mal hin. Das hatte er ihm natürlich nicht erzählt, dafür hatte er aber doch das Franzbrötchen angenommen, sein Magen hatte so laut geknurrt.

Fünf Minuten vor Abfahrt hatte Anton seine wieder trockene Mütze aufgesetzt und sich höflich bedankt, bevor er zur Bushaltestelle gerannt war.

Und jetzt saß er im ungeheizten Bus in der letzten Reihe und sah aus dem Fenster. Bastian fuhr hinter ihm und winkte. Anton winkte zurück. Er war wirklich ein netter Mann, auch wenn er wohl sehr arm war, weil er sich keine Wohnung leisten konnte. Aber wenigstens hatte er es warm. Und konnte sich ab und zu ein Franzbrötchen leisten. Schuldbewusst dachte er darüber nach, dass er ihm eines weggegessen hatte. Er hatte nicht richtig überlegt. Er würde darüber mit Mama sprechen.

»List, Hafen.« Die Stimme, die plötzlich durch den Bus klang, ließ Anton sofort aufspringen und zur Tür gehen. Als sie sich öffnete, blickte er kurz über seine Schulter. »Wiedersehen.«

Der Busfahrer hob die Hand. Er trug eine Weihnachtsmannmütze.

Anton blickte sich nach dem grünen VW-Bus um, konnte ihn aber nirgendwo sehen. In Kampen hatte er sie überholt, nicht, ohne kurz zu hupen. Er fragte sich, wohin Bastian wohl gefahren war, und hoffte, dass er ihn nicht beleidigt hatte. Weil er nicht mitfahren wollte, aber trotzdem das Brötchen gegessen hatte.

»Anton?«

Er fuhr herum, als er die Stimme hinter sich hörte, und blieb stehen, als er sah, dass Minna Paulsen auf ihn zulief. »Hallo, Frau Paulsen.«

»Hallo.« Minna trug einen langen blauen Steppmantel, er sah ein bisschen so aus wie die Luftmatratze, auf der Anton bei Oma immer geschlafen hatte. »Ich habe dich heute beim Kinder-Club vermisst.«

»Entschuldigung«, Anton wurde rot, er hatte tatsächlich vergessen, sich abzumelden. »Mir ist was dazwischengekommen.«

»Aha«, Minna sah ihn durchdringend an, dann nickte sie. »Aber morgen kommst du wieder? Wir haben Chorprobe.«

»Ja«, er nickte eifrig. »Das war nur heute.«

»Bist du gerade aus dem Bus gestiegen?« Minna Paulsen sah immer alles, das hatte ihm Viktoria schon gesagt.

»Ich glaube, Frau Paulsen kann Gedanken lesen«, war ihre Vermutung gewesen. »Du hast irgendwas falsch gemacht und zack, weiß sie das. Das kommt wohl, weil sie so lange Lehrerin war.«

Anton hatte bislang im Kinder-Club nichts falsch gemacht, zumindest hatte Frau Paulsen nie seine Gedanken gelesen, aber jetzt schien sie es zu versuchen.

»Ich war in Westerland«, kam er ihr deshalb zuvor. »Weil ich für meine Mama ein Weihnachtsgeschenk gekauft habe. Ich bin gleich von der Schule aus hingefahren. Das dürfen Sie ihr aber nicht sagen, sonst ist es keine Überraschung mehr.«

»Oh«, Minna nickte und musterte ihn. »Ich hoffe, du hast die Tüte nicht im Bus liegen gelassen.«

»Nein.« Anton grinste und blickte sich sicherheitshalber um. Er zog den Reißverschluss seiner Jackentasche auf und holte ein kleines Tütchen hervor. Ganz vorsichtig nahm er ein zartes Armband mit einem roten Herz raus. »Ich muss es nur noch schön verpacken.«

Minna beugte sich zu ihm und betrachtete den Modeschmuck. »Das hast du sehr schön ausgesucht, Anton. Wir haben noch kleine Schachteln im Kinder-Club und Geschenkpapier, das kannst du morgen gleich machen.«

Gewissenhaft ließ der Junge das Armband wieder in die Tüte gleiten, schob sie in die Jackentasche und zog den Reißverschluss wieder zu. »Danke, Frau Paulsen. Aber nichts sagen. Und dann bis morgen.«

»Ja, bis morgen.« Minna sah ihm nach, als er eilig nach Hause ging. Was für ein reizendes Kind.

Eine halbe Stunde später verstaute Anton das Tütchen vorsichtig in der Innentasche seines Rucksacks und verschloss ihn.

»Anton?« Er zuckte zusammen, als er unten die Stimme seiner Mutter hörte. »Ich komme.« Er schob den Rucksack wieder hinter den Schreibtisch und lief vom Kinderzimmer in den Flur, wo seine Mutter gerade die neue Jacke mit dem weichen Fell auf einen Bügel hängte.

»Hallo Mama.« Er sah zu ihr hoch, als sein Magen plötzlich laut knurrte. »Hast du auch so einen Hunger?«

Erstaunt sah Irina ihn an. »Warst du heute nicht im Kinder-Club? Oder mochtest du dort das Essen nicht?«

Ertappt sah Anton auf seine Füße. »Ich war heute nicht da.«

Irina sah ihn an. »Warum nicht?«

»Ich hatte etwas anderes zu tun.« Anton nestelte an einem Ärmel und vermied es, seine Mutter anzusehen.

»Was hattest du denn zu tun?«

Er überlegte, wie er das am besten erzählen könnte, ohne dabei zu lügen. Nach einer Weile antwortete er langsam: »Ich bin nach Westerland gefahren, direkt von der Schule aus. Aber ich kann dir nicht sagen, warum, weil es eine Überraschung ist. Es hat was mit Weihnachten zu tun.«

Irinas Mundwinkel zuckte, sie nickte aber nur. »Okay. Soll ich uns Waffeln backen?«

Anton lächelte sie an, dann folgte er ihr in die Küche. Er sah ihr schweigend zu, wie sie mit routinierten Griffen den Teig zubereitete und die erste Kelle ins Waffeleisen goss.

»Hast du noch Hausaufgaben auf?«

Anton nickte. »Aber nur Mathe. Ist babyleicht, mache ich gleich. Du, Mama?«

»Ja?«

»Wenn man arm ist und in seinem Auto wohnt, wo wäscht man sich da eigentlich?«

Irina schloss den Deckel des Waffeleisens und drehte sich zu ihm um. »Wer wohnt in seinem Auto? Was meinst du?«

»Er heißt Bastian«, Anton sah seine Mutter an, »der Mann, der in dem grünen Bus wohnt. Er parkt oft am Hafen. Er ist nett. Aber in dem Bus ist nur ein Bett und ein Tisch, aber gar kein Waschbecken. Wo wäscht er sich denn die Hände? Und was macht er, wenn er mal muss?«

Irina nahm die fertige Waffel raus und legte sie auf einen Teller. Dann fragte sie langsam: »Bastian? Woher kennst du ihn? Und woher weißt du, wie es in dem Bus aussieht?«

»Ich habe ihn in Westerland getroffen. Und ich habe ihm gesagt, dass er …«

Die Türklingel unterbrach seine Antwort, Irina sah ihn mit einem seltsamen Gesichtsausdruck an. Es klingelte wieder. »Wir reden gleich weiter.«

Anton beugte sich vor und schob die Gardine ein Stück zur Seite. Als er draußen den grünen Bus geparkt sah, sprang er auf und rannte zur Haustür, wo seine Mutter gerade irritiert auf Bastian starrte.

»Entschuldigen Sie den Überfall«, sagte er gerade und hob die Hand, als er Anton hinter Irina bemerkte. »Ich wollte Ihnen zu Ihrem Sohn gratulieren. Und ihm das hier bringen.« Er hielt einen Handschuh hoch. »Den zweiten muss er noch haben, ich habe nur den einen gefunden.«

»Woher wissen Sie, wo wir wohnen?«

»Das habe ich ihm erzählt, Mama«, mischte sich Anton aufgeregt ein. »Das wollte ich dir doch gerade erzählen. Ich habe ihm gesagt, er kann hier mal warm duschen. Ich habe ihm ja das Franzbrötchen weggegessen. Im Bus. Aber wir standen bei der Polizei.«

Bastian lächelte immer noch und wandte den Blick jetzt Irina zu. »Ich glaube, ich muss Ihnen was erklären«, sagte er mit seiner freundlichen Stimme. Mit einem merkwürdigen Gesichtsausdruck sah Irina ihn an. Dann Anton. Dann wieder Bastian. »Mögen Sie Waffeln?«

»Ja.«

Irina öffnete die Tür weiter und ließ ihn eintreten. »Sie waren auch gestern auf dem Weihnachtsmarkt«, stellte sie fest. »Ich habe Sie dort gesehen.«

»Ja«, er nickte. »Schon das zweite Mal, letzten Sonntag auch. Ich habe Sie auch gesehen.«

Anton beobachtete verwundert, wie sich seine Mutter und Bastian anlächelten. Dabei hatte keiner von ihnen etwas Lustiges gesagt. Sie lächelten wohl einfach nur so.

13.

»Ich bin dann weg.« Ernst stand schon an der Haustür und warf einen nervösen Blick auf die Uhr. »Bis später.«

»Ernst, warte mal«, plötzlich stand Gudrun vor ihm. »Du musst mir noch ganz schnell einen Gefallen tun.«

»Mach ich nachher«, mit dem Türgriff in der Hand drehte er sich noch kurz um. »Ich muss los, Hella wartet.«

»Sie kann fünf Minuten länger warten«, energisch schob Gudrun ihn zur Seite und schloss die Tür wieder. Dann erst sah sie verwundert an ihm runter. »Hast du das Werkzeug schon im Auto?«

»Welches Werkzeug?«

»Für die Waschmaschine? Die immer noch nicht geht?« Gudrun sah ihn fragend an. »Du fährst doch wieder zu Hella?«

»Ja, ja«, Ernst nickte heftig. »Das ist schon im Auto. Also, dann …« Seine Hand ging wieder zur Tür, Gudrun schüttelte bestimmt den Kopf.

»Du musst eben mal schnell was für mich fotografieren. Es ist wichtig. Komm mal bitte mit.« Sein Aufstöhnen ignorierend zog sie ihn unerbittlich mit sich. Im Wohnzimmer blieb sie stehen und zeigte auf den ausgezogenen Esstisch. »Alle einzeln bitte.«

»Was zum …«, verblüfft trat Ernst näher und betrachtete die Gegenstände, die Gudrun auf dem Tisch drapiert hatte. Sechs Handtaschen, zwei Bodenvasen, eine Brotbackmaschine, ein Schnellkochtopf, ein komplettes Kaffeeservice mit Goldrand, eine original verpackte Waage und ein Radiowecker. Vor jedem Gegenstand lag ein Zettel mit einer Zahl darauf. Langsam drehte Ernst sich um. »Was soll das?«

»Das soll verkauft werden«, triumphierend lächelte Gudrun ihn an. »Ich habe mit Mats telefoniert und unser geschäftstüchtiger Enkel hat mich auf diese Idee gebracht. Er verkauft für mich dieses ganze Zeug bei eBay. Und das Geld geht in unsere Spendenkasse. Dafür verzichtet Mats auch auf eine Provision. Du musst die Sachen nur fotografieren, mit meinem Handy kann ich das ja nicht, und nachher an Mats schicken. Damit er loslegen kann. Also, fang an.«

»Ach, Gudrun, kann ich das nicht auch nachher …«

»Nein.« Sie stellte sich in die Tür und verschränkte die Arme vor der Brust. »Jetzt. Mats will das in den nächsten Tagen machen und wir brauchen das Geld.«

»Wo bleibst du denn?« Noch bevor Ernst klingeln konnte, hatte Hella schon die Haustür aufgerissen und zeigte demonstrativ auf ihre Uhr. »Wir haben elf gesagt, jetzt ist es zwanzig nach und du musst dich noch umziehen. Mach zu, sonst ist gleich Mittagspause.«

»Gudrun wollte noch was.« Im Vorbeigehen zog Ernst schon den Reißverschluss seiner Jacke auf und sah Hella hektisch an. »Ist es nicht schon zu spät?«

Sie schob ihn energisch ins Wohnzimmer. »Nein, nicht, wenn du dich jetzt ein bisschen beeilst. Schnell, Jacke aus, Bauch umschnallen, Mantel an. Ich hole dir den Bart und die Mütze.«

Als Hella zurückkam, mühte sich Ernst noch mit dem Schaumstoff ab. Sie verdrehte die Augen. »In die Mitte, mein Gott, du hast es doch gestern auch geschafft, lass mich mal.«

Während er mit hängenden Armen vor ihr stand, schob sie den Schaumstoffbauch in die richtige Position und half ihm anschließend in den Mantel. Dann stülpte sie ihm die Mütze auf den Kopf, reichte ihm den Bart und sah wieder auf die Uhr. »Es ist halb. Der Rucksack und die Knarre liegen schon im Auto, mach den Bart fest, nimm die Sonnenbrille und dann los.«

»Hella, meinst du nicht, dass wir das auch morgen …«

»Spinnst du?« Sie hatte schon ihre Jacke an und griff nach den Autoschlüsseln. »Minna und Gudrun müssen nächste Woche anfangen, die Geschenke zu kaufen. Und ich habe Minna gesagt, dass wir genug Spenden eintreiben und ihnen das Geld bringen. Wir können nicht mehr warten. Sitzt der Text noch?«

»Natürlich.« Ernst fühlte sich ein bisschen unter Druck gesetzt, Hella hatte so einen Kommandoton an sich, der ihm nicht besonders gut gefiel. »Du kannst aber auch anders mit mir reden. Immerhin ist es meine Idee gewesen.«

»Ja, ja«, Hella hielt ihm die Haustür auf und deutete mit dem Kopf in den Flur, »wenn wir Zeit haben. Dann singe ich auch wieder Lobeshymnen. Nur jetzt, mein Lieber«, sie schob ihn mit Nachdruck in den Flur, »nur jetzt überfallen wir erst mal die Bank.«

»Pst«, entsetzt sah Ernst sich um. »Wenn uns jemand hört.«

Hella drehte den Schlüssel um, zog ihn raus und lächelte ihn an. »Du bist der Weihnachtsmann, das glaubt uns doch kein Mensch.«

»11:45 Uhr.« Hella rollte langsam auf den Parkplatz vor der Bank und warf Ernst einen Seitenblick zu. »Bereit?«

Er zuckte zusammen, als sie schwungvoll die Handbremse anzog, ohne den Motor auszustellen. Er wischte sich ein paar Schweißtropfen von der Stirn. »Bereit«, presste er heraus und versuchte, sich an das entschlossene

Gefühl von gestern zu erinnern. Da war er irgendwie sicherer gewesen.

»Rucksack?«

Er nickte.

»Knarre?«

Er nickte wieder.

»Text?«

»Ach, jetzt ist gut, Hella.« Unwirsch kontrollierte er die Position des Revolvers. »Du machst mich ganz nervös. Ich gehe da jetzt rein.«

Er hob den Rucksack vom Fußraum auf den Schoß und schob sich einen Riemen über die Schulter. Dann nickte er. Und schluckte. Und sah Hella an. Die sah zurück.

»Los.« Sie nickte ihm aufmunternd zu. »Gentleman-Räuber. Du rockst das Ding.«

Ernst schloss kurz die Augen und konzentrierte sich.

Dies ist ein Überfall. Machen Sie, was ich sage, dann passiert Ihnen nichts. Und nun das Geld her. Dies ist ein Überfall. Machen Sie, was ich sage, dann passiert Ihnen nichts. Und nun das Geld her. Dies ist ein Überfall. Machen Sie, was ich sage, dann passiert Ihnen nichts. Und nun das Geld her.

Der Text saß. Der Revolver auch. Mit einem Griff rückte er Mütze und Sonnenbrille zurecht, dann atmete er tief durch und öffnete die Autotür. Hella sah ihm aufgeregt nach und biss sich dabei in die Faust.

Vor der Eingangstür hielt Ernst kurz inne, dann hob er kämpferisch das Kinn und stieß die Tür auf. Mit entschlossenen Schritten ging er auf die Glastür zu, die sich jetzt automatisch öffnete. Der leere Schalterraum lag still vor ihm, irritiert sah er sich um, im selben Moment tauchte Martinas Kopf hinter dem Schalter auf, den Blick von ihm abgewandt hatte sie sich gerade aufgerichtet. Es waren nur wenige Schritte zum Kassentresen, mit dem letzten Schritt legten seine Finger sich schon um den Griff des Revolvers. Schon stand er vor ihr. Aber Martina sah noch nicht mal hoch, sie bewegte stumm ihre Lippen und starrte gebannt auf den Bildschirm. Als wäre Ernst gar nicht anwesend. Er räusperte sich. Martina reagierte nicht. Jetzt musste er handeln. Entschlossen zog er den Revolver aus der Tasche und richtete ihn auf die Scheibe.

»Kleinen Moment«, sagte Martina, ohne den Kopf zu heben, unsicher ließ Ernst die Waffe wieder sinken. Auf dem Tresen stand ein bunter Teller, auf einer Papiermanschette lagen Schokolebkuchen für die Kunden. Ernst atmete tief ein und wieder aus, eine leichte Ungeduld stieg in ihm hoch. Wieso merkte Martina nicht, dass sie gerade überfallen wurde?

Hella wartete mit laufendem Motor im Fluchtwagen, den Blick abwechselnd auf den Rückspiegel und den

Eingang der Bank gerichtet. Glücklicherweise schien das ganze Dorf wie ausgestorben, es schneite leicht, es war kalt, wettermäßig also ideale Bedingungen für einen Banküberfall. Es war niemand auf der Straße, es gab keine Zeugen, es sah nach einem hervorragenden Plan aus. In Gedanken versunken stellte Hella das Radio an, mitten in einem alten Schlager, sofort fiel ihr der Text wieder ein. Und dass sie damals in einem Lokal namens *Ziegenstall* zu dieser Musik geschwoft hatte. Schlagartig hob sich ihre Stimmung, was waren das für lustige Zeiten gewesen. Sie richtete den Rückspiegel so aus, dass sie sich darin sehen konnte, und sang mit Inbrunst den Refrain. »Darf ich bitten zum Tango um Mitternacht, dum, dum, hab ich sie gefragt, sie hat ja gesagt …«

Es war lange her, den *Ziegenstall* gab es nicht mehr, aber Hella sah eigentlich immer noch sehr gut aus. Zufrieden stellte sie den Spiegel wieder in die richtige Position und sah nach vorn, genau in dem Moment, als die Eingangstür der Bank hinter der alten Frau Berg und ihrem Rollator zuschlug. Ihr Atem stockte. Ihr Herzschlag setzte fast aus, Hella sah sich hektisch um, fieberhaft überlegte sie, was sie jetzt tun sollte. Wieso um alles in der Welt marschierte die alte, schwerhörige Alma Berg ausgerechnet jetzt in die Bank? Die gerade von Ernst überfallen wurde.

Ernst atmete ungeduldig ein letztes Mal durch, dann richtete er die Waffe plötzlich auf die Scheibe, ein lautes Klong war zu hören, er hatte den Abstand unterschätzt. Martina sah hoch, genau in den Lauf.

»Bitte schön?«

Das hatte sie noch nie gesagt, noch nie, warum machte sie das jetzt? Ernst spürte, wie sich seine Entschlossenheit in Luft auflöste, ihm wurde warm, nervös versuchte er, sich an die erste Zeile seines Textes zu erinnern, wie hatte er denn bloß angefangen? Er wedelte ein bisschen mit der Waffe, sein Mund war plötzlich ganz trocken, während Martina ihn unbewegt anstarrte und wartete.

»Moin, moin«, eine sehr laute, knarzige Frauenstimme ließ ihn herumfahren. Der Lauf des Revolvers war jetzt auf Alma Berg gerichtet, die mit beschlagenen Brillengläsern ihren Rollator in einem Mordstempo genau auf ihn zuschob. »Oh, wenn das mal nicht der Weihnachtsmann ist«, schrie sie begeistert und rammte ihm den Rollator gegen sein Schienbein. »Ich kann ein Gedicht aufsagen. Willst du, dass ich ein Gedicht aufsage?«

Sie ging ihm vielleicht bis zur Brust, klammerte sich plötzlich an seinem Ärmel fest und brüllte: »Lieber, guter Weihnachtsmann, schau mich nicht so böse ein, packe deine Rute ein, ich will auch immer artig sein. Und? Wie war ich?«

Ernst merkte, dass er den Revolver immer noch auf sie

gerichtet hatte, schnell ließ er ihn sinken. Alma Berg war über neunzig, etwas verrückt, ziemlich schwerhörig und mit diesen beschlagenen Brillengläsern im Moment auch noch blind. Aber sehr gut gelaunt. »Wie war ich?«, wiederholte sie jetzt lauter und schob den Rollator ungeduldig wieder gegen sein Schienbein. »Kriege ich jetzt ein Geschenk?«

Ernst unterdrückte einen Schmerzensschrei und starrte sie an. Die Brillengläser waren immer noch beschlagen, die Arme stand hier tatsächlich wie im Nebel. Sie konnte doch kaum was sehen. Und sie störte. Sie hatte keine Ahnung, wie sehr.

»Frau Berg, was wollen Sie denn?« Martina hatte tatsächlich Nerven wie Stahl, dachte Ernst und verstärkte den Griff um seine Waffe. Er hoffte, dass er sie nicht bräuchte, andererseits musste es hier mal vorangehen.

»Habt ihr schon Kalender?«, krähte Frau Berg jetzt an ihm vorbei in Richtung Martina. »Für umsonst?«

»Die kommen nächste Woche.«

»Gut, dann komme ich wieder.« Alma Berg rangierte umständlich mit ihrem Rollator, dann marschierte sie zielstrebig zum Ausgang. »Tschüs, Weihnachtsmann.«

Ernst atmete langsam aus, schloss kurz die Augen, um sich zu konzentrieren. Martina hatte keinen Alarm geschlagen, es war noch alles möglich. Jetzt lag es an ihm. Bevor er es sich anders überlegen konnte, riss er die Waffe hoch, blickte Martina entschlossen an und rief:

»Ich …«, seine Stimme war plötzlich weg, es kam nur ein Krächzen, sein Blick irrte umher, er räusperte sich. »Geld.«

Martina hob die Augenbrauen, anscheinend verstand sie überhaupt nicht, in welcher bedrohlichen Situation sie sich gerade befand. Ernst fuchtelte gefährlich mit der Waffe herum, sie stieß gegen den bunten Teller, der ein paar Zentimeter nach links rutschte. »Geld oder … Lebkuchen«, platzte es aus ihm heraus. »Ähm … oder Leben. 2100 Euro. In kleinen Scheinen. In diesen Rucksack. Sofort. Sonst …«

Ohne hören zu wollen, was sonst wäre, zog Martina eine Schublade auf und begann, die Banknoten vorzuzählen. Als sie fertig war, schob sie den Stapel ordentlich in den Rucksack. Ernst riss ihn ihr fast aus der Hand, bevor er sich mit vorgehaltener Waffe rückwärts entfernte. Und plötzlich war sein Text wieder da. »Machen Sie, was ich sage, dann passiert Ihnen nichts«, rief er ihr zu, dann drehte er sich um und floh.

Hella hielt ihr Handy auf ihn gerichtet, erst als er die Autotür aufriss, ließ sie es sinken.

»Fahr los«, herrschte er sie an. »Schnell.«

»Alma Berg … Ich konnte nicht … Was war …«

»Fahr los!«

Hella gab Gas, kleine Steinchen knirschten unter ihren Reifen, als sie rückwärts auf die Straße schoss.

Erst als Hella vor ihrer Haustür parkte und den Motor ausstellte, fragte sie gepresst: »Was war mit Alma Berg? Ich dachte, ich kriege einen Herzinfarkt, aber ich konnte nicht eingreifen.«

Ernst nahm seine Hände von den Knien, deren Zittern langsam aufhörte. »Sie wollte nur einen Kalender. Sie hat nichts gemerkt.«

»Und Martina?« Hella sah ihn mit aufgerissenen Augen an. »Hat sie … Hast du das Geld gekriegt?«

Ernst nickte.

»Und sie hat …« Hella sah ihn zögernd an. »Sie hat dich nicht erkannt?«

»Ich bin doch kein Anfänger, ich hatte genügend geprobt.« Eine große Erleichterung hatte sich über Ernst gelegt, er hatte wieder und wieder die Situation Revue passieren lassen, trotz der anfänglichen Widrigkeiten hatte er das Ding erfolgreich durchgezogen. Er war sehr zufrieden. Und so erfolgreich gewesen. Langsam nahm er die Sonnenbrille ab und schob sie in die Manteltasche. »Wir haben das Problem gelöst.« Er lächelte.

Der Bankräubermantel hing wieder in Hellas Garderobenschrank, die Mütze, der Bart und die Knarre waren wieder in einer der Hutschachteln verstaut, die Beute lag zwischen ihnen auf dem Esstisch.

»Hättest du nicht ein bisschen mehr rauben können?« Mit gerunzelter Stirn hatte Hella die Geldscheine auf kleine Häufchen gelegt. »Hatten die nicht mehr als 2100 Euro da?«

»Doch, bestimmt«, war Ernsts fröhliche Antwort. »Aber das ist das, was wir brauchen. Erinnere dich, wir haben darüber gesprochen, du hast geschätzt, dass Dietrich so 700 Euro gesammelt hat, und dann haben wir gesagt, wir bräuchten das Dreifache. Bitte, das sind genau 2100.«

»Aber mehr wäre ja auch …«, versuchte Hella einzuwenden, wurde aber sofort von Ernst unterbrochen.

»Das wäre nicht richtig gewesen«, erklärte er bestimmt. »Wir sind ja nicht kriminell und wollen uns nicht bereichern, sondern wir haben aus einer Notlage heraus gehandelt. Und so ein Problem gelöst. Fertig, aus. Jetzt musst du dir nur noch überlegen, wie du diese Summe bei Minna und Gudrun begründest, dann kann Weihnachten kommen.«

»Das ist meine leichteste Übung.« Plötzlich lächelte Hella und sah ihn an. »Wie du da rausgestürmt bist, Ernst, also, ich muss schon sagen, das war ganz großes Kino.«

»Fandst du?« Geschmeichelt legte Ernst seinen Kopf schief.

»Ja«, heftig nickend beugte Hella sich zur Seite und griff

nach ihrem Handy. »Ich war sehr stolz, auch weil ich gesehen habe, was ein bisschen Schauspielunterricht doch bringt. Aber du bist in der Tat auch sehr begabt.« Sie wischte über ihr Display, während sie weiterredete. »Ich habe es aufgenommen, sozusagen als Zeugnis unserer kongenialen Zusammenarbeit. Möchtest du es mal sehen?« Sie tippte auf das Gerät und hielt es ihm hin.

Überrascht rutschte Ernst nach vorn und sah sich selbst. Ein Weihnachtsmann, der mit gezückter Waffe, leichtfüßig und gleichzeitig entschlossen, die Beute im Rucksack über der Schulter wippend, aus der Bank stürmte. Das Ziel vor Augen, die Welt ausgeblendet, Mission erledigt.

»Das ist ja toll«, sagte er sich selbst bewundernd. »Wirklich toll. Nur schade, dass wir das keinem zeigen können.«

»Ja«, Hella drückte noch mal den Pfeil zum Abspielen, beide verfolgten noch mal beeindruckt seine Performance, »wirklich schade.« Sie tippte auf dem Handy herum. »Ich schicke dir das Filmchen trotzdem. Vielleicht in ein paar Jahren, wenn Gras über die Sache gewachsen ist, kannst du es wenigstens mal Gudrun zeigen.«

»Apropos Gudrun«, sofort sprang Ernst auf. »Es ist gleich halb zwei, ich muss los.«

Während er seine Jacke anzog, warf er einen kurzen Blick aus dem Fenster und deutete nach draußen. »Falls du Martina siehst, sei nett zu ihr. Ich hoffe, dass ich sie durch den Überfall nicht traumatisiert habe.«

Hellas Blick wurde besorgt. »Meinst du? War sie so geschockt?«

»Eigentlich nicht«, Ernst zog den Reißverschluss seiner Jacke zu, »sie wirkte ganz ruhig. Aber trotzdem, man kann ja nicht hinter ihre Stirn schauen.«

»Selbstverständlich.« Hella trat vom Fenster zurück. »Also dann, wir sehen uns morgen, bei der Übergabe der Beute.«

»Spende, Hella, Spende«, korrigierte Ernst sie scharf. »Pass bloß auf, dass du dich nicht verhaspelst. Keine Fehler auf den letzten Metern.«

»Geht klar«, Hella salutierte. »Vergiss nicht, ich bin die Schauspielerin von uns beiden. Grüß Gudrun.«

14.

»2100 Euro!« Minna hatte das Geld überrascht aus dem Umschlag gezogen und gezählt. Sie strahlte Gudrun und Hella an. »Mit so viel Geld habe ich überhaupt nicht gerechnet. Da hat Dietrich aber richtig Einsatz beim Spendensammeln gezeigt. Wann habt ihr denn mit ihm gesprochen?«

»Das Geld stammt nicht von Dietrich«, sagte Gudrun schnell und sah Hella stolz an. »Der hat sich immer noch nicht zurückgemeldet. Das Geld hat Hella gesammelt. Also, ich habe auch ein bisschen mitgemacht, aber den größten Batzen hat Hella gestern bei ihren alten Bekannten in Kampen zusammenbekommen.«

»Ach?« Minna machte große Augen. »So viel? Wer hatte denn ein so großes Herz für Kinder? Dass du das geschafft hast, Hella, das finde ich ja … Also, ich kann gar nichts sagen, so freue ich mich.« Freudentränen glitzerten plötzlich in ihren Augen. »Da können wir das Mittagessen ja eine ganze Zeit lang selbst bezahlen.«

»Das habe ich gern gemacht«, winkte Hella bescheiden ab. »Es war ja für den guten Zweck. Aber die großen Herzen möchten anonym bleiben, das habe ich ihnen versprochen. Ihr sollt aber schöne Geschenke kaufen.«

»Das machen wir.« Minna wischte sich über die Augen. Dann schob sie das Geld zurück in den Umschlag, den sie anschließend sorgfältig verschloss und in ihrer Tasche verstaute. »Wir sortieren jetzt gleich in der Schule die Wunschzettel und schreiben eine Liste. Damit es übersichtlicher wird. Wollen wir los?«

»Ich muss noch mal zur Toilette.« Gudrun sprang auf und riss dabei ein paar Zeitschriften vom Tisch. Hella bückte sich sofort. »Ich mach schon.«

In der Hoffnung auf Promiklatsch und schöne Fotos warf sie einen Blick darauf und legte sie enttäuscht zur Seite. »Flusskreuzfahrten?« Sie drehte sich zu Gudrun um. »Wollt ihr das etwa machen?«

Gudrun trat schon von einem Bein aufs andere. »Ich«, antwortete sie. »Ernst ist noch nicht überzeugt, weil die Preise ganz schön happig sind. Fast 2000 Euro. Und er hat gesagt, dass er für dasselbe Geld auch ein E-Bike kaufen kann. Was wichtiger wäre. Mal sehen.« Sie wartete die Antwort nicht ab, sondern verschwand im Flur.

»Na, das könntest du mir schenken«, sagte Hella zu Minna. »Auf einem Fluss. Auf einem Schiff. Ich würde mich zu Tode langweilen. Ach, guten Morgen, Ernst.«

Sie sah zur Tür, in der Ernst plötzlich stand, frisch rasiert, ein breites Lächeln im Gesicht. »Guten Morgen, die Damen. Was ist das für ein schöner Tag.«

»Du hast aber gute Laune.« Minna lächelte zurück. »Und mit Recht. Ich muss sagen, ich habe Hellas Charme unterschätzt. Hättest du gedacht, dass sie es tatsächlich schafft, in dieser kurzen Zeit so viel Geld zu sammeln? Ich bin ganz begeistert. Du bist meine Heldin, Hella.«

Sein Lächeln wurde etwas dünner, Hellas warnender Blick hielt ihn erst im letzten Moment davon ab, Minnas Begeisterung für Hellas angeblichen Alleingang zu schmälern. »Nein«, sagte er langsam. »Das hätte ich auch nicht gedacht, dass sie das ohne Hilfe schafft.«

Hella schüttelte leicht den Kopf.

»So, wir können los«, rief Gudrun aus dem Flur und blieb hinter Ernst stehen. An ihn gewandt sagte sie: »Hat Mats sich eigentlich schon gemeldet, ob die Fotos so in Ordnung sind?«

»Die sind bestimmt in Ordnung.« Er nickte, während er zur Seite trat, um Minna und Hella durchzulassen. »Wann kommst du wieder?«

»Ich weiß noch nicht«, achselzuckend sah Gudrun ihn an. »Wir wollten schon mal anfangen, die Engelskostüme für die Chorkinder durchzusehen. Und wir müssen in der Aula noch ein paar Sachen machen. Ich komme zu Fuß nach Hause, du musst mich nicht abholen.«

»Gut.« Ernst ließ erst Minna, dann Hella vorbei. Sie gab Ernst einen kleinen Klaps auf den Arm und flüsterte: »Gentleman-Räuber«, bevor sie den anderen folgte und die Haustür nach einem dreistimmigen »Tschüs« hinter ihnen ins Schloss fiel.

Ernst sah aus dem Fenster Minnas Wagen nach, in dem das fröhliche Festkomitee saß und zur alten Schule fuhr. Er hatte Gudrun und Minna glücklich gemacht, das war mal sicher. Von den Kindern, deren Weihnachtswünsche sich erfüllen würden, ganz zu schweigen. Auch wenn sie alle nicht ahnten, wer der gute Geist gewesen war, was irgendwie schade war. Aber er wusste es. Der Held selbst. Und Hella. Das sollte reichen. Und es gab ihm ein gutes Gefühl. Ein sehr gutes.

Vor dem Spiegel ballte er die Faust zur Siegerpose, dann nahm er seine Jacke von der Garderobe und zog sie an. Der Himmel war blau, die Luft klar und kalt, der Schnee war liegen geblieben, er würde nun einen schönen Spaziergang machen, um diesen Tag, seinen Erfolg und das Leben zu feiern.

Das Meer lag blau und glitzernd vor ihm, als er auf die Promenade bog und stehen blieb, um tief durchzuatmen. Am Flutsaum bildeten sich schon kleine Eisschollen, der Schnee hatte den Sand überzuckert, es sah aus wie gemalt. Dazu noch die Sonne, die gute Luft, was war das Leben doch schön. Ernst nickte zufrieden. Er mochte Weihnachten, er mochte Geschenke, Kinderchöre, Weihnachtslieder und strahlende Augen. Und er, Ernst Mannsen, hatte etwas wirklich Großes beigetragen, damit alle glücklich waren. Es war nur zu schade, dass nicht mal Gudrun ahnte, was er für ein Teufelskerl war. Irgendwann würde er ihr doch noch mal dieses kleine Video seiner Heldentat zeigen. Irgendwann. Er konnte nicht widerstehen und zog sein Handy aus der Tasche, um den Film noch mal anzusehen. Stolz sah er sich nach dem erfolgreichen Coup aus der Bank stürmen. So energiegeladen, so entschlossen, so dynamisch. Als wenn er das jeden Tag machen würde. Professionelle Arbeit, gute Planung, keine Gewalt. Das war sein Reden. Nur so wurde man erfolgreich. Er hatte es vollbracht. Als er über das Display wischte, sah er, dass er eine Nachricht auf dem Handy hatte. Mats hatte ihm geschrieben, vermutlich hatte sein Enkel die Fotos angesehen und fing jetzt an, Gudruns Sachen zu versteigern. Siedend heiß war Ernst erst mitten in der Nacht eingefallen, dass er ihm die Bilder schicken sollte, er war froh, dass er überhaupt noch daran gedacht hatte. Nach diesem wilden Ritt gestern. Mats hatte jetzt nur einen hochgereckten Daumen und ein paar albern lachende Smileys geschickt. Konnten diese jungen Leute nicht mal mehr einen kleinen Text schreiben? Kopfschüttelnd steckte Ernst das Handy wieder in die Tasche und setzte mit federnden Schritten seinen Weg fort. Er war ein Teufelskerl. Das war mal sicher. Seine Finger fühlten in der Tasche plötzlich ein Stück Papier, er zog es heraus und blieb wieder stehen. Es war Antons Wunschzettel, den er ausgetauscht hatte. Das Handy. Eigentlich könnte Anton es jetzt doch bekommen, Geld war ja nun vorhanden. Ernst wollte mit Minna darüber reden. Ob es ausnahmsweise auch mal so ein teures Geschenk geben könnte. Weil es ja auch für Antons Mutter war. Große Herzen mussten belohnt werden. Was war das nur für ein guter Tag. Und wer hatte ihn zu einem solchen gemacht? Ernst Mannsen, der Gentleman-Räuber.

Bestens gelaunt beschloss Ernst, den einsamen Weg über die Promenade abzukürzen und stattdessen durchs Dorf zu spazieren. Vielleicht traf er den einen oder anderen Bekannten und konnte seine Begeisterung verbreiten. Schließlich war bald Weihnachten. Er bog ab und schon nach wenigen Metern kam ihm das Ehepaar Braun entgegen. Nette Leute, vielleicht etwas altmodisch, aber immer freundlich. Sofort hob Ernst die Hand und rief ihnen »Einen wunderschönen guten Tag« entgegen. Frau Braun sah ihn etwas verwundert an, beide verlangsamten aber ihre Schritte und blieben vor ihm stehen. »Hallo, Herr Mannsen«, sagte sie und lächelte ihn an. »Das ist ja nett, dass Sie für die Kinder den

Weihnachtsmann geben, wir haben Sie auf dem Weihnachtsmarkt gesehen.«

»Es macht mir große Freude.« Geschmeichelt deutete er eine Verbeugung an. »Ich bin ja ausgesprochen froh, dass ich etwas für die Kinder tun kann.« Auch wenn er ihnen nicht sagen konnte, was er noch alles getan hatte, erfüllte es ihn mit einer großen Genugtuung. »Strahlende Kinderaugen sind an Weihnachten ja das Schönste«, fügte er noch an und musste sich zusammenreißen, um nicht über die Geschenke zu sprechen, die er ermöglicht hatte. Und über die 2100 Euro, die sie dafür ausgeben konnten. Aus dem Vollen, dachte er, wir schöpfen aus dem Vollen. Er presste die Lippen zusammen, um nicht damit rauszuplatzen. Es fiel ihm schwer.

»Dann sehen wir uns ja auch am kommenden Wochenende auf dem Weihnachtsmarkt«, sagte Frau Braun jetzt und zog ihren Mann am Ärmel. »Einen schönen Tag noch.«

»Den habe ich, den habe ich«, antwortete Ernst und zog einen imaginären Hut. »Bis bald.«

Pfeifend ging er weiter. Angenehme Leute, dachte er. Auch wenn sie aussahen, als wäre ihnen langweilig. Sie müssten sich auch einfach mal was trauen. Einfach mal was Neues wagen. Dann hätten sie auch keine Langeweile mehr. Hinter ihm erklang eine Fahrradklingel, sofort trat Ernst zur Seite und drehte sich um.

»Hallo, Ernst Mannsen.« Anton stützte sich mit dem Fuß ab und sah unter seinem Helm zu Ernst hoch. »Ich wollte dich aber nicht wegklingeln.«

»Das hast du auch nicht.« Ernst sah ihn vergnügt an. »Na, Anton, freust du dich schon auf Weihnachten? Und auf den Weihnachtsmann?«

Anton hatte ein Grübchen, wenn er lächelte. Er beugte sich vor und sagte leise: »Hast du den Zettel ausgetauscht?«

»Aber ja«, Ernst beugte sich zu ihm runter, »ein Weihnachtsmann hält, was er verspricht. Obwohl …« Er machte eine kleine Pause und sah Anton bedeutungsvoll an. »Obwohl Wünsche durchaus in Erfüllung gehen können, wenn man nur fest an sie glaubt.« Er nickte bekräftigend, Anton sah ihn skeptisch an. »Ja?«

Ernst nickte. »Ja.«

»Okay«, antwortete Anton gedehnt, aber immer noch zweifelnd und stellte seinen Fuß wieder auf die Pedale. »Ich muss jetzt weiter, ich muss noch einem Freund etwas bringen.« Er deutete auf seinen Rucksack. »Mama hat Kuchen gebacken.«

»Aha. Und der ist für deinen Freund?«

»Ja. Bastian kann ja schlecht im Bus backen. Er mag aber Kuchen gern. Tschüs, Ernst Mannsen.«

Irritiert sah Ernst ihm nach. Bastian? Im Bus? Hoffentlich wusste die Mutter Bescheid, für wen sie gebacken hatte. Andererseits war es ja auch richtig, dass man gerade an Weihnachten auch an die dachte, denen das Schicksal nicht gnädig war. Das hatte Ernst schließlich auch gemacht. Er lächelte, als ihm sein Erfolg wieder einfiel, und setzte seinen Weg fort.

Die Dorfbewohner hatten sich alle Mühe mit der Weihnachtsdekoration gegeben, befand Ernst, als er langsam an den Häusern vorbeischlenderte und anerkennend die Lichterketten, die Tannengirlanden, die an den Dachrinnen hängenden Sterne, die roten Schleifen und Kränze an den Gartenpforten, ja sogar einen lebensgroßen Weihnachtsmann aus Plastik betrachtete. Alle Vorgärten waren weihnachtlich geschmückt, in den Fenstern standen Dreiecke mit Kerzen oder glänzende Sterne, alles war gerüstet für die Festtage. Ernst wurde von einer heimeligen Vorfreude ergriffen. Er wünschte sich nur, dass es allen so ging, dass alle schöne Tage vor sich hatten. Er bog auf die Hauptstraße und sah plötzlich den grünen Bus auf dem Parkplatz vor dem Supermarkt stehen. Niemand saß drin, vielleicht wärmte der Berliner sich ja im Laden auf. Und betrachtete hungrig die schönen Dinge, die er sich nicht leisten konnte. Obwohl Anton ihm Kuchen gebracht hatte. Mit einem Blick auf die Uhr stellte er fest, dass das ja auch schon wieder eine halbe Stunde her war. Was lief die Zeit, wenn man gute Gedanken hatte. Einer spontanen Eingebung folgend beschleunigte Ernst seine Schritte. Als er den Bus erreichte, vergewisserte er sich, dass er nicht beobachtet wurde, dann zog er einen Zwanzigeuroschein aus seiner Brieftasche und klemmte ihn hinter die Scheibenwischer. Es war ein gutes Gefühl, als heimlicher Wohltäter unterwegs zu sein. Ein sehr gutes. Er könnte wirklich Geschmack daran finden.

Mit einem zufriedenen Seufzer drehte er sich um und ging zurück zur Hauptstraße. Langsam bekam er kalte Füße, er sollte sich auf den Heimweg machen. Der Weg führte an der Bank vorbei. Als das Gebäude vor ihm auftauchte, erhöhte sich plötzlich sein Puls. Die Stätte seines Erfolgs, der Platz, an dem der große Coup stattgefunden hatte, der Tatort seines Wirkens. Wie ferngesteuert lief Ernst auf die Bank zu, er wollte nur mal kurz reinschauen, wollte nachsehen, ob heute irgendetwas anders aussah, ob es Absperrungen gab, womöglich Polizeibeamte in weißen Anzügen, die mit großen Pinseln nach Spuren suchten. Ihm fiel ein, dass er ja niemanden ermordet, sondern nur beraubt hatte, vielleicht fuhren sie dann nicht die ganz großen Geschütze auf. Er musste sich trotzdem davon überzeugen. Ernst sah sich verstohlen um, jetzt verstand er plötzlich den Drang der Verbrecher, an den Ort des Geschehens zurückzukehren, genau das musste er jetzt auch tun. Es half nichts.

Nervös überquerte er den Parkplatz und verharrte

kurz. Hier, genau hier hatte Hella im Fluchtwagen gewartet, hier war er rausgestürmt, so eindrucksvoll und kraftstrotzend. Er ging auf die Tür zu und drückte sie auf, um einen Blick in die Bank zu werfen. Mit Herzklopfen trat er in den Vorraum, die Glastür schob sich auf, ihn erfasste ein aufgeregter Schwindel, er war wieder hier. Am Tatort. Und niemand ahnte etwas. Vor lauter Aufregung musste er stehen bleiben, er erblickte Martina hinter ihrer Scheibe, den Kopf gesenkt, sie hatte ihn noch nicht gesehen. Erleichtert registrierte er, dass sie unverändert wirkte, so, als wäre nie etwas passiert, als wäre sie nie überfallen worden, als wäre … Ein scharfer Schmerz fuhr ihm jäh in die Kniekehlen, er unterdrückte einen Schrei und fuhr herum, Alma Berg zog ihren Rollator zurück und schob ihn gleich wieder vor. Dieses Mal traf sie ihn nicht richtig.

»Was ist?«, krähte sie laut. »Raus oder rein? Sie versperren den Weg.«

»Ich …«, sofort sprang Ernst zur Seite. »Ich wollte nur Kontoauszüge holen.«

»Ja, dann los«, Alma Berg schob sich eng an ihm vorbei, »du Weihnachtsmann.«

Ernst wich ihr aus, mit zitternden Knien schlich er zum Kontoauszugdrucker. Während er nervös seine Brieftasche aus der Jacke fummelte, hörte er Alma Berg hinter sich schreien: »Habt ihr schon Kalender? Für umsonst?«

Fahrig und umständlich schob er die Karte in den Schlitz. Was hatte sie mit »du Weihnachtsmann« gemeint? Sie konnte ihn doch nicht erkannt haben. Mit diesen beschlagenen Brillengläsern. Und verrückt war sie auch. Niemand würde ihr glauben. Ernst atmete tief ein und aus, es gab keinen Grund zur Aufregung, alles war perfekt gelaufen. Der Drucker spuckte mit einem gleichmäßig ratternden Geräusch die Auszüge aus, er beruhigte sich langsam wieder.

»Ein Saftladen«, schrie Alma Berg in der Schalterhalle und zuckelte einen Moment später hinter ihm vorbei zum Ausgang. »Ich komme morgen wieder.«

Die Kalender schienen noch nicht da zu sein, dachte Ernst und atmete erleichtert aus, als sich die Schiebetür schloss. Und die verrückte Alma hatte ihn anscheinend nur beschimpft, sie hatte ihn nicht erkannt. Das konnte auch gar nicht sein. Alles war gut. Er zog jetzt die Auszüge aus dem Schlitz und warf gewohnheitsmäßig einen kurzen Blick darauf, ehe er sie zusammenfalten wollte. Plötzlich stockte sein Atem. Er hob den Auszug näher an die Augen, als sich unvermutet eine Hand auf seine Schulter legte.

Er schrie sofort auf, ließ die Auszüge fallen und hob die Hände.

»Mein Gott, Ernst, was brüllst du denn so? Ich bin's doch nur.« Als er sich ganz langsam umdrehte, sah er die verblüffte Gudrun, die mit großen Augen vor ihm stand.

»Wieso schleichst du dich denn so an? Ich bin fast gestorben.« Er rang immer noch nach Luft, während Gudrun ihn zweifelnd ansah.

»Was ist denn los?«

Sie bückte sich, um die Auszüge aufzuheben, während Ernst noch kurzatmig am Drucker lehnte und kurz die Augen schloss. Als er sie wieder öffnete, starrte Gudrun gerade perplex auf den Auszug. Nach einem Moment hob sie den Kopf und sah ihn an. »Ach, Ernst«, sagte sie tief gerührt. »Du hast es gemacht. Und ich habe dir die Überraschung verdorben. Ach, ich weiß gar nicht, was ich jetzt sagen soll.«

»Nichts.« Ernst wischte sich über die Stirn, ihm war schlecht, ihm war heiß und kalt zugleich. Er würde doch gleich tot umfallen. »Du musst nichts sagen. Gar nichts.«

Mit einem strahlenden Lächeln schob Gudrun ihre Hand unter seinen Arm. »Dass du einfach gebucht hast. Ich habe das überhaupt nicht mitbekommen. Eine Flusskreuzfahrt, wie habe ich mir die gewünscht.« Sie drückte seinen Arm. »Obwohl das Konto ja jetzt überzogen ist. 2100 Euro sind ja auch eine Menge Geld. Aber ich habe schon alle Weihnachtsgeschenke, da musst du dir keine Sorgen machen. Und dann schränken wir uns nach Weihnachten eben ein bisschen ein. Ich danke dir, Ernst, ich danke dir sehr. Und bis Weihnachten habe ich es wieder vergessen, das verspreche ich dir. So ein üppiges Geschenk. Wieso bist du eigentlich so blass? Ist dir nicht gut?«

Ernst sah sie bewegungslos an. Nein, ihm war nicht gut. Ihm war ganz heiß. Und er war um 2100 Euro ärmer. An welcher Stelle war der Überfall aus dem Ruder gelaufen? Warum hatte Martina ihn erkannt? Und was um alles in der Welt konnte er jetzt machen, um das Geld wieder einzutreiben? Er brauchte ganz schnell einen neuen Plan. Und er musste ganz schnell mit Hella reden. Und in Zukunft Martina aus dem Weg gehen. Und zwar weiträumig. So ging man einfach nicht mit einem Bankräuber um. Man buchte nicht die Beute einfach vom Konto ab. Das machte man einfach nicht.

15.

»Martina?«

Sie musste den Hörer fest an ihr Ohr pressen, um die leise Stimme zu verstehen. »Ja? Wer ist denn da? Ich habe Sie nicht verstanden.«

»Ich bin es«, der Anrufer flüsterte immer noch. »Dietrich. Dietrich Stockmann. Martina, ich bin heute in Westerland, ich habe ja noch meinen Zahnarzt hier, und ich müsste mal in die Bank kommen, aber ich will deinen neuen Chef nicht treffen. Wann bist du allein im Haus?«

»Herr Stockmann«, Martina rollte ein kleines Stück mit ihrem Stuhl nach hinten, »sind Sie auf der Insel?«

»Ich bin am Bahnhof. Im Café. Und ich muss was aus dem Schließfach holen.«

»Was?« Er redete wirklich so leise, dass Martinas Ohr schon wehtat, weil sie den Hörer so dagegendrückte. »Ich kann Sie kaum verstehen.«

»Ich kann gerade nicht so laut reden«, flüsterte er, als

ob Martina das nicht merken würde. »Wann kann ich kommen?«

Martina lehnte sich zurück und sah auf die geschlossene Bürotür, hinter der Steffens saß und was auch immer machte. Sie warf einen Blick auf die Uhr. »Herr Steffens ist noch hier. Er hat aber um 17:30 Uhr einen Termin außer Haus. Also wird er um 17 Uhr gehen, das ist in einer halben Stunde.«

»Gut«, Dietrichs Erleichterung war nicht zu überhören, »dann komme ich um kurz nach fünf. Bis später.«

Er legte auf, ohne ihre Antwort abzuwarten. Nach einem Moment legte auch Martina den Hörer zurück. Sie war gespannt, ob er ihr gleich alles erzählen würde. Nicht, dass es nötig gewesen wäre. Es gab nichts, was in dieser Bank vor sich ging, ohne dass Martina davon wusste. Unsichtbare Frauen bekamen viel mehr mit, als so mancher dachte.

Eine halbe Stunde später hielt einer dieser kleinen weißen Leihwagen, von denen in der Saison viele über die Insel fuhren, vor der Bank. Martina sah Dietrich Stockmann, eine Aktentasche unter dem Arm, aus dem Auto steigen. Er sah sich kurz um, dann eilte er zum Eingang. Als er durch die Glastür in den Schalterraum trat, kam Martina ihm schon entgegen. »Wir gehen vielleicht besser ins Büro«, sagte sie zu ihrem ehemaligen Chef und ging, ohne auf eine Antwort zu warten, vor. Dietrich folgte ihr umgehend in sein ehemaliges Reich. An der Tür blieb er kurz stehen und sah sich um. Er zögerte, bevor er sich schließlich seufzend auf den Besucherstuhl fallen ließ. Martina beobachtete ihn, während sie den Schreibtisch umrundete und sich auf den Chefsessel setzte. Die Unterarme auf den Tisch gestützt hob sie ihr Kinn. »Hallo, Herr Stockmann.«

Er war schmal geworden, davon lenkte auch der Dreitagebart nicht ab, genauso wenig die dunklen Augenringe. Abgefallen, dachte Martina, ihre Mutter hätte gesagt, er sehe abgefallen aus. Als wenn er wenig schliefe und noch weniger zu essen bekäme. Er tat ihr schon fast leid. Auch wenn man seinem sonnengebräunten Gesicht ansah, dass er im Urlaub gewesen war. »Wie geht es Ihnen?«

Sein Kopf ruckte hoch, erstaunt sah er sie an. Nach jahrelanger Zusammenarbeit war es das erste Mal, dass Martina ihm so eine Frage gestellt hatte. Normalerweise hielt sie diese Art der Unterhaltung für überflüssig. Und fand sie auch deplatziert, schließlich war Dietrich Stockmann ihr Chef und keinesfalls ihr Freund. Wenn sie Freunde wollte, würde sie es schon sagen. Ansonsten hatte sie in der Bank keine Zeit, über private Angelegenheiten zu reden. Sie kam, um zu arbeiten. Punkt. Nur jetzt machte sie eine Ausnahme. Weil es die Situation erforderte.

»Wie soll es mir gehen?«, fragte Dietrich gequält. »Es war nicht leicht. Da werde ich nur ein halbes Jahr vor meiner Pensionierung beurlaubt. Von heute auf morgen. Meine ganze Planung ist im Eimer.« Er stöhnte leise und rieb sich das Kinn. Martina sah ihn unverwandt an. Sie schwieg. Und wartete, bis er zum Punkt kam.

»Dieser Steffens«, fuhr er mit so viel Widerwillen in der Stimme fort, dass Martina fast zustimmend genickt hätte. »Dieser Steffens sollte eigentlich mein Nachfolger werden, nur dafür war er im Gespräch. Aber der feine Herr hat natürlich keine Lust, die schicke Zentrale in Hamburg zu verlassen und in die Provinz zu gehen. Also ist er auf die Idee gekommen, den Obersten vorzuschlagen, diese Filiale zu schließen und das auch selbst in die Hand zu nehmen. Da steht er dann nämlich als Held da, der große Sanierer und Abwickler, der gleich auch noch richtig Kosten einspart. Ein ehemaliger Kollege hat mir erzählt, dass er schon einigen langjährigen Kunden die Pistole auf die Brust gesetzt hat. Er will Kredite kürzen, die ich ihnen genehmigt habe. Nicht immer im Sinne der Bank, ich weiß, aber man muss doch auch in Notlagen helfen. Das will Steffens aber nicht, die sollen zurückzahlen und fertig. Und dann hat er auch noch nach Fehlern gesucht, die ich begangen haben soll. Damit hier noch früher Schluss ist.« Er atmete tief durch. »Wer lange sucht, der findet auch, sage ich immer. Natürlich hat er ein paar Dinge gefunden, die man im weitesten Sinne gegen mich verwenden könnte, aber eine sofortige Beurlaubung war natürlich total übertrieben.« Er hob den Kopf und blickte Martina Verständnis heischend an. »Das kannst du mir glauben.«

Martina blieb stumm. Dietrich rieb sich nervös die Hände. »Du weißt ja, wie das hier so läuft«, fuhr er fort. »Man kennt sich, man trifft sich, man will ja auch irgendwie dazugehören. Nimm doch mal die Brandstetters. Er ist erfolgreich, sie ist erfolgreich und auch noch nett und charmant. Dann sieht man sich auf einer Veranstaltung, kommt bei einem Bier ins Gespräch, und plötzlich bittet sie dich um einen Gefallen. Was machst du dann?«

Nichts, dachte Martina und sah zu, wie Dietrich eine Büroklammer aus einem Plastikbecher friemelte und sie aufbog. Als sie am Knick auseinanderbrach, legte er die Einzelteile auf den Tisch. »Die Insa muss sich ja gegen eine Menge Konkurrenz behaupten. Auf der Insel gibt es ja bald mehr Makler als Möwen. Jedenfalls standen wir da so nett beisammen, beim Poloturnier war das übrigens, in der VIP-Lounge, ich hatte da das erste Mal eine Einladung bekommen. Von Brandstetters übrigens. Und auf einmal fragt Insa mich, zu welchem Zeitpunkt ich eigentlich mitbekäme, dass jemand in finanziellen Schwierigkeiten sei. Ich sage natürlich, sofort, ich bin ja schließlich die Bank. Und Insa hat gelächelt.«

Martina lächelte nicht. Dietrich bog die nächste Büroklammer auf, während er weiterredete.

»Es war ja keine große Sache, die sie von mir wollte. Letztlich nur ein paar Informationen. So unter guten Bekannten. An dem Abend ist mir tatsächlich ein Name rausgerutscht. Natürlich war das blöd, aber Otto war an dem Abend auch bei dieser Veranstaltung. Weißt du, Otto Mahler, der hat sich da aufgeführt wie Graf Koks und hatte schon nichts mehr auf der Naht. Ja, Gott, ich hatte auch schon ein paar Bier getrunken und dann habe ich das Insa eben erzählt. Nur so als Beispiel, ich konnte doch nicht ahnen, dass die gleich zu ihm marschiert und anbietet, sein Haus zu verkaufen.«

Er schnipste die Büroklammerreste in den Papierkorb und sah Martina an. »Wobei er sowieso verkaufen wollte, so brauchte er sich doch nicht mal selbst um einen Makler zu kümmern.«

Martina hob fast unmerklich eine Augenbraue. Was erzählte er ihr eigentlich alles? Und warum? Er hatte immer schon gern geredet, aber sie wollte das alles doch gar nicht wissen.

»Tja«, Dietrich wand sich in seinem Stuhl, »ab da hat Insa mich öfter gefragt. Nachdem die Brandstetters mich für den Golfclub geworben haben, haben wir uns dann ja häufig gesehen. Weißt du, diese Mitgliedschaft war ja auch gut fürs Geschäft, du hast ja selbst gesehen, wie viele neue Kunden ich da akquiriert habe. Zweitwohnungsbesitzer, Urlauber, das ist eine ganz illustre Mischung. Und das eine oder andere zwanglose Gespräch ergab sich immer mal an der Bar nach dem Spiel. Es war durchaus erfolgreich für die Bank.«

Martina musste ein bisschen aufstoßen, das kam wohl von dem Brathering-Brötchen, das sie mittags gegessen hatte. Eingelegter Fisch verursachte bei ihr manchmal Sodbrennen. Sie räusperte sich hinter vorgehaltener Hand, es war unangenehm.

»Martina«, jetzt wurde Dietrichs Ton fast flehend, »meine Scheidung war doch so teuer, das hatte ich total unterschätzt. Dann musste ich die Wohnung in Niebüll renovieren, den Umzug von der Insel bezahlen. Und die Mitgliedschaft im Golfclub, ich konnte doch da nicht sofort wieder austreten. Wie hätte ich denn dagestanden? Ich wusste nicht mehr, was ich tun sollte, und die Häuser hätten sowieso verkauft werden müssen, mit oder ohne Insas Maklertätigkeit.«

Martina stützte stumm ihr Kinn auf die Faust. Dietrich starrte auf den Wandkalender hinter ihr. »Insa hat mir für jeden Tipp eine Provision bezahlt. Sozusagen eine Vermittlungsgebühr. Damit kam ich dann ja auch über die Runden. Aber irgendjemand muss da gequatscht haben. Sonst wäre Steffens da nie draufgekommen. Ich habe auch einen Verdacht«, er nickte bedeutsam. »Ein Zweitwohnungsbesitzer aus Hamburg, dicker Kumpel von Horst Brandstetter, auch Golfer, der mir mal ein kleines Geschäft vorgeschlagen hat. Ich wollte ihm nur einen Gefallen tun, aber Undank ist der Welten Lohn. Der kennt Steffens nämlich zufällig aus Hamburg, vom Tennis oder so, das habe ich aber erst im Nachhinein mitbekommen. Kann ja keiner ahnen. Na ja.«

Resigniert blickte Dietrich auf seine Hände. »Undank ist der Welten Lohn«, wiederholte er leise. »Die haben mich nach meiner Beurlaubung sogar aus dem Golfclub ausgeschlossen. Als wäre ich kriminell. Und keiner von denen hat mich mal angerufen, um zu fragen, wie es mir geht. Keiner. Diese Leute haben mich für ihre Zwecke benutzt und mich sofort fallen gelassen, als es ein bisschen schwierig wurde.«

»Hm.« Martina lehnte sich zurück, langsam schlief ihr das Bein ein. Dietrich quatschte sich hier wirklich um Kopf und Kragen, es war nur gut, dass niemand ihm zuhörte.

»Ich sage dir was, Martina«, Dietrichs Zeigefinger schnellte in ihre Richtung, »da hilft man seinen Freunden mit dem einen oder anderen Tipp, wollte nur nett sein, und dann bekommt man einen Tritt und sie tun so, als hätten sie mit allem gar nichts zu tun. Es ist ungerecht. Und außerdem haben die alle Dreck am Stecken. Wenn du wüsstest, was hier alles in den Schließfächern liegt. Das sind Abgründe, sage ich dir. Steuerliche Abgründe. Und ich kann dir genau sagen, wer von denen Angst vor dem Finanzamt haben sollte.«

Das wusste Martina selbstverständlich, was glaubte er denn? »Das Schließfach 72 haben Sie aber doch gemietet.«

Überrascht runzelte Dietrich die Stirn. »Aber doch nur für das Spendengeld für den Kinder-Club. Etwas über 700 Euro. Das habe ich über den Sommer ehrlich gesammelt, gegen Spendenquittungen, das ist alles ganz legal. Ich hatte nur vergessen, den Umschlag rauszunehmen, es ging ja alles so schnell.« Er musterte Martina. »Aber weißt du auch, wer hier alles Geld bunkert und nicht versteuert? Wer hier Schweigegeld bezahlt hat, damit keiner was sagt? Und zwar nicht zu knapp? Ich weiß, es war nicht richtig, dieses Geld anzunehmen, aber lieber Gott, das ist doch Schwarzgeld. Mir hat es in meiner schwierigen Situation geholfen und die haben es mir doch nahezu aufgedrängt. Was sollte ich denn tun?«

»Frau Fröhlich und Frau Mannsen werden froh sein, dass sie das Spendengeld jetzt doch noch bekommen.« Martina wechselte abrupt das Thema, es waren ihr jetzt wirklich zu viele Details. »Sie haben selbst versucht, Geld für den Kinder-Club zu sammeln. Weil Ihr Umschlag ja nicht auffindbar war.«

»Das tut mir leid«, sagte Dietrich achselzuckend. »Ich

war mit meiner Freundin im Urlaub, das war eine ganz spontane Idee. Ich musste mal hier raus. Und ich hatte das Ladekabel für mein Handy vergessen, deshalb habe ich nicht mitbekommen, dass die mich angerufen haben. Aber die Spenden liegen ja noch im Schließfach, ich hole den Umschlag gleich raus und gebe ihn dir. Vielleicht könntest du ihn Hella bringen, du wohnst doch gegenüber.«

Martina nickte. Dietrich auch. Mit einem Blick auf die Uhr stand sie langsam auf und trat hinter den Chefsessel. »So langsam müsste ich jetzt …«

»Warte«, von seinem Stuhl aus sah Dietrich zu ihr hoch, »eins noch: Ich habe immer ausgesprochen gern mit dir zusammengearbeitet, auf dich ist Verlass, du bist schlau und du hast was Besseres verdient, als dass dieser Steffens deinen Arbeitsplatz vernichtet. Wenn ich irgendetwas für dich tun kann …« Er schob seinen Stuhl zurück und erhob sich. »Auf jeden Fall war es schön, dass wir jetzt endlich über alles gesprochen haben. Nach all den Jahren darf man doch nicht so auseinandergehen.«

Martina schluckte. Hoffentlich wurde er jetzt nicht sentimental, damit könnte sie überhaupt nicht umgehen. Sie spürte seinen Blick auf sich und trat einen Schritt zurück. Falls er solche Albernheiten wie Umarmungen versuchen würde. »Schon gut«, murmelte sie schließlich. »Das wird schon alles.«

»Ja, bestimmt.« Dietrich bückte sich jetzt und klappte seine Aktentasche auf. Er zog einen Schnellhefter raus und legte ihn vor Martina auf den Schreibtisch. »Ich habe hier noch wichtige Unterlagen, die nicht in falsche Hände kommen sollten. Lauter interne Schriftstücke, die Steffens aber nichts angehen. Ich übergebe sie dir, du wirst wissen, was du damit machst.« Er schob den Ordner näher zu ihr, sie sah ihn mit gerunzelter Stirn an.

»Ich … Sie sollten den lieber wieder …«

»Wissen ist Macht, Martina.« Er verschloss seine Aktentasche und lächelte sie an. »Ich fahre jetzt nach Hause, das waren die letzten Dinge, die ich hier noch erledigen musste. Das war sehr befreiend. Auch dieses gute Gespräch mit dir. Danke. Und darauf werde ich später mit meiner Freundin ein Glas Wein trinken. Mein Privatleben ist wenigstens wieder schön. Mach es gut, Martina. Und vielleicht solltest du auch mal was ganz Verrücktes tun.«

Martina blieb an der Glastür stehen, bis Dietrich mit seinem kleinen weißen Leihwagen vom Parkplatz fuhr. Nach einem kurzen Hupen hob sie die Hand, dann schloss sie die Tür ab und ging langsam nach hinten. Endlich wieder Ruhe. Ihr brummten die Ohren von diesen ganzen Erklärungen, aber Dietrich hatte sich für das gute Gespräch bedankt. Für welches Gespräch? Nur er hatte geredet. Das war schon früher so gewesen. Zweiundzwanzig Jahre und sieben Monate war Dietrich Stockmann ihr Chef gewesen. Eigentlich ein guter Chef, wenn auch etwas zu weich und zu leicht zu beeinflussen. Und zu redselig, besonders heute. Und was hatte er damit gemeint, dass sie mal was ganz Verrücktes tun sollte? Was konnte das schon sein?

Sie löschte überall das Licht, vergewisserte sich, dass sie den Umschlag, den Dietrich aus dem Schließfach geholt hatte, sicher in ihre Handtasche geschoben hatte, und verließ die Bank. Draußen legte sie den Kopf in den Nacken und sah in den Himmel. Es schneite still vor sich hin, die kleinen Flocken tanzten im Lichtschein der Straßenbeleuchtung, der frische Schnee knirschte unter ihren Sohlen. An jeder Ecke funkelten die Weihnachtsbäume in den Gärten, die meisten Fenster waren erleuchtet, hier und da konnte Martina die Köpfe erkennen. Familien, die zusammen beim Essen saßen, Menschen, die gemeinsam Fernsehen schauten, ein Kind spielte Blockflöte, die schiefen Töne klangen durch das gekippte Fenster bis auf die Straße, ein Hund mit rot blinkendem Halsband zerrte sein Herrchen hinter sich her. Als Martina in ihre Straße bog, fiel ihr Blick auf die Weihnachtsdekoration, die an Hella Fröhlichs Balkon blinkte. Rote, blaue und violette Lichter leuchteten grell aus einer üppigen Tannengirlande, über der Balkontür blinkte ein gelbgoldener Stern. Es war sehr bunt. Aber irgendwie auch sehr schön. Martina blieb beeindruckt stehen, genau im selben Moment öffnete sich die Balkontür und Hella trat heraus. Sie stutzte, als sie Martina erkannte, dann lächelte sie breit und hob die Hand. »Martina«, rief sie mit ihrer tiefen Stimme, »einen schönen Feierabend.«

»Danke.« Martina trat näher, um nicht schreien zu müssen. »Ich habe etwas für Sie. Wenn es Ihnen jetzt passt, würde ich kurz hochkommen.«

Mit einem breiten Lächeln machte Hella eine einladende Geste. »Immer gern. Was halten Sie von einem Gläschen Haselnussbrand?«

»Atmen, einfach atmen«, sagte Hella sich leise, als sie die Balkontür wieder schloss und langsam zur Haustür ging. Seit Jahren guckte sie morgens auf Martinas Haus, sah sie kommen und gehen, aber noch nie war sie bei ihr gewesen. Oder umgekehrt. Die spröde Martina legte anscheinend überhaupt keinen Wert auf nachbarschaftliche Beziehungen. An der Tür angekommen, zitterten ihre Knie. Hoffentlich hatte Martina sie bei ihrem Coup nicht erkannt. Und wollte sie jetzt zur Rede stellen. Die Klingel schrillte in diesem Moment los, Hella drückte auf den Summer und hielt sich an der Tür fest. Sie musste bloß die Ruhe bewahren, ihr Plan war bombensicher gewesen, ansonsten wäre doch die Polizei schon lange aufgetaucht.

Etwas kurzatmig stieg Martina die letzten Treppen zu ihr hoch. Hella öffnete die Tür weit und sah ihr entgegen. »Hereinspaziert«, sagte sie, vielleicht eine Spur zu laut. Sie senkte schnell ihre Stimme. »Jetzt wohnen wir schon so lange vis-à-vis und heute Abend sind Sie endlich mal mein Gast. Dann mal rein in die gute Stube. Was möchten Sie trinken?«

»Ich wollte gar nicht bleiben.« Umständlich suchte Martina etwas in ihrer Handtasche. »Ich wollte Ihnen nur etwas geben. Machen Sie sich keine Umstände.« Sie stand immer noch an der Türschwelle, inzwischen hatte sie gefunden, was sie gesucht hatte, und hielt einen braunen Umschlag in der Hand. »Das ist …«

»Das müssen wir doch wirklich nicht zwischen Tür und Angel machen«, unterbrach Hella sie energisch und machte eine einladende Geste. »Wenigstens fünf Minuten werden Sie doch Zeit haben, außerdem zieht die ganze Kälte vom Flur in die Wohnung, jetzt kommen Sie schon rein.«

Zögernd machte Martina einen Schritt nach vorn, sofort schloss Hella hinter ihr die Tür und schob Martina weiter in den Flur. »Sie können Ihre Jacke hier hinhängen. Hatten Sie denn einen schönen Tag?«

»Meine Schuhe …« Martina sah an sich runter, eine

kleine Pfütze hatte sich auf den Fliesen gebildet. »Ich kann gar nicht …«

»Ach, das trocknet wieder.« Hella wedelte mit einem Kleiderbügel vor Martinas Gesicht, bis die tatsächlich ihre Jacke auszog und sie Hella überließ. »Das sind Qualitätsfliesen. Das können die ab. Kommen Sie.«

Ohne die Antwort abzuwarten, ging sie vor und nahm ungefragt zwei kleine Gläser und die Flasche Haselnussbrand aus dem Schrank. Als sie zur Tür blickte, sah sie Martina dort stehen, die sich fassungslos umsah. Ihr Mund stand offen, man konnte denken, sie hätte gerade eine Erscheinung.

»Ist alles in Ordnung?«

Martinas Kopf ging in Hellas Richtung. »Ja, ähm, natürlich. Ich habe nur so ein Zimmer noch nie gesehen.«

Verständnislos folgte Hella ihren Blicken. »Was ist denn mit dem Zimmer?«

»Es ist … es ist voll.« Martina betrachtete mit großen Augen die Bilder an der Wand, die Schaufensterpuppe in der Ecke, die ein rotes Samtabendkleid und eine Federboa trug, die zahlreichen gerahmten Fotos, Kerzenständer, Keramikfiguren, Zimmerpflanzen, Deckchen und Kissen. Plötzlich blieb ihr Blick an einem Gegenstand hängen, beeindruckt zeigte sie auf einen silbernen Bilderrahmen. »Ist das Paul Hubschmid? Mit Ihnen?«

»Ja.« Mit einem stolzen Lächeln nahm Hella in einem

der großen Sessel Platz und deutete auf den danebenstehenden. »Wir haben gemeinsam einen Film gedreht. Es ist lange her. Ein großartiger Mann. Und so schön.«

Martina kam langsam ins Zimmer. »Ich kenne die meisten seiner Filme«, sagte sie leise. »Meine Mutter war ein großer Fan, ich kann die meisten Dialoge mitsprechen.« Sie setzte sich umständlich in den Sessel, in der Hand hielt sie immer noch den Umschlag. »Ich soll Ihnen das hier geben.«

Hella beugte sich vor und nahm ihr den Umschlag ab. »Was ist das?« Sie riss ihn auf und sah hinein, überrascht zog sie die Geldscheine raus. »Was …?«

»Es ist das Spendengeld für den Kinder-Club«, erklärte Martina. »Herr Stockmann hatte es im Schließfach deponiert, er hat mich gebeten, es Ihnen zu übergeben, er konnte es nicht selbst machen, er musste gleich wieder aufs Festland.«

»700 Euro«, Hella hatte nachgezählt und sah Martina jetzt erstaunt an. »Also, das ist ja … Da wird sich Minna Paulsen aber freuen. Sie hat nie daran gezweifelt, dass Dietrich das Geld noch bringt. Im Gegensatz zu mir. Aber egal, so kann man sich täuschen. Darauf müssen wir anstoßen, Martina, auf dass die Menschen ehrlich sind.« Sie legte das Geld zur Seite und stand auf, um einzuschenken. Mit einem Lächeln reichte sie Martina das Glas. »Auf die gute Nachbarschaft und Dietrichs Anstand.«

»Auf die Nachbarschaft.« Martina nahm ihr das Glas ab und schnupperte daran. »Auf den Anstand zu trinken wäre in diesem Zusammenhang falsch.«

Hella durchströmte eine kleine Hitzewelle. Sie schluckte und musterte Martina, die aber unbekümmert wirkte. Sie hatte wohl etwas anderes gemeint. Es ging hier nicht um Hellas Anstand. Zumindest im Moment nicht.

»Normalerweise trinke ich keinen Alkohol, aber das riecht gut.« Zu Hellas Überraschung kippte Martina den Schnaps mit einem Schluck weg, kniff die Augen zusammen, schüttelte sich und blickte Hella überrascht an. »Der schmeckt ja gut.«

Hella schenkte sofort nach.

Eine gute Stunde und einige Gläser Haselnussbrand später war Martinas Gesicht von einem zarten Rosa überzogen, ihre Körperhaltung entspannt, sie hatte dreimal laut gelacht und mehr geredet, als Hella ihr jemals zugetraut hatte. Sie hatte nach Hellas Filmkarriere und nach Paul Hubschmid gefragt. Nach dem nächsten Schluck hatte sie angefangen, über ihre Mieter Irina und Anton zu sprechen, über ihr Haus, das sie mochte, weil sie dort ihre Ruhe hatte. Ein weiterer Schluck, bevor sie erzählte, dass sie gern dicke Bücher las und sinnlose Freizeitbeschäftigungen ablehnte. Gerade hatte sie angefangen zu berichten, dass sie am liebsten abends Sudokus machte und dabei Tierfilme sah, als das Telefon klingelte. »Am liebsten Meerestiere. Fische und so. Ihr Telefon klingelt.« Sie hatte einen kleinen Schluckauf, Hella deutete auf die Flasche. »Schenken Sie doch schon mal nach. Ich gehe schnell ran.«

Immer noch verblüfft über die abrupte Wandlung der sonst so spröden Martina nahm Hella das Gespräch an. »Ja? Fröh…«

Mit einem Blick auf Martina, die umständlich den Korken aus der Flasche fummelte, zuckte Hella zusammen, als sie die Stimme am anderen Ende erkannte.

»Hella, es ist alles grandios schiefgegangen.« Ernsts Stimme überschlug sich fast. »Wir müssen reden, es ist eine Katastrophe. Wie soll ich das denn Gudrun erklären? Ich muss das Geld zurückkriegen. Sofort.«

Neugierig sah Martina hoch, während sie das Glas vollschenkte und ein paar Tropfen verschüttete, die sie sofort mit der Fingerspitze aufwischte. Hella drehte ihr den Rücken zu und umklammerte mit beiden Händen den Hörer. »Ernst, es ist jetzt gerade ganz schlecht, ich rufe dich später zurück. Bis nachher.«

»Hella, warte, ich …«

Sie legte schnell auf. Auch wenn Martina sichtbar einen im Kahn hatte, sie mussten ja jetzt nicht in einem unbedachten Augenblick auffliegen. Und Martina war nicht zu unterschätzen, sie war sehr klug, auch mit Haselnussbrand im Blut. Hella konzentrierte sich, dann drehte sie sich um und kehrte zu ihrem Sessel zurück. Martina schob ihr das Glas zu und lächelte. »Ich rede wohl ein bisschen zu viel, oder? Ich bin das Trinken und andere Menschen gar nicht gewöhnt. Entschuldigen Sie bitte.«

»Aber nein«, Hella schüttelte heftig den Kopf, »ich liebe Nachbarschaftsbesuche, ich weiß gar nicht, warum wir das nicht schon viel früher gemacht haben.«

Martina trank ihr Glas aus und stellte es vorsichtig auf dem Tisch ab. »Vielen Dank. Ich werde jetzt aber nach Hause gehen, Sie wollen ja auch noch telefonieren. Ernst Mannsen ist ja ein sehr netter Mann, immer freundlich. Den müssen Sie ja nicht so lange warten lassen.«

Irritiert sah Hella sie an. Martina zuckte die Achseln. »Sie haben Ernst gesagt. Deshalb dachte ich an Mannsen. Er ist so witzig, er hat ja neulich Geld abgehoben, im Weihnachtsmannkostüm, und so getan, als wäre es ein Banküberfall. Das war lustig.« Sie lachte ganz leise und merkte nicht, dass Hella fast vom Stuhl fiel. Ernst hatte recht gehabt, es war grandios schiefgelaufen.

»Ach so?«, fragte sie mühsam und mit aller Schauspielkunst, die sie aufbringen konnte. »Ja, der Ernst ist manchmal ein richtiger Scherzkeks. Da war ihm wohl langweilig.« Sie schaute Martina so entspannt an, wie sie konnte, und suchte ein anderes Thema. Irgendetwas, egal was. Sie durfte jetzt nur nicht die Fassung verlieren. »Martina, wissen Sie eigentlich, was Ihr Name bedeutet?«

Martina hickste und hielt sich sofort die Hand vor den Mund. »Entschuldigung, ich habe gerade einen Schluckauf. Mein Name? Martina.«

»Ja, er kommt aus dem Lateinischen.« Hella beugte sich vor. »Ich habe mich früher sehr für die Herkunft von Namen interessiert. Manches weiß ich noch. Martina heißt: die Kriegerin. Das passt doch, oder?«

»Die Kriegerin?« Martina kicherte plötzlich. »Das ist ja was ganz Verrücktes.« Sie überlegte einen Moment, dann fragte sie: »Und wo kommt Dietrich her?«

»Dietrich?« Hella überlegte. »Ich glaube, das bedeutet: der Mächtige. War der als Chef so mächtig? Warum ist er eigentlich so Knall auf Fall beurlaubt worden?«

»Frau Fröhlich, das sind doch Interna«, wehrte Martina ab, ihre Aussprache klang mittlerweile ein bisschen verwaschen. »Das darf ich Ihnen gar nicht erzählen. Sagen wir mal so, er hat ein paar Leuten ein paar Informationen gegeben, die sie nicht haben durften. Und damit haben sie Geld verdient. Insa … ähm, also irgendwelche Sylter und Herr Stockmann.«

»Insa Brandstetter?« Hella machte große Augen. »Die hat mit Dietrich Geschäfte gemacht?«

»Ich habe nichts gesagt.« Martina legte die Hand auf den Mund.

»Insa ist doch Maklerin«, überlegte Hella laut. »Hat er ihr die Häuser zugeschustert, deren Eigentümer die Kredite nicht mehr bezahlen konnten? So wie bei Otto Mahler? Da ist Insa doch auch plötzlich vorbeigekommen und hat ihm angeboten, sein Haus zu verkaufen. Ich war damals zufällig gerade da und Otto ist aus allen Wolken gefallen. Kein Mensch wusste, dass er pleite war.«

»Ich sag nichts«, sagte Martina und nickte. »Egal. Brandstetters sind gute Kunden, ich rede auch nicht über ihr Schwarzgeld.« Sie hickste wieder und Hella sah sie wie elektrisiert an. »Schwarzgeld?«, fragte sie sofort. »Woher weißt du das denn?«

Unwillkürlich war sie zum Du übergegangen, Martina schien das nicht gemerkt zu haben. Sie hob noch mal ihr Glas, um den letzten winzigen Rest auszutrinken. Als Hella zur Flasche greifen wollte, hob sie die Hand. »Nein, danke. Mir ist schon ein bisschen schwindelig. Was haben Sie eben gefragt?«

»Wo das Schwarzgeld von Brandstetters liegt.«

»In den Schließfächern.« Martina starrte sie plötzlich an, als wäre ihr etwas eingefallen. »Und nicht nur von Brandstetters. Wir haben fünfundsiebzig Schließfächer. Alle voll. Und viele mit Schwarzgeld. Er hat sogar die

Nummern aufgeschrieben. Wie Lottozahlen: 8, 11, 19, 27, 31, das sind nur einige.« Abrupt stand sie auf und musste sich sofort am Tisch festhalten.

»Hopsala«, sagte sie leise und fing an zu kichern. »Die Kriegerin muss wohl zu Bett. Habe ich Ihnen jetzt das Geld für die Kinder gegeben?«

Hella blickte auf den Umschlag, der vor ihr auf dem Tisch lag, und danach auf die schwankende Martina. »Ja. Soll ich dich nach Hause bringen?«

»Nein, nein«, Martina kicherte, »das schaffe ich schon allein. Ich weiß ja auch, was jetzt zu tun ist.« Sie schwankte in den Flur, um ihre Jacke zu holen. Hella folgte ihr, um ihr in den Ärmel zu helfen. »Vielen Dank, Frau Fröhlich, Hella, für diesen schönen Abend. Und machen Sie sich mal keine Sorgen. Alles wird gut. Ich kümmere mich jetzt selbst darum. Ich bin die Kriegerin.«

Ohne auf die Antwort zu warten, schoss sie raus. Während Hella kopfschüttelnd die Tür hinter ihr schloss und langsam zurück ins Wohnzimmer ging, bekam sie einen Schluckauf. Und plötzlich hatte sie einen grandiosen Einfall. Die Lottozahlen. Wie waren sie noch? 8, 11, 19, 27, 31, sie hatte sie sich sogar gemerkt. Sofort griff sie zum Telefon und rief Ernst zurück. Nach mehreren Freizeichen meldete er sich mit verschlafener Stimme. »Was?«

»Ernst, ich bin's. Hella. Ich glaube, ich habe die Idee, wie wir dein Geld wieder zurückkriegen.«

»Hast du mal auf die Uhr gesehen? Nacht.«

Er legte auf, verblüfft starrte Hella erst auf den Hörer, dann auf die Uhr. Vielleicht hatte er recht. So müde, wie er jetzt war, würde er ihren ausgeklügelten Plan sowieso nicht mehr begreifen. Und ins Bett musste sie jetzt auch.

16.

Martina hatte von Paul Hubschmid geträumt. Er tanzte mit Hella schwungvoll einen Walzer, ganz allein in einem Ballsaal, wo ein Orchester spielte. Hellas Federboa wehte hinter ihr her, während Hella rief: »Unsere Martina hat es aber faustdick hinter den Ohren. Sie ist eine Kriegerin.«

Mit einem Lächeln auf den Lippen wachte Martina auf und ließ die Musik aus dem Traum in sich nachklingen. Sie hatten so fabelhaft getanzt, diese beiden schönen Menschen. Immer noch lächelnd drehte sie ihren Kopf in Richtung Wecker und riss entsetzt die Augen auf. Sie hatte verschlafen. Zum ersten Mal in ihrem Leben hatte sie tatsächlich verschlafen. Es war gleich acht, fast eineinhalb Stunden später als sonst. Sie blieb ungläubig noch einen Moment auf der Bettkante sitzen, bis der leichte Schwindel verflogen war. Sonst wachte sie jeden Morgen um 6:30 Uhr auf, gleichgültig, welcher Wochentag, gleichgültig, ob es draußen hell oder dunkel war. Immer um 6:30 Uhr. Jeden Tag. Nur heute nicht.

Als sie sich langsam am Bettpfosten hochzog, spürte sie ein leichtes schmerzhaftes Pulsieren in der Schläfe. Martina massierte die Stelle, während sie mit steifen Knien zur Tür stakste. Sie hatte noch genau fünfundzwanzig Minuten, bis sie sich auf den Weg zur Bank machen musste. Drei Minuten Inbetriebnahme der Kaffeemaschine, zehn Minuten Morgentoilette, zwei Minuten Bettaufschütteln, fünf Minuten Anziehen, fünf Minuten Kaffeetrinken. So müsste es funktionieren. Sie würde nicht zu spät zum Dienst kommen, sie war noch nie zu spät zum Dienst gekommen.

Tatsächlich hatte Martina im Bad drei Minuten und beim Anziehen weitere zwei Minuten rausgeholt, sie hatte einfach dasselbe angezogen wie gestern. Deshalb konnte sie sich jetzt zehn Minuten Zeit für ihren Kaffee nehmen. Die Kopfschmerzen wichen nach der ersten Tasse Kaffee und einer Tablette. Martina stützte ihre Schläfe auf zwei Finger und blickte angestrengt auf das gegenüberliegende Haus und auf Hellas Küchenfenster. Was für ein Abend, dachte sie. Sie war tatsächlich beschwipst gewesen, das war ihr seit der Beerdigung ihrer Mutter nicht mehr passiert. Und die war nicht so lustig gewesen wie das Gespräch mit der Nachbarin. Was war Hella Fröhlich nur für eine schillernde Person! Sie hatte Sachen erlebt, von denen Martina noch nicht mal was gehört hatte. Und sie hatte so interessant erzählt. So einen Abend hatte Martina wirklich noch nie erlebt. So ungeplant. Und mit so viel Schnaps. Aber es war schön gewesen, dachte sie, einfach mal was ganz anderes. Das würde sie auch gern noch mal machen. Irgendwann. Nur jetzt musste sie los. Die Pflicht rief. Und auf dem Weg, an der frischen Luft, würde sie sich Gedanken machen, wie sie am besten den Plan, den sie gestern insgeheim gefasst hatte, umsetzen könnte. Der war nämlich wirklich gut. Trotz der vielen Gläser Haselnussbrand. Oder vielleicht gerade auch deshalb.

Kurz vor neun, Hella saß gerade noch im Morgenrock in ihrer Küche und trank den ersten Kaffee, rief schon Ernst an. »Sag mal, habe ich das geträumt oder hast du wirklich mitten in der Nacht noch zurückgerufen?«

»Das hast du nicht geträumt.« Hella hielt den Hörer weg, um ausgiebig zu gähnen. »Ich weiß inzwischen, was passiert ist, und habe mir den ganzen Abend Gedanken gemacht. Wie man dieses Debakel wiedergutmachen kann. Und irgendwann hatte ich die zündende Idee. Und wollte sie dir mitteilen. Aber du hast ja einfach aufgelegt.«

»Es war mitten in der Nacht«, protestierte Ernst. »Ich habe schon fast geschlafen. Und ich war froh, dass Gudrun das Telefon nicht gehört hat. Also, wenn du alles schon weißt … woher eigentlich?«

»Ich habe mit einer besonderen Frau Schnaps getrunken«, erklärte Hella und schenkte sich Kaffee nach. »Und dabei folgende Dinge erfahren, pass auf …«

Atemlos hatte Ernst zugehört, ab und zu mal mit der Zunge geschnalzt oder gestöhnt, aber nicht ein einziges Mal dazwischengeredet. Bis Hella zum Schluss kam. »Und damit hat Martina mich auf die Idee gebracht. Das ahnt sie natürlich nicht, aber es ist ein todsicherer Plan, wir müssen uns nur noch Gedanken um die technische Umsetzung machen. Ich glaube, dass eine Sprengung das Beste wäre. Man kann das Zubehör doch im Internet bestellen, kannst du nicht mal deinen Enkel fragen? Mats kennt sich damit doch bestimmt aus.«

»Das ist doch verrückt.« Ernst atmete hörbar aus. »Ich kann doch da nicht Mats mit reinziehen. Das geht nicht. Aber … vielleicht … vielleicht könnte man auch Böller nehmen«, er hob seine Stimme. »Illegale Silvesterböller. Ich habe eine ganze Tüte voll im Keller stehen.« Er machte eine Pause, um sich zu sammeln. »Also noch mal zum Mitschreiben: Du hast gesagt, dass in einigen Schließfächern der Bank Schwarzgeld liegt. Eine ganze Menge sogar. Sie hat dir sogar ein paar Nummern genannt. Wir müssten nur die Schließfächer aufkriegen und hätten alle unsere Probleme gelöst. Und es könnten noch nicht einmal Ermittlungen aufgenommen werden. Richtig?«

»Genau«, bestätigte ihn Hella. »Die Besitzer können ja schlecht zur Polizei gehen und eine Anzeige machen, dass ihr illegal verstecktes, unversteuertes Geld geklaut ist. Die sind ja nicht doof.«

»Aber«, wandte Ernst ein, »wie kommen wir da jetzt ran? Wir können doch nicht die ganze Bank sprengen. Das wäre doch auch Sachbeschädigung und so. Wenn das Gebäude in Schutt und Asche liegt.«

»Wir sprengen doch nicht das Gebäude. Nur die einzelnen Schließfächer, um die es geht. Mit Glück ist schon im ersten genug Geld, dann können wir sofort aufhören. Komm, denk daran, es ist für den guten Zweck. Und für dein Konto. Das ist ja aber auch zu ärgerlich, dass Martina dich erkannt und die Beute einfach abgebucht hat.«

»Das sagtest du bereits fünfmal«, erwiderte Ernst, jetzt etwas ungehalten, bevor er laut weiter überlegte. »Aber wie sprengt man denn ein einzelnes Schließfach? Das sind ja Metallklappen. Die müssten wir also irgendwie und vor allen Dingen unauffällig aufsprengen. Wie soll das denn gehen? Die Tür zu den Schließfächern ist auch abgeschlossen. Die muss Martina uns doch öffnen.«

»Richtig«, antwortete Hella sofort. »Und hier kommt wieder meine Schauspielkunst ins Spiel. Ich werde zu Martina sagen, dass ich das Restgeld von Dietrich wieder ins Schließfach legen will, sie möge mir bitte die Tür öffnen und den Schlüssel geben. Das mache ich natürlich kurz vor Feierabend, damit man das erst am nächsten Tag merkt. Sobald sie die Tür geöffnet hat, werde ich einen kleinen Zusammenbruch simulieren, Martina wird mich dann bestimmt nach hinten ins Büro bringen und mich da versorgen. An dem Punkt kommst du rein, die Tür ist offen, dafür sorge ich, du huschst in den Schließfachraum, zack, kleine Sprengung, Problem gelöst. Martina ist mit mir im Büro und aus der Schusslinie. Und du sprengst ungestört.«

»Hmm«, Ernst klang noch nicht überzeugt. »Und der Krach? Das macht doch einen Mordslärm, so eine Sprengung.«

»Kann man da nicht was drüberlegen? Ich habe mal einen Film gesehen, da haben die einen Pelzmantel über den Safe gelegt. Das Fell hüpfte hoch, es gab ein dumpfes Geräusch und die Safetür war offen. Sah ganz einfach aus.«

Ernst schwieg am anderen Ende, er dachte angestrengt nach.

»Bist du noch dran? Ernst?«

»Ja, natürlich«, er räusperte sich und sagte dann: »Wir müssen das ausprobieren, ich habe da schon eine Idee. Kannst du nachher vorbeikommen? Gudrun hat um 11 Uhr einen Friseurtermin, dann sind wir ungestört. Ich baue die Versuchsanordnung auf und wir machen einen Test. Hast du noch einen alten Pelzmantel?«

»Bestimmt.« Hella stand mit dem Telefon am Ohr auf und ging zu ihrem großen Schrank. »Ich habe sogar noch zwei. Die sind auch aus dem Fundus, so was zieht ja heute kein Mensch mehr an. Wobei der eine …« Sie hatte ihn inzwischen aus dem Schrank geholt und musterte ihn wohlwollend. »Der eine ist gar nicht so schlecht. Aber den anderen bringe ich mit. Also, ich bin um 11 da, bis später.«

»Ich bin dann weg.« Sven Steffens zog sich im Gehen seinen Mantel an und warf Martina nur einen flüchtigen Blick zu. »Ich komme auch nicht mehr ins Haus, ich habe Außentermine. Sie kriegen es ja wohl allein hin, oder?«

»Natürlich, Herr Steffens.« Martina hob den Kopf und sah zu ihm, er war schon fast an ihr vorbei. »Einen schönen Tag noch.«

»Ja, ja.« Er hatte den Schalterraum durchquert und war bereits am Ausgang. Martina beugte sich zur Seite, um an ihm vorbeisehen zu können. Vor der Bank stand ein dunkelblauer Porsche, Insa Brandstetter saß auf dem Fahrersitz und lächelte ihm entgegen.

»Ach guck«, sagte Martina leise, während er die Beifahrertür öffnete und in den Porsche stieg. Anscheinend hatte Steffens den Job von Dietrich sehr gründlich übernommen. Jetzt machte er auch noch Geschäfte mit Insa, die sich allerdings gerade, zu Martinas Überraschung, zu Steffens neigte und sich von ihm küssen ließ. Der war doch viel zu jung für sie, dachte Martina und runzelte die Stirn. Was wollte sie denn von so einem Kind? Wie auch immer, es ging sie nichts an und sie hatte sowieso genug andere Dinge zu tun. Sie wartete, bis der Porsche vom Parkplatz gefahren war, dann rollte sie mit ihrem Stuhl zurück, bis sie mit der Hand an ihre große Tasche kam. Sie zog mehrere zusammengefaltete Briefbögen raus, rollte wieder nach vorn und legte die Unterlagen auf ihren Tisch. Sie strich die eng beschriebenen Blätter glatt, hob den Telefonhörer ab und wählte die erste Nummer der alphabetischen Liste. Nach nur zwei Freizeichen wurde abgehoben.

»Hotel Adamski in Düsseldorf, mein Name ist Svenja Tischer, was kann ich für Sie tun?«

»Guten Morgen, mein Name ist Martina Wolf von der Friesischen Bank in List. Können Sie mich bitte mit Herrn Adamski verbinden?«

»Der Chef ist gerade … oh doch, er kommt gerade rein, einen kleinen Moment bitte, ich frage ihn, ob es passt.«

Martina wartete, während sie im Hintergrund ein dumpfes Stimmengemurmel hörte. Svenja hatte die Hand wohl auf die Muschel gelegt.

»Adamski.«

»Guten Morgen, mein Name ist Martina Wolf von der Friesischen Bank in List. Ich würde gern etwas mit Ihnen besprechen. Passt es jetzt oder wollen Sie mich zurückrufen?«

»Friesische Bank? Für mich ist Herr Stockmann zuständig.«

»Nicht mehr«, Martina legte ein freundliches Lächeln in die Stimme, »Herr Stockmann ist nicht mehr im Haus.«

»Ja, und um was geht es? Das können wir doch sicherlich kurz machen. Ich stehe hier gerade im Foyer, wir haben Kundenbetrieb, ich habe jetzt überhaupt keine Zeit. Machen Sie doch einen Terminvorschlag. Am besten per Mail, dann melde ich mich. Sie hören …«

»Es geht um eine kleine Notiz, die in Ihrer Akte war.« Martina hatte nicht die Absicht, sich abwimmeln zu lassen. »Herr Stockmann hat sie mir ja übergeben. Es ist ein Gesprächsprotokoll, das Herr Stockmann abgeheftet hat. Vom Juni letzten Jahres. Es geht um die Vermietung Ihrer Ferienwohnung in Kampen. Darüber wollte ich mich gern mit Ihnen unterhalten.«

»Eine …«, Martina hörte schon an seiner Stimme, dass der Mann gerade seine Gesichtsfarbe wechselte und sofort wusste, um was es ging. »Ich, ähm, ich rufe Sie gleich zurück. In fünf Minuten, ich gehe in mein Büro.«

»Und was wird das jetzt hier?« Nur ein paar Straßen weiter stand Hella gerade fröstelnd neben Ernst in seinem Garten und sah ihn fragend an. »Warum steht der Werkzeugkasten auf dem Tisch?«

»Das werde ich dir jetzt erklären.« Ernst trat an den weißen Plastikgartentisch, auf dem der grüne Metallwerkzeugkasten stand, und sah Hella bedeutungsvoll an. »Ich habe versucht, die Anordnung so wirklichkeitsgetreu hinzukriegen, wie es geht. Dieser Werkzeugkasten, übrigens ein sehr gutes Fabrikat, unverwüstlich laut Hersteller, ist aus Metall. So wie ein Schließfach. Es fällt mir übrigens nicht leicht, ihn zu opfern, ich musste alle Werkzeuge mit in meinen anderen Kasten sortieren, der jetzt viel zu voll ist. Ich finde da garantiert nichts mehr, aber gut, es geht um die Sache.« Er drehte sich um und bückte sich zu einer Tüte, die am Bein des Tisches stand. Er stellte sie hoch und zeigte Hella den Inhalt. »Guck dir das an, lauter illegale Böller, aus China, aus Polen, was das Internet so hergibt. Die habe ich vor zwei Jahren konfisziert. Ich habe Walters Sohn damit am Hafen erwischt, der hat sich doch tatsächlich mit ein paar Kumpels dieses Teufelszeug besorgt, ich dachte, ich falle vom Glauben ab. Und das, obwohl sein Vater hier nicht nur Bürgermeister, sondern auch Feuerwehrchef ist. Aber bevor die mir in der Silvesternacht mein Haus oder irgendein anderes Gebäude abfackeln, habe ich die Tüte damals einkassiert. Was bin ich froh, dass ich die aufgehoben habe. Damit könnte unser Vorhaben nämlich klappen.«

Langsam nickte Hella, dann sah sie Ernst bewundernd an. »Respekt«, sagte sie. »Und mit diesen Böllern kann man den Kasten sprengen? Bist du sicher?«

»Das probieren wir jetzt aus.« Ernst griff in die Tüte und holte einen Knallkörper hervor. Er zog die Brille aus der Jackentasche und setzte sie auf, um die Gebrauchsanweisung auf der Packung zu lesen. Nach wenigen Augenblicken runzelte er die Stirn. »Ich verstehe kein Wort«, meinte er und drehte die Packung um. »Da steht gar nichts auf Deutsch.«

»Lass mal sehen.« Hella schob ihre Mütze ein Stück aus der Stirn und sah ihm über die Schulter. »Das ist russisch. Oder polnisch. Hier steht was auf Chinesisch. Ich kann das auch nicht lesen, dann machen wir es eben nach Gefühl. Hast du nie an Silvester ein Feuerwerk gezündet? Hugo und ich haben immer am Strand an der Sturmhaube geknallt.«

»Das ist verboten«, wandte Ernst tadelnd ein. »Hier auf der Insel. Wegen der Reetdächer.«

Hella zuckte die Achseln und wickelte das Papier ab. Sie drehte und wendete den Böller in der Hand, dann hielt sie ihn Ernst hin. »Hier ist eine Lunte. Siehst du? Die muss man wohl anzünden. Und dann steckst du den Böller irgendwo rein oder legst ihn hin, glaube ich zumindest, gehst ein Stück zurück und wumm. Fertig. Das ist keine Raketenwissenschaft. Obwohl …vielleicht doch ein bisschen.«

Ernst wiegte den Kopf. »Meinst du, da reicht eine Rakete, ähm, Böller? Die sehen ja ziemlich klein aus.«

»Wie viele hast du denn?« Hella spähte in die Tüte. »Zwei, vier, sechs, sieben. Mit den beiden hier neun. Da können wir auch drei zum Testen nehmen. Wir legen sie einfach auf den Kasten, genau so wie nachher auf das Schließfach. Und dann gucken wir, was passiert. Ach, hier in der großen Tüte ist der Pelzmantel.«

Die Hände in die Taschen ihrer dicken Jacke vergraben beobachtete Hella mit angehaltenem Atem, wie Ernst drei der Böller auf und neben dem Werkzeugkasten platzierte und anschließend den Pelzmantel aus der Tüte zog. Als er ihn auseinanderschüttelte, flogen Staubflocken durch die Luft. Ernst nieste. »Meine Güte, wie lange hängt dieses Teil denn schon bei dir rum?«

»Lass mich überlegen.« Hella starrte den Mantel an, bis es ihr einfiel. »Seit Herbst 1986. Er wartet seit über drei Jahrzehnten auf seinen Einsatz. Und heute ist der Tag. Du musst die Lunten noch anzünden. Bevor du den Mantel drüberwirfst.«

»Ach ja.« Ernst legte den Mantel auf den Tisch und zog ein Stabfeuerzeug aus der Jackentasche. »Das ist Gudruns Weihnachtskerzenanzünder. Der ist schön lang.«

»Also los«, Hella trat sicherheitshalber noch ein paar Schritte zurück, »dann zünde die Lunten und bring dich schnell in Sicherheit.« Angespannt nestelte sie an ihrem Schal und wippte auf den Zehenspitzen. »Lieber Gott, lass es klappen.«

Ernst holte tief Luft, warf ihr einen letzten angespannten Blick zu, dann ließ er das Feuerzeug klacken, hielt es vorsichtig an die Lunten, warf den Mantel über die Versuchsanordnung und beeilte sich, aus der Gefahrenzone zu kommen. Er zog Hella fürsorglich noch ein Stück zurück, bis sie weit genug von der Terrasse und dem aufgetürmten Fellberg entfernt standen. Gespannt warteten sie. Die Sekunden vergingen. Eine einsame Möwe flog kreischend über den Garten und verschwand in der Ferne. Dann eine zweite. Danach war wieder Ruhe. Ernst und Hella sahen sich fragend an. Aber plötzlich zerriss der erste ohrenbetäubende Knall die Stille, sofort folgte die nächste Explosion, und plötzlich passierte alles zugleich. Der Pelzmantel flog hoch und flatterte in die Buchsbaumhecke, ein Böller war mit einem sirrenden Pfeifton an Ernst vorbeigeschossen und neben ihm ins Vogelhaus eingeschlagen, wo er krachend explodierte. Das Vogelhaus wankte, bevor es mit einem knarzenden Geräusch zu Boden stürzte und in seine Bestandteile zerbarst. Der Gartentisch wackelte und stürzte um, der zweite Böller kreiselte sekundenlang über die Terrassenplatten, verfing sich in den Rabatten und explodierte neben einem leeren Kübel, der mit Geschepper in Einzelteile zersprang, der dritte Böller zischte los, wurde auf dem schneebedeckten Rasen gestoppt, wo er sofort krachend in die Luft flog. Die Detonationen folgten schnell aufeinander, es knallte und qualmte aus allen Ekken, der Schwefelgeruch waberte durch den herabsinkenden Nebel. So plötzlich wie es angefangen hatte, war es auch wieder vorbei. Es wurde still. Ganz still. Als der Nebel sich langsam lichtete, gab er die Sicht frei auf einen erdigen Krater inmitten der idyllischen Schneefläche, auf die weggesprengten Bretter eines Vogelhauses, auf jede Menge verstreuter blauer Scherben und auf einen ganz unversehrten Werkzeugkasten, der mitten auf der Terrasse stand.

Hinter ihrem Schalter hob Martina den Kopf, weil sie glaubte, es hätte irgendwo in der Nähe geknallt. Als wäre etwas explodiert. Sie lauschte einen Moment, hörte aber nichts Ungewöhnliches mehr. Es war ganz friedlich draußen, es waren noch nicht mal Autos unterwegs. Vielleicht hatte sie es sich auch nur eingebildet, es waren wohl die Nachwirkungen vom gestrigen Abend. Jetzt hörte sie schon Geräusche. Sie rollte wieder näher an den Schreibtisch und machte einen Haken auf ihrer Liste. Sie war schon bei Nummer vier, es ging schneller, als sie gedacht hatte. Zufrieden zog sie das Telefon näher, legte den Zeigefinger unter eine Zeile und tippte die dort stehende Telefonnummer ein.

Am anderen Ende wurde abgenommen. »Brandstetter.«

»Martina Wolf von der …«

»Frau Wolf«, seine Stimme wechselte sofort ins Joviale. »Die Dame mit dem Badezimmerfenster. Ich hätte Sie auch gleich angerufen, das Fenster ist nämlich schon da, meine Jungs können es nächsten Montag einbauen. Ist das nicht eine gute Nachricht?«

Sie war plötzlich aus dem Konzept gebracht und schloss kurz die Augen, bevor sie wieder auf die Liste sah. Entschlossen räusperte sie sich. »Deswegen rufe ich Sie aber gar nicht an. Es geht um …«

»Haben Sie doch noch mal über einen möglichen Verkauf nachgedacht? Also, ich habe das ja schon kurz mit meiner Frau besprochen, sie wusste auch sofort, um welches Haus es sich handelt. Sie hat, ohne dass sie sich das Objekt jetzt angesehen hat, sofort eine Summe von 1,9 bis 2,2 Millionen Euro in den Raum gestellt, Sie könnten …«

»Herr Brandstetter«, Martina hatte inzwischen die Quersummen aller Telefonnummern, die auf ihrer Liste standen, ausgerechnet. Im Kopf und nur so, um sich zu beruhigen. Jetzt war sie wieder auf das Wesentliche konzentriert. »Herr Brandstetter, ich arbeite in der Friesischen Bank in List. Mein Kollege Herr Stockmann ist ja nun in den vorzeitigen Ruhestand gegangen und deshalb gehe ich hier seine Unterlagen etwas genauer durch. Ich wollte gern mit Ihnen über Ihr Schließfach sprechen. Über die Nummer 27. Haben Sie dafür vielleicht einen Moment Zeit?«

Jetzt hatte sie ihn aus dem Konzept gebracht. »Welche … Unterlagen«, fragte er zögernd. »Was meinen Sie?«

»Ich habe hier so eine kleine Gesprächsnotiz. Von Herrn Stockmann. Vom Februar des vorletzten Jahres. Er hat diverse Summen aufgeschrieben, einige Abmachungen, vielleicht wollen Sie es sich auch mal ansehen? Es ist ja auch sehr aufschlussreich, so als Überblick dessen, was sich da so angesammelt hat. Das sollte nur das Finanzamt nicht in die Hände bekommen.«

»Wollen Sie mich etwa erpressen?« Von seiner anfänglichen Jovialität war nichts mehr übrig. »Da wäre ich an Ihrer Stelle …«

»Erpressen?«, unterbrach Martina ihn freundlich. »Aber Herr Brandstetter, ich bitte Sie. Ich brauche Ihr Geld nicht, Sie haben mir doch gerade gesagt, was mein Haus wert ist. Ich möchte mich nur mit Ihnen unterhalten. Haben Sie denn jetzt einen Moment Zeit?«

Wie angewurzelt standen Hella und Ernst inmitten des sich verziehenden Qualms nebeneinander, ihre Blicke verdutzt auf das verheerende Ergebnis ihres Versuchs gerichtet. Sie hatten nicht das ankommende Auto und auch nicht die leise quietschende Gartentür gehört. Erst Gudruns entsetzter Schrei riss sie aus ihrer Erstarrung.

»Ernst! Nein!«

Vor Schreck schrie Ernst auch los, dann fuhr er herum und hob die Hände. »Musst du dich immer so anschleichen? Ich denke, du bist beim Friseur?«

Fassungslos ging Gudrun sehr langsam an ihnen vorbei. »Was ist …?«

Sie hob ein Brett des Vogelhauses hoch, das sie sofort wieder fallen ließ, als sie die blauen Scherben entdeckte. »Meine … Oh Gott …«

Mit dem Fuß schob sie eine Scherbe zur Seite, verharrte kurz und sah gequält auf das dunkle Loch inmitten der sonst schneebedeckten Rasenfläche. Dann richtete sie den von Ruß geschwärzten Gartentisch wieder auf und drehte sich ganz langsam um. Sie sah erst Ernst, dann Hella an. »Ich hoffe, dass ihr dafür eine gute Erklärung habt.«

17.

»Und im Übrigen war es ja eigentlich auch deine Idee«, fasste Ernst schließlich seine und Hellas Erklärungsversuche zusammen. »Du hast mir doch vorgeschlagen, die Bank zu überfallen.«

»Was?« Gudrun fuhr jetzt empört hoch. Sie hatte sich alles schweigend angehört, einige Male aufgestöhnt, ihre Augen resigniert geschlossen, drei Tassen Tee mit sehr viel Zucker getrunken und versucht, ihre Empörung, die sich mit Fassungslosigkeit abwechselte, im Zaum zu halten. »Ich habe was?«

Achselzuckend lächelte er sie an. »Als mir so langweilig war. Wir haben doch diesen Film gesehen und du hast mich am nächsten Tag gefragt: Sollen wir die Bank überfallen? Es war sozusagen deine Idee.«

»Du spinnst doch«, Gudrun schüttelte nach einer verblüfften Pause resigniert den Kopf. »Ich weiß überhaupt nicht, was ich zu alldem sagen soll. Ihr seid anscheinend völlig übergeschnappt. Einen bewaffneten Banküberfall zu planen, das Fluchtfahrzeug zu manipulieren, das ist doch alles kriminell. Ich kann das gar nicht glauben. Und kommt mir nicht wieder mit dem guten Zweck. Der heiligt weiß Gott nicht alle Mittel.«

»Aber wir brauchten das Geld.« Um Verständnis heischend sah Hella sie an. »Bei unserer Sammelaktion kam ja nichts zusammen. Die Umstände haben uns gezwungen. Es konnte ja niemand ahnen, dass Dietrich doch noch mit dem Umschlag aus dem …«

»Sag nicht das Wort Schließfach.« Gudruns Zeigefinger fuhr in ihre Richtung. »Allein schon diese blöde Idee, die zu sprengen. Was da alles hätte passieren können. Ich darf mir das gar nicht vorstellen. Es hätte Tote und Verletzte geben können.«

»Genau deshalb haben wir es ja erst mal ausprobiert«, versuchte Ernst sie zu beruhigen. »Um das Risiko zu minimieren.«

»Du hast den Rasen minimiert.« Anklagend sah sie ihn an. »Dazu das Vogelhaus zerstört, meinen besten Kübel zertrümmert und den Gartentisch ruiniert. Risiko minimieren, dass ich nicht lache.« Sie verschränkte ihre Arme vor der Brust. »Es ist alles einfach nicht zu glauben.«

Sie starrte gedankenverloren auf ihre Teetasse, dann hob sie den Kopf. »Ich mache mir ernsthaft Sorgen um euren Geisteszustand. Hella, du brauchst gar nicht zu grinsen, wir sind hier nicht beim Film. Ich bin wirklich total fassungslos.«

»Apropos Film«, unbeeindruckt tippte Hella Ernst auf den Arm. »Zeig Gudrun doch mal das Video, mit dem wir den Überfall dokumentiert haben. Damit sie mal sieht, wie gut du warst.«

Sofort stand Ernst auf, um sein Handy zu holen.

»Ich will das gar nicht sehen«, rief Gudrun ihm hinterher, er ging trotzdem auf die Suche. »Glaub mal nicht, dass mich so ein Unsinn beeindrucken könnte«, fügte sie an Hella gerichtet an. »Das macht es ja noch schlimmer.«

»Ernst war wirklich überragend.« Hella griff in die Schale, die auf dem Tisch stand, und steckte sich einen Keks in den Mund. »Hast du noch mal gebacken oder ist das immer noch die erste Ladung Heidesand?«

Gudrun warf ihr nur einen stummen, bösen Blick zu. Hella nahm sich einen zweiten Keks. »Sind dir sehr gut gelungen.« Sie kaute noch, als Ernst mit dem Handy zurückkam und es sofort Gudrun hinhielt. »Willst du mal sehen?«

»Nein«, sie schob seine Hand weg. »Wir sind noch nicht fertig.« Sie setzte sich aufrecht hin und durchbohrte Hella und Ernst mit ihrem Blick. »Damit das ein für alle Mal klar ist: Ab sofort ist mit diesen Albernheiten Schluss. Ich möchte auf keinen Fall, dass Minna Paulsen von euren Aktivitäten erfährt, ich könnte ihr sonst nie wieder in die Augen sehen. Eigentlich solltet ihr mit einem Blumenstrauß zu Martina gehen und euch für diesen halsbrecherischen Plan entschuldigen. Aber andererseits ist sie ohnehin zu klug gewesen, um auf dieses alberne Manöver hereinzufallen.« Ein schadenfrohes Lächeln huschte über ihr Gesicht. »Ich muss schon sagen, die Martina hat ja Chuzpe. Einfach abzubuchen, als wenn nichts wäre. Respekt.«

»Na ja«, von Ernst kam ein leiser Protest. »Aber ich muss ja schon mein Geld wieder …«

»Oh nein«, unterbrach ihn Gudrun sofort. »Das kannst du vergessen. Du solltest das als Lehrgeld verbuchen. Wir haben ohnehin schon das meiste für Geschenke ausgegeben. Und Dietrichs Geld hat Minna schon für die Mittagessen weggelegt. Dein E-Bike, mein Lieber, diese Anschaffung kannst du erst mal vergessen. Ich beschwer mich ja auch nicht darüber, dass wir doch keine Flusskreuzfahrt machen. Und ich hätte allen Grund dazu, schließlich hatte ich schon geglaubt, dass du mir diesen Wunsch erfüllt hättest. Von wegen.«

Ernst senkte verlegen seinen Blick, während Hella wieder in die Keksschale griff. Sie kaute genüsslich, das malmende Geräusch vertrieb die einsetzende Stille, weil niemand mehr etwas sagte. Als sie runtergeschluckt hatte, klaubte sie ein paar Krümel von ihrem bunten Pullover. »Friedensangebot«, schlug sie laut vor. »Ich melde mich freiwillig zum Geschenkeverpacken, Gudrun, du weißt, wie ich das sonst hasse. Und ich werde nach dem Weihnachtsmarkt bis zum Schluss mit aufräumen. Versprochen. Dafür vergessen wir diese kleine Episode und sind froh, dass Dietrich doch kein schlechter Mensch und nicht mit dem Spendengeld durchgebrannt ist. Und weil Weihnachten ansteht, haben wir uns jetzt wieder alle lieb. Oder Gudrun? Deal?«

Langsam drehte Gudrun ihren Kopf in Hellas Richtung. Sie blickte sie forschend an, dann nickte sie ganz sachte. »Bis zum Schluss. Bis die Müllbeutel draußen stehen. Und das machst du nicht nur beim Weihnachtsmarkt, sondern auch nach der Abschlussfeier.«

»Selbstverständlich«, hoheitsvoll erhob Hella sich. »Bis der letzte Müllbeutel draußen steht. Wenn ihr mich jetzt entschuldigt, würde ich mich auf den Weg machen. Siggi braucht heute seinen Wagen zurück und ich muss noch die Nummernschilder tauschen.«

Gudrun gab keine Antwort, sondern presste nur die Lippen zusammen, während Ernst die Hand hob. »Ja, tschüs Hella, wir sehen uns ja dann übermorgen auf dem Weihnachtsmarkt. Danke für deine Hilfe.«

Gudrun räusperte sich demonstrativ, während Ernst so lange sitzen blieb, bis die Haustür hinter Hella hörbar ins Schloss fiel. Erst dann stand er langsam auf. »Ich würde jetzt mal im Garten ein bisschen Ordnung machen«, sagte er immer noch zerknirscht. »Vielleicht kann ich etwas Blumenerde in den Krater schaufeln. Wenn es dann wieder schneit, sieht man das Loch gar nicht mehr. Und auf den Rasen werfe ich später ein bisschen Saat. Der kommt schon wieder.«

»Bete dafür.« Gudrun sah zu ihm hoch. »Nimm große Müllbeutel mit. Und schneide dich nicht an den Scherben.«

»Natürlich, meine Liebe.« Ernst beugte sich herunter und küsste sie versöhnlich auf den Scheitel. »Mach du es dir im Warmen gemütlich, trink noch ein Tässchen Tee, Vati macht das schon.«

Er verschwand, Gudrun sah ihm nach. Er hatte ein richtig schlechtes Gewissen, das erkannte sie schon an seinem Gang. Er schlich durch den Flur wie ein geprügelter Hund. Aber dafür gab es auch wirklich genug Gründe. Ihr Blick fiel auf das Handy, das immer noch auf dem Tisch lag. Zögernd griff sie danach. Ernst und Hella hatten den Überfall gefilmt, das war doch wirklich nicht zu fassen. Zur Dokumentation. Weil Ernst so überragend gewesen war. So was sollte man gar nicht unterstützen, aber Gudruns Neugier siegte. Sie entsicherte das Handy, das durfte sie, Ernst hatte extra ihren Geburtstag als PIN genommen, weil Gudrun so ein schlechtes Zahlengedächtnis hatte. Konzentriert tippte sie die Ziffern ein, suchte in der Fotogalerie, fand das

Video sofort und drückte auf Start. Mit angehaltenem Atem sah sie plötzlich ihren Mann, der in seiner Weihnachtsmannkostümierung mit gezückter Waffe, die übrigens täuschend echt aussah, wie ein Wilder aus der Bank stürmte. Mit breiter Brust und entschlossener Körperspannung. Wie ein junger Mann. Überrascht hob sie die Augenbrauen und legte den Kopf schräg, dann spielte sie es noch mal ab. Wirklich, Hella hatte nicht übertrieben, Ernst war tatsächlich sehr überzeugend. Beim dritten Mal lächelte sie sogar stolz. Es war ein Wunder, dass Martina ihn erkannt hatte. So souverän, wie er hier agierte. Vielleicht war es seine Stimme gewesen. Dabei konnte sich doch auch der Laie denken, dass ein Bankräuber nicht sprechen sollte. Eben damit man ihn nicht erkannte. Aber Ernst war so höflich, das hatte er wohl nicht hinbekommen. So ohne Bitte, Danke und Auf Wiedersehen. Vielleicht war das einfach sein Fehler gewesen. Aber gut. Besser, von Martina enttarnt als von der Polizei erwischt zu werden. Sie hob den Kopf und lauschte, anscheinend warf Ernst gerade die Scherben in die Mülltonne, er würde jetzt nicht reinkommen. Sie drückte ein viertes Mal auf Start und stellte die Lautstärke etwas höher. Jetzt hörte man ihn sogar atmen. Er war wirklich gut. Ein echter Typ. Und so kämpferisch. Wie ein Held. Wie im Film.

Entschlossen legte sie das Handy auf den Tisch und

schenkte sich Tee nach. Was für eine wahnsinnige Aktion. Sie konnte ja nur froh sein, dass Ernst dieses Spektakel erst mal geprobt und nicht gleich die ganze Bank in die Luft gejagt hatte. Das wäre ja nicht auszudenken gewesen. Sofort hatte Gudrun die Bilder im Kopf: die Polizei, die Absperrungen, die Feuerwehr, die Presse, das halbe Dorf, ach was, das ganze Dorf, das zugesehen hätte, wie Ernst Mannsen in Handschellen abgeführt würde. Wenige Tage vor Weihnachten. Gudrun wäre vor Scham gestorben. Auf der Stelle.

Erleichtert lehnte sie sich jetzt zurück und tunkte einen Keks in den Tee. Das war ja noch mal gut gegangen. Abgesehen von den Kollateralschäden in ihrem Garten. Und natürlich dem Verlust der 2100 Euro vom Konto. Das war eine Menge Geld. Davon hätten sie vielleicht die kleine Reise oder das E-Bike bezahlen können, wenn sie es schon nicht auf das Sparbuch gelegt hätten. Im nächsten Jahr musste ihr Dach neu gedeckt werden, dafür sparten sie schon seit einiger Zeit. Aber die 2100 Euro waren nun weg. Da half nichts. Auch wenn Gudrun sich ein bisschen ärgerte. Sie stellte die Teetasse weg, als ihr ein Gedanke durch den Kopf schoss. Vielleicht war ja schon Geld aus ihrem eBay-Verkauf reingekommen und sie wusste es noch gar nicht. Sie griff gleich zum Telefon und tippte eine Nummer ein. Am anderen Ende ging Mats sofort ran. »Opa?« Er lachte albern los. »Du bist ja der Hammer.«

»Hier ist Oma«, korrigierte ihn Gudrun irritiert. »Was ist denn so lustig?«

»Oma, du bist das.« Er hatte immer noch ein Grinsen in der Stimme. »Ich dachte, dass Opa … Na? Wie geht es euch so? Alles im Lack?«

»Ja.« Sie verstand immer noch nicht, warum er so blöd lachte. »Mats, sag mal, hast du schon irgendetwas von meinen Sachen verkauft?«

»Wieso? Braucht ihr noch mehr Geld?« Er gackerte schon wieder los, langsam beschlich Gudrun ein komisches Gefühl. Er konnte doch nichts ahnen. »Hach, es ist echt zu geil.« Er bekam sich kaum noch ein.

»Mats!« Gudrun streckte ihren Rücken durch. »Jetzt hör auf mit dem Quatsch. Wovon redest du denn?«

»Na, von dem Film!« Nun versuchte Mats, ernst zu bleiben. »Den ihr mir mit den Bildern von den Sachen, die ich verkaufen soll, geschickt habt. Opa als abgedrehter Bankräuber, das war ja mega. Hast du ihn dabei gefilmt?«

Die Hitze schoss Gudrun ins Gesicht. Das musste ein Versehen gewesen sein. Ernst hatte das Zeugnis seiner Schmach tatsächlich seinem Enkel geschickt? Das konnte doch nicht wahr sein. Wie sollte sie ihm das denn jetzt erklären? »Ja, also, das war nur Spaß«, begann sie lahm. »Es ist gar nichts passiert. Das sollte er dir auch gar nicht schicken. Lösch es am besten und vergiss es.«

»Dieses Meisterwerk kann ich doch nicht löschen«, protestierte Mats sofort. »Ich könnte Opa berühmt machen. Soll ich?«

»Untersteh dich.« Jetzt wurde Gudrun energisch. »Du löschst bitte diesen albernen Film und fertig. Hast du ihn etwa deiner Mutter gezeigt?« Es würde ja noch fehlen, dass die strenge Wiebke diesen Unsinn sah, den ihr Vater hier veranstaltet hatte. Gudruns Tochter war Oberstudienrätin und hatte eine sehr genaue Vorstellung davon, wie man sich zu benehmen hatte. Banküberfälle im Rentenalter gehörten nicht dazu. Schon gar nicht, wenn es sich um ihren Vater handelte. Nicht, dass sie noch anfing, sich Sorgen um seinen Geisteszustand zu machen.

»Mama?«, fragte Mats scheinheilig. »Nee, habe ich nicht. Noch nicht. Aber die ist übrigens beleidigt, weil sie gesehen hat, dass du so eine rote Handtasche verkaufen willst. Für fünfzig Euro.«

»Ja, und?«

»Die hat sie dir mal geschenkt.«

»Oh.« Gudrun schluckte und überlegte fieberhaft, wann das gewesen sein könnte. Sie konnte sich überhaupt nicht mehr daran erinnern. Aber das würde Wiebke ihr bestimmt demnächst sagen, ihre Tochter vergaß selten etwas. Das war ganz schlecht gelaufen. Aber sie hatte die rote Tasche nie gemocht, da passte gar nichts rein. »Lass die weg, die habe ich verwechselt. Und die behalte ich natürlich. So, ich muss Schluss machen, Mats. Und ich hoffe ja, dass du vor Weihnachten noch die Sachen verkauft kriegst, oder?«

»Ich bemühe mich, Oma.« Mats lachte leise. »Und wie gesagt, wenn ihr noch mehr Kohle braucht, dann kannst du echt Opa einsetzen. Der hat das drauf. Also, bis spätestens Weihnachten, tschüs, grüß den Bankräubergott ...«

»Und du löschst sofort diesen Film. Nicht, dass ihn noch andere sehen. Hörst du? Also, tschüs, bis bald.«

Als sie aufgelegt hatte, ging sie langsam zum Fenster und sah in den Garten. Ernst hatte die Terrasse von Scherben, Sand und den Einzelteilen des Vogelhauses befreit, das Loch im Rasen sah immer noch verheerend aus. Als sie sich nach vorn beugte, sah sie Ernst langsam mit einem Sack Blumenerde aus dem Schuppen kommen. Gudrun klopfte an die Scheibe, sofort sah er in ihre Richtung. Er lächelte sie strahlend an und gestikulierte, dass er gleich ins Haus käme. Sie nickte und verschränkte die Arme vor der Brust. Es gab noch keinen Grund, ihm nicht mehr böse zu sein. Jetzt sollte er sich erst mal überlegen, wie er diese ganze Geschichte seinem Enkel erklärte. Nicht, dass Mats sich noch von der kriminellen Energie seines Opas anstecken ließ. Und auch noch auf die schiefe Bahn geriet. Nur weil es da diese Sache mit den Genen gab.

18.

Ernst trat von einem Bein aufs andere, während er seine Hände fröstelnd über den heißen Grill hielt. Nichts half, es zog in dieser Holzhütte wie Hecht und durch die schrecklichen blauen Gummihandschuhe drang kaum Wärme an die Haut. Blaue Gummihandschuhe. Die er aus Hygienegründen tragen musste. Ernst seufzte. Es war eine einzige Demütigung. Und es hörte gar nicht auf.

»Hier ist der Senfeimer.« Eifrig tauchte Minna vor ihm auf und schob einen Plastikeimer mit Senf über den Tresen. Mittelscharf. »Am besten stellst du ihn auf den Kühlschrank, dann musst du dich nicht immer bücken, wenn du die kleinen Schalen befüllst.« Sie lächelte Ernst an und stützte sich mit den Händen auf dem Tresen ab. »Ich finde es so nett von dir, dass du dich freiwillig gemeldet hast. Es ist immer schwer, jemanden zu finden, der über Mittag hier Bratwurst verkauft. Und das auch noch bei der Kälte. Und obwohl du ab fünf auch noch den Weihnachtsmann spielen musst. Du kannst ja noch nicht mal zwischendurch Mittagsschlaf machen. Du bist wirklich ein Schatz.«

»Wer ist ein Schatz?« Gudrun hatte den letzten Satz gehört. Sie stand plötzlich neben Minna und packte zwei große Stapel Servietten neben den Senfeimer, während sie Ernst fragend ansah. Der zuckte mit den Achseln. »Es macht mir große Freude«, ratterte er runter, als lese er es irgendwo ab. »Ich weiß gar nicht, warum ich mich nicht schon viel früher eingebracht habe. Es ist ein großes Glück, Teil einer Dorfgemeinschaft zu sein. Und Bratwurst zu verkaufen.«

»Ich habe den Ketchup noch im Auto.« Minna stieß sich vom Tresen ab. »Ich hole ihn schnell.« Sie eilte davon, während Gudrun erst ihr hinterher und dann zu ihrem Mann sah. »Ich warne dich«, sagte sie leise. »Übertreib es nicht. Du hast dir das selbst eingebrockt. Jetzt beschwer dich nicht.«

»Aber es ist hier arschkalt«, entgegnete er unwirsch. »Ich kriege garantiert eine Lungenentzündung.«

»Ich hole dir gleich noch deine Daunenweste.« Gudrun musterte ihn mit zuckendem Mundwinkel und wandte sich schon wieder zum Gehen. »Und wenn du dich gleich beim Arbeiten ein bisschen schneller bewegst, frierst du auch nicht mehr. Guck, da vorn kommt deine Komplizin, die kann dir ja gleich mal einen Eiergrog besorgen. Ich bring dir die Weste.«

»Es ist elf Uhr morgens«, rief er ihr hinterher. »Eiergrog. Eine blöde Idee. Moin Hella.«

»Moin Ernst.« Sie drehte sich noch kurz nach Gudrun um, die aber schon wieder verschwunden war. »Du verkaufst hier Bratwurst? Ist das eine von Gudruns Strafen?«

Er nickte und hob demonstrativ die blauen Gummihände. »Und dann auch noch diese schrecklichen Handschuhe. Aus Hygienegründen. Als wenn ich …«

»Du hinterlässt so keine Fingerabdrücke, wenn du jemanden umbringst«, unterbrach ihn Hella tröstend. »Wer weiß, was der Tag noch bringt.« Sie fummelte in ihrer großen schwarzen Handtasche herum, bis sie endlich gefunden hatte, was sie suchte. »Hier«, sie wedelte mit einem DIN-A5-Zettel vor seiner Nase herum. »Hast du das gesehen? Die Dinger hat Minna auf der ganzen Insel verteilt. Ich finde, das sieht aus wie ein Steckbrief von dir. Im ersten Moment habe ich mich richtig erschrocken.«

Ernst griff nach dem Blatt und betrachtete das schlecht kopierte Schwarz-Weiß-Foto. Ein Weihnachtsmann stierte böse in die Kamera, neben seinem Mund war eine Sprechblase, in der stand: *»Haben Sie ein Herz für Kinder und spenden Sie für die diesjährigen Weihnachtsgeschenke. Jeden Adventssonntag auf dem Weihnachtsmarkt in der Alten Schule, wir freuen uns auf Sie!«*

»Und?« Hella beugte sich vor. »Ist das nicht schrecklich? Es sieht doch wirklich aus wie ein Steckbrief. Gesucht: tot oder lebendig. Und der Weihnachtsmann ist auch noch so schlecht gelaunt. Grauenhaft. Und dann noch schwarz-weiß, ich finde …«

»Ach, habt ihr schon meine Werbeblätter gesehen?«, unterbrach die zurückkehrende Minna Hella, deren rüden Kommentar sie glücklicherweise nicht gehört hatte. »Tausend Stück haben wir verteilt, also Werner und ich, in Geschäften, Lokalen, an der Tankstelle und allen Busstationen. Wir waren gestern den ganzen Tag unterwegs.« Sie stellte drei große Ketchupflaschen neben den Senfeimer und sah Ernst und Hella Beifall heischend an. »Das ist ein altes Bild von Dietrich, aber das ist ja egal, den erkennt ja keiner. Und? Wie findet ihr das? Ich finde, dass es auch in Schwarz-Weiß ganz gut aussieht, die Farbkopien waren mir einfach zu teuer.«

»Ja!« Zuckersüß lächelte Hella Minna an. »Das hast du hübsch gemacht. Auch wenn Dietrich da etwas lustlos wirkt.«

»Das war das einzige Bild, das ich von ihm als Weihnachtsmann so schnell hatte.« Minna sah über Hellas Schulter auf das Flugblatt. »Aber so schlecht ist es auch nicht. Er ähnelt da sogar ein bisschen Ernst. Ich bin gespannt, wie viele Leute daraufhin heute kommen. So, ich muss rein, wir sehen uns, bis später.«

Sie warteten, bis Minna außer Hörweite war, dann sagte Hella mitleidig: »Niemand wird aufgrund dieses Werbeblatts kommen, überhaupt niemand. Es ist einfach schrecklich geworden. Sie hat noch nicht mal draufgeschrieben, dass es hier Kaffee und Kuchen gibt. Die Arme. Die ganze Arbeit umsonst.«

Ernst starrte immer noch auf das Foto. »Wo ist denn da eine Ähnlichkeit? Ich gucke nie so schlecht gelaunt. Ich hoffe nicht, dass die Leute denken, wir hätten hier so einen Weihnachtsmann. Da bekommt doch jeder Angst.«

»Sag ich doch.« Hella nickte. »Unmöglich. Anstatt mich zu fragen, wie man vernünftige Werbung macht. Ich kenne mich da aus. Aber Minna meint, sie kann alles. Und dann kommt so was dabei raus. Na ja, Schwamm drüber, die Kohle haben wir ja zusammen. Wenn auch anders, als wir dachten.«

»Hella bitte«, gequält schloss Ernst die Augen. »Jetzt kipp nicht dauernd Öl ins Feuer.«

»Ich dachte eher an den Umschlag von Dietrich.« Hella beugte sich vor und gab ihm einen aufmunternden Klaps auf den Arm. »Nicht deine großzügige Spende. So, ich gehe jetzt rein, ich bin auch zur Strafarbeit verknackt. Viel Spaß mit den Würstchen.«

»Ja, wie? Jetzt rennt ihr alle weg und ich sitze hier allein mit meinem Senf, oder was?«

»Tja«, Hella warf ihren gelben Schal nach hinten und lächelte ihn aufmunternd an. »Manche Menschen sind eben auf der Sonnenseite des Lebens. Du hast deinen

Senf und ich muss mit Gudrun Torten schneiden. Sie hat ein großes Messer. Überleg dir, wer von uns beiden den leichteren Job hat.«

Ernst blickte ihr unbewegt nach, bis sie hinter der großen Doppeltür der Schule verschwunden war. Es hätte alles so schön sein können. Ernst, der geheimnisvolle Wohltäter, der Gentleman-Räuber, der Rächer der Enterbten. Stattdessen musste er jetzt Senf aus dem Eimer in kleine Schüsseln füllen. Das Leben war gerade nicht gerecht. Mit einem resignierten Seufzer hob er den Senfeimer vom Tresen. Dann würde er eben Würstchen grillen. Und verkaufen. Es wäre ja wohl gelacht, wenn er das nicht auch bravourös hinbekommen könnte.

Eine knappe Stunde später war der Wurststand tatsächlich umlagert. Natürlich kannte Ernst die meisten derer, die sich hier versammelt hatten. Und die meisten kannten ihn, deshalb musste er auch die Frage, warum er denn hier heute für die Wurstbude verantwortlich war, immer wieder beantworten. Weil er jetzt auch zum Festkomitee gehörte und es deshalb als Pflicht betrachtete, hier seinen Dienst zu leisten. Und ja, er konnte Wurst grillen. Und ja, er gab auch noch den Weihnachtsmann. Aber erst am Nachmittag. Während er die blöden Fragen beantwortete, versuchte er sich zu konzentrieren. Pappteller, Senf drauf, Wurst drauf, es war komplizierter, als er gedacht hatte.

»Ernst, deine Wurst verkohlt«, sagte Günter Tews und zeigte auf den Grill hinter ihm. »Und ich hätte gern eine doppelte Brat mit Senf.«

»Für mich eine einfache Bratwurst mit Ketchup«, bestellte Dieter Krüger und drehte sich zu seinem Nachbarn Martin Müller um. »Martin, willst du keine?«

»Ernst, jetzt kokelt die Wurst.«

»Ach, hallo Ernst, verkaufst du heute hier Wurst?«

»Ich wollte Ketchup. Und ich will nicht so eine dunkle. Guck mal, die dritte von rechts, die ist gut.«

»Habt ihr mitbekommen, dass gestern im Ort was explodiert ist? Es kam vom Hafen, es war nur komisch, dass gar keine Feuerwehr angerückt ist. Das hat ganz schön geknallt.«

»Ich glaube ja, dass dieser Penner im grünen VW-Bus was damit zu tun hatte. Der steht doch immer da.«

»Wieso, ist der Bus explodiert?«

»Machst du mir zweimal Bratwurst mit doppelt Senf?«

Ernst hob den Kopf und sah in die Richtung, aus der über die Explosion gesprochen wurde. Jürgen Evers stand da in der Schlange und machte sich wichtig. Jetzt drehte er sich zur Seite und meinte: »Wenn der Typ mal nicht mit Drogen rumexperimentiert. Wahrscheinlich hat der so ein Chemielabor im Bus und dabei ist ihm ein Kessel um die Ohren geflogen. Seitdem habe ich den Bus nämlich nicht mehr gesehen.«

Ernst stieß mit der Hüfte an die Arbeitsplatte, die offene Ketchupflasche kippte um, der Ketchup spritzte quer über die Servietten und tropfte vom Tresen auf seinen Schuh.

»Ich bin jetzt dran, ich möchte eine mit zwei Scheiben Brot. Und Senf und Ketchup.«

»Ernst, was ist jetzt mit der Wurst? Musst du das Schwein noch schlachten?«

»Ja doch.« Ernst griff die Holzzange fester, um die Wurst vom Grill auf die Pappschale zu legen, sie rollte über die Pappe runter und landete auf dem Boden. »Scheiße.«

»Hallo, Ernst Mannsen.« Die helle Stimme war genau vor ihm. »Kann ich dich was fragen?«

Ernst sah hektisch hoch. »Anton, ich kann gerade nicht. Du siehst ja, was hier los ist. Komm später wieder.«

Hinter ihm qualmte es, er fuhr herum und schob ein paar verkohlte Würste zur Seite. Zwei rutschten durch den Rost, das Fett zischte hörbar, der Qualm wurde stärker. Ernst stöhnte gequält auf, am liebsten hätte er die Holzzange hinterhergeschmissen und wäre geflohen.

»Zweimal mit Senf bitte und ohne Brot.«

Langsam drehte Ernst sich um und ließ verzweifelt die Arme hängen. Er hatte den Überblick verloren. Er wusste überhaupt nicht mehr, wer schon was bekommen oder bestellt hatte. Alles klebte. Und roch verbrannt oder nach Ketchup. Er musste Gudrun sagen, dass er das hier nicht hinbekam. Er wollte …

Die Seitentür ging quietschend auf, eine Stimme sagte fröhlich: »Hallo, ist hier irgendwo eine Schürze, ach da, ich sehe sie schon.« Mit einem strahlenden Lächeln stand plötzlich Irina neben ihm, band sich die Schürze um, die sie vom Haken genommen hatte, und nahm Ernst die Zange aus der Hand. »So, also weiter geht's. Herr Mannsen, können Sie mir die Pappteller reichen? Wer bekam doppelt Senf?«

Ihm wurde fast schwindelig vor Erleichterung, als er zusah, wie leicht und locker Irina die Bestellungen ausgab, die Würstchen auf dem Grill wendete, das Geld kassierte und beiläufig mit einem feuchten Lappen die Spuren seiner Unfähigkeit beseitigte. Als der erste Ansturm bewältigt war, Ernst ihr den vorerst letzten Pappteller gereicht und Irina die perfekt gegrillte Wurst draufgelegt und rausgegeben hatte, lehnte er sich aufatmend an die Arbeitsplatte und wischte sich den Schweiß von der Stirn. »Danke«, sagte er leise, aber voller Inbrunst. »Sie haben mir das Leben gerettet.«

Auflachend wischte Irina abschließend über die Platte. »Das war eine einfache Rettung«, sagte sie. »Ich kann auch gern bleiben, allein ist das wirklich schwer.«

»Sie sind ein Engel.« Ernst blickte sie dankbar an. »Wer hat Sie überhaupt geschickt? Hella?«

»Nein, mein Sohn.« Irina legte neue Bratwürste auf den Grill. »Anton hat gesagt, dass Sie Hilfe bräuchten. Dringend. Es würde sonst Chaos geben und dann hätten Sie keine Lust mehr, den Weihnachtsmann zu spielen.«

»Kluger Junge.« Ernst nickte. »Sehr kluger Junge.«

»Du hast ja die ganze Wurst aufgegessen.« Die beleidigte Stimme drang sofort in Ernsts Ohr, er entdeckte Britt Elvers, die jetzt neben ihrem Mann stand und auf die leere Pappe in seiner Hand starrte.

»Dann bestell dir doch noch eine.«

»Ich wollte nur eine halbe. Die ganze ist mir zu viel.«

»Kannst ja mal fragen, ob du 'ne halbe kriegst.«

»Isst du den Rest?«

Jürgen Elvers verdrehte die Augen, bevor er sich wieder an seinen Nachbarn wandte. »Ja, jedenfalls war das eine Mordsexplosion, mich wundert echt, dass es nirgendwo gebrannt hat. Und ich habe auch …«

»Soll ich jetzt noch eine bestellen? Und du nimmst die halbe?«

»Ja, Herrgott.«

»Eine Wurst … ach, Sie arbeiten jetzt hier?«

»Hallo.« Irina sah Britt Elvers freundlich an. »Ich helfe nur ein bisschen aus. Eine Bratwurst für Sie?«

»Ja, aber ohne Brot bitte. Kohlenhydrate machen dick.«

Während Irina zu einem Pappteller griff, musterte Ernst Britt Elvers und dachte über halbe Bratwürstchen nach. Davon schien sie nichts zu ahnen, sie beugte sich vor und sagte: »Haben Sie gestern auch diese Explosionen gehört? Es gab auch so grüne Wolken. Das war ja was, ich habe mich so erschrocken, ich habe richtig gezittert.«

»Aha.« Ernst nickte nur, jetzt auch noch grüne Wolken. Elvers wohnten aber ein ganzes Stück von ihnen entfernt. Und so laut hatten die Böller ja nun auch nicht eingeschlagen. Britt sah sich kurz um, dann teilte sie ihm verschwörerisch mit: »Mein Mann und ich glauben ja, dass dieser komische Berliner, dieser Penner, was damit zu tun hatte. Ich habe den Bus auch noch nicht wieder gesehen. Wenn der man nicht irgendwas mit Drogen macht.«

Ruckartig hob Irina ihren Kopf und sah sie stirnrunzelnd an. »Das ist doch …«

»Hallo, können wir zwei Bratwürste haben?«

»Wir auch zwei.«

»Noch mal zwei bitte, mit Ketchup.«

»Und noch mal drei.«

Wie aus dem Nichts war plötzlich eine ganze Gruppe aufgetaucht und drängte sich um den Holztresen, sofort setzte Irina sich in Bewegung. Ernst schob Britts Wurst über den Tresen, »Zwei Euro bitte«, und sah, dass Irina die Wurst tatsächlich in der Mitte durchgeschnitten hatte. Natürlich gab Britt Elvers kein Trinkgeld, dafür war sie einfach nicht der Typ. »Danke. Und Sie sollten die Augen aufhalten, falls Sie diesen Penner noch mal sehen. Mein Mann hat schon die Polizei angerufen und die Explosionen gemeldet. Nicht, dass der denkt, wir kriegen nichts mit.«

Ernst schluckte. Um sich abzulenken, betrachtete er die angekommene Gruppe. Er kannte niemanden, keiner von ihnen kam aus dem Dorf. Wobei, er kniff die Augen zusammen, dieser ältere Mann mit der schicken Brille und dem hellen Mantel, der kam ihm bekannt vor. Er hatte nur keine Ahnung, wo er den schon mal gesehen hatte.

»Pappteller«, raunte ihm Irina zu, sofort ging er zur Seite und reichte ihr den Stapel. »Woher kommen denn plötzlich die ganzen Leute?«, fragte sie und deutete mit dem Kopf in Richtung Parkplatz. Es kamen tatsächlich immer mehr Autos angefahren, viele teure Modelle, Ernst konnte sowohl hiesige als auch fremde Kennzeichen erkennen. Anscheinend waren doch schon mehr Gäste auf der Insel. Er reckte den Hals, um besser sehen zu können, deshalb entdeckte er dazwischen sofort den grünen VW-Bus, der langsam über den Parkplatz rollte. Der Berliner. Der seinen Bus natürlich nicht in die Luft gejagt hatte. Was Ernst ja wusste. Der Berliner stieg aus, wieder in der alten, speckigen Jacke und der gammeligen Jeans, er hatte wohl nur diese Sachen. Langsam kam er über den Platz auf die Wurstbude zu, in dem Moment drehte Britt Elvers sich um und sah ihm verblüfft entgegen. Sie machte einen Schritt rückwärts, um ihrem Mann etwas zu sagen, trat mit ihren hohen Absätzen plötzlich in eine Senke, knickte um und ging mit einem Aufschrei zu Boden. Schreiend kauerte sie auf der Erde und hielt mit schmerzverzerrtem Gesicht ihren Knöchel. »Aua, aua, aua, Jürgen, ah, ich kann nicht hochkommen, mein Bein, mein Bein.«

Die Umstehenden sahen erschrocken zu, niemand unternahm etwas, nur Irina ließ die Holzzange fallen und kam sofort aus der Bude. Sie beugte sich zu ihr runter. »Ganz ruhig atmen. Versuchen Sie mal aufzustehen, nehmen Sie meine Hand.«

»Ich kann nicht, ich kann nicht …ah, es tut so weh.« Sie spielte nicht, die Tränen liefen Britt Elvers tatsächlich übers Gesicht.

Suchend sah Irina sich um, bis sie tatsächlich eine Stimme hörte: »Dann lassen Sie mich mal durch, ich bin Arzt.«

19.

»Ihr müsst sofort kleinere Tortenstücke schneiden.« Mit vor Aufregung gerötetem Gesicht kam Minna in den Raum geplatzt, in dem die eingeteilten Damen die gespendeten Torten und Kuchen schnitten und auf die Teller drapierten. »Wir werden heute überrannt, ich glaube, wir haben viel zu wenig Kuchen und Torten. So voll war es auf unserem Weihnachtsmarkt noch nie.«

»Wie? Überrannt?« Gudrun ließ das Messer sinken und sah Minna an, die sich mit beiden Händen Luft zufächerte. »Was ist denn los?«

»Der ganze Parkplatz ist plötzlich voller Autos, die Leute stehen Schlange vorm Eingang, ich habe keine Ahnung, wo die auf einmal alle herkommen. Es sind schon fast alle Stühle besetzt, die Jungs von der Feuerwehr holen gerade noch Bierbänke und Tische aus dem Gerätehaus.« Minna ließ sich schwer atmend auf einen Stuhl fallen, um sofort wieder aufzuspringen. »Das waren bestimmt meine Werbeblätter, die haben die gelesen, und jetzt sind die alle gekommen und wollen Kaffee und Kuchen und Würstchen. Oh Gott, wir brauchen noch mehr Kuchen. Und ihr müsst Kaffee kochen.«

»Würstchen?« Gudrun ließ das Messer fallen und wollte sich an Minna vorbei zur Tür drängeln. »Wenn da richtig was los ist, geht Ernst allein in der Wurstbude unter. Das kann der doch nicht allein schaffen.«

»Nein, bleib hier«, unterbrach sie Minna und hielt ihren Arm fest. »Frau Kulikow hilft ihm schon. Ich brauche dich beim Kuchenschneiden, wir müssen uns beeilen.«

»Frau Kulikow?« Hella war aufgesprungen und schob sich jetzt neugierig an Gudrun vorbei. »Antons Mutter? Wie hat Ernst das denn schon wieder geschafft? Ich gehe mal gucken, was da überhaupt los ist.«

»Hella!« Trotz des zweistimmigen Protests war Hella schon um die Ecke verschwunden.

Als sie das Gedränge am Eingang der Aula und an den zahlreichen Tischen sah, blieb sie abrupt stehen. Minna hatte nicht übertrieben, hier war tatsächlich der Teufel los. Hella ließ ihre Blicke über die Menschen wandern, erkannte den einen oder anderen, viele aber auch nicht. Es stimmte, noch nie hatte der Weihnachtsmarkt am dritten Advent so einen Zulauf gehabt, noch nie waren so viele Leute hier gewesen, die sich um die Stände mit Filzgeschenken, selbst eingekochten Marmeladen, Kekstüten oder gebastelten Weihnachtskarten drängten. Und diese Sachen auch noch kauften. Verblüfft schüttelte Hella den Kopf. Sie hätte wetten können, dass dieses schreckliche Werbeblättchen, das Minna da gebastelt hatte, keinen Hund aus seiner Hütte gelockt hätte, aber warum waren all diese Menschen gekommen? Wegen der gefilzten Handyhüllen? Oder Gudruns Heidesand?

Hella schob sich langsam durch die Menschentrauben zum Ausgang, vielleicht wusste Ernst, was hier los war. Es war nur kein Durchkommen, die Leute standen beim Kaffee an, wo Hannelore und Elke mit hochroten Köpfen hinter den Tischen rotierten. Hella wich einer Gruppe aus und prallte fast mit Martina zusammen, die plötzlich vor ihr stand.

»Ach, Martina, das ist ja schön, dass du auch hier bist. Hier ist ja der Teufel los, hast du eine Ahnung, wo die alle herkommen?«

Stoisch zuckte Martina die Achseln. »Vielleicht hat es sich einfach herumgesprochen. Der Weihnachtsmarkt und so. Wer weiß?«

»Ja, vielleicht.« Hella war zwar skeptisch, aber letztlich war es auch egal. »Soll ich dir mal einen Kaffee besorgen? Und ein Stück Kuchen? Ich habe da ja meine Kontakte, ansonsten kann es bei diesem Andrang schwierig werden.«

»Das ist sehr freundlich, vielen Dank, aber im Moment nicht.« Martina lächelte sie zurückhaltend an. »Ich habe noch zu tun, vielleicht später.« Sie nickte kurz. »Wir sehen uns ja bestimmt noch mal.« Damit drehte sie sich auf dem Absatz um und verschwand im Getümmel. Mit offenem Mund sah Hella ihr nach. Was hatte sie denn hier zu tun? Bevor sie den Gedanken verfolgen konnte, bekam sie einen Schlag in den Rücken. Mit einem leisen Schmerzensschrei fuhr sie herum und sah Gudrun mit vier Thermoskannen vor ihr stehen, eine davon hatte sie gerade Hella ins Kreuz gerammt. »Wir warten auf dich«, sagte sie mit grimmigem Gesichtsausdruck. »Du sollst dich nicht unters Volk mischen, du sollst Kaffee und Kuchen ausgeben. Wir brauchen jede Hand. Außerdem haben wir einen Deal.«

»Ich komme ja schon.« Hella hob ergeben die Hände. »Was hast du mit den Kannen vor? Außer mich damit zu bedrohen?«

»Die habe ich gerade aus der Kaffeeküche der Feuerwehr geholt, unsere reichen nicht. Und jetzt beeil dich, die müssen gefüllt werden. Die Leute stehen schon Schlange vor der Kaffeeausgabe.«

Wenigstens hatte Hella sich den Platz am Kaffeetresen erkämpft, von wo aus sie fast die ganze Aula gut im Blick hatte. Während sie mit ihrem ganzen Charme Tassen vollschenkte, Milch und Zucker nachfüllte, Servietten und Löffel verteilte und ab und zu ein paar freundliche

Worte sagte, wanderten ihre Blicke ständig über die Besucher. Überrascht erkannte sie das Ehepaar Thomsen, fürchterliche Leute, die in Hamburg lebten, in Kampen ein Haus besaßen und eine Großgärtnerei betrieben. Sie übernahmen auch Gartenaufträge auf der Insel, Hellas Freund Siggi hatte sie sogar einmal beauftragt. Als er die Rechnung bekommen hatte, war er fast ohnmächtig geworden. Die gab es also immer noch, was aber wollten die hier? Am selben Tisch saß auch ein Juwelier, den Hella kannte, weil sie mal ihre Perlenkette zur Reparatur gebracht hatte. Seine Frau war eine arrogante Ziege, die nie grüßte, sie sah zwischen den Bierbänken und der Weihnachtsdekoration seltsam fehl am Platz aus.

»Haben Sie auch grünen Tee?« Die ältere Dame im Pelzmantel hatte die aufgemalten Augenbrauen gehoben, Hella sah sie an und lächelte. »Leider nein. Nur schwarzen und Früchtetee.«

»Und Espresso? Macchiato?«

»Nur Filterkaffee. Darf es eine Tasse für Sie sein?«

»Na gut«, die Dame stöhnte leise auf, zückte aber trotzdem ihr Portemonnaie, »mit entrahmter Milch bitte.«

Ohne zu antworten, schob Hella ihr das Kännchen mit der Dosenmilch hin, sie hatte keine Lust, bei jeder Tasse zu diskutieren. Stattdessen fiel ihr Blick jetzt auf Martina, die an einem langen Tisch in ein angeregtes

Gespräch vertieft schien. Ungläubig reckte Hella ihren Hals, um erkennen zu können, mit wem die sonst so schweigsame Martina dort sprach. Sie sah den Mann nur von der Seite, lichtes Haar, teurer Kamelhaarmantel, dicke Uhr. Jetzt nickte er, Martina erhob sich langsam, lächelte und ging nach einem kurzen suchenden Blick zum Nebentisch. Sie beugte sich zu einem Paar, das am Ende saß. Die Frau hob den Kopf und schaute sie fast unfreundlich an, was Martina nicht davon abhielt, ihren Mann zu begrüßen. Der erhob sich und sagte etwas zu ihr, woraufhin sie lachend den Kopf schüttelte, ganz so, als hätte er einen Witz gemacht. Hella beobachtete sie ungläubig. War das die spröde Martina, die nie redete, die für sich blieb, immer ernsthaft war, immer allein? Hatte der gemeinsame Abend bei Hella alle Dämme gebrochen? Hatte Hella sie mit ein bisschen Haselnussbrand in ihrer Wohnung dazu gebracht, ihr Leben und ihre Persönlichkeit zu verändern? Das war doch nicht möglich. Und woher kannte Martina diese Leute? Oder quatschte sie einfach irgendwelche Fremden an? Es war alles sehr eigenartig.

»Eine Tasse Kaffee bitte, schwarz.«

Hella konzentrierte sich auf ihr Gegenüber und lächelte überrascht. »Herr Brandstetter. Was verschlägt Sie denn auf unseren Weihnachtsmarkt?« Sie griff nach der Thermoskanne. »Nur eine Tasse?«

»Ja«, er nickte knapp. »Nur eine. Meine Frau interessiert sich nicht so für Weihnachten.«

»Ja, das soll vorkommen.« Hella schob ihm die Tasse zu. »Zwei Euro. Auch gern mehr. Für die Kinder.«

Sein genervtes Augenrollen fand sie fast schon unverschämt, trotzdem legte er einen Fünfeuroschein auf den Tisch. »Mein Gott, die Kinder, die Kinder, die Kinder, das kann man ja kaum noch aushalten.«

Er zog mit seiner Tasse von dannen, während Hella ihm kopfschüttelnd nachsah.

»Was war denn das?«, fragte Minna, die plötzlich unbemerkt neben ihr stand. »Wenn er nicht spenden will, dann soll er es doch lassen.«

»Ein arroganter, blöder Typ«, unterstrich Hella und sah Minna an. »Wieso kommt er überhaupt? Für diesen dünnen Kaffee?«

Minna reckte stolz ihr Kinn. »Ich sage es dir, das ist die Werbeaktion gewesen«, sagte sie zufrieden. »Das hätten wir echt schon viel früher machen sollen. So ein Bombenerfolg. Da kannst du mal sehen, was gute Werbung ausmacht.« Sie hob die Thermoskanne hoch und schüttelte sie. »Fast leer. Ich hole mal neuen. Und wenn du gerade Zeit hast, kannst du mal ein paar Tassen von den Tischen einsammeln, die Leute bringen sie einfach nicht zurück und wir haben nicht mehr viele. Hannelore steht schon hinten und wäscht ab.«

»Mach ich.« Sofort schnappte Hella sich ein Tablett und schob sich an Minna vorbei. Alles war besser als Kaffeeverkaufen, sie musste sich dringend mal in die Menge stürzen. Nach einem kurzen suchenden Blick stellte sie fest, dass Martina den Tisch, an dem sie sich gerade noch unterhalten hatte, schon wieder verlassen hatte. Hella drehte ab und beschloss, an anderer Stelle mit dem Einsammeln anzufangen. Die Entscheidung, an welcher, wurde ihr gleich abgenommen, als sie Martina an einem der hinteren Tische entdeckte. Schon wieder im Gespräch. Dieses Mal mit einer Frau, die Hella schon mal gesehen hatte. Es fiel ihr auch gleich ein, wo. Es handelte sich um eine Hochzeitsplanerin, ihr Foto war schon ein paarmal in den Klatschblättern gewesen, immer dann, wenn sie für viel Geld berühmte Leute vor malerischer Kulisse verheiratet hatte. Ob eine Ehe glücklicher wurde, wenn sie auf einem Leuchtturm geschlossen wurde, wagte Hella allerdings zu bezweifeln. Zumindest verdiente man damit so viel Geld, dass man sich ein Ferienhaus auf der Insel leisten konnte. Nur über was Martina mit ihr redete, war Hella ein Rätsel. Martina. Was hatte bloß dieser Haselnussbrand angerichtet? Im Zweifelsfall hatte er Martina in die Fänge einer Hochzeitsplanerin getrieben.

Ganz unauffällig stellte Hella das Tablett auf den Nebentisch, von dem gerade die Gäste aufgestanden waren.

Während sie sehr langsam die leeren Tassen aufeinanderstapelte, bemühte sie sich, irgendetwas von dem Gespräch zu belauschen. Es war schwierig, am liebsten hätte Hella lauthals »Ruhe« gebrüllt, so verharrte sie in unbequemer Körperhaltung und bekam fast einen Krampf. Aber ein bisschen war zu hören, wenigstens ein Teil dessen, was Martina sagte. Die Hochzeitsplanerin nuschelte und das auch noch mit dem Rücken zu Hella. So drangen lediglich ein paar Gesprächsfetzen zu ihr rüber.

»… schon darüber am Telefon geredet … wäre besser … liegt gar nicht in meiner Absicht … Schließfach … es kann gern unter uns bleiben … Mit 500 Euro kann man kleine Kinder schon sehr glücklich machen … es ist ja auch gut gegen das schlechte Gewissen … Haben Sie es dabei? … Natürlich nicht, ich nicht und Sie natürlich auch nicht … es geht mich ja auch gar nichts an … Sehen Sie, es geht doch so auch …«

Hella richtete sich langsam auf und blickte verstohlen zum Nebentisch. Worüber redete Martina da? Sie verstand kein Wort.

»Hella, wo bleibst du denn mit den Tassen?« Sie zuckte zusammen, als Hannelore neben ihr auftauchte und sofort das letzte Geschirr vom Tisch nahm und auf das Tablett türmte. »Wir haben kaum noch sauberes Geschirr, beeil dich doch mal. Bring das mal nach hinten, ich mache hier weiter.«

»Aber ich …«

»Jetzt!« Unerbittlich schob Hannelore sie weg, bedauernd sah Hella zu Martina, die sie gar nicht wahrnahm. Nur noch ein paar Minuten, dachte sie, dann hätte sie herausgefunden, was hier vor sich ging.

Den Weihnachtsmannbart unter dem Kinn hängend und völlig erschöpft hing Ernst auf einem Stuhl in der mittlerweile fast leeren Aula. Er hatte kurz seine Augen geschlossen, die er wieder öffnete, als er unvermittelt eine Bewegung neben sich wahrnahm.

»Meine Güte, was für ein Tag«, stöhnte Gudrun, als sie sich auf den Stuhl neben ihm sinken ließ. »Ich glaube, ich habe keine Füße mehr.« Sie streckte ihre Beine aus und ächzte. »Das war ja irre, einfach irre.«

»Gudrun, sieh hin«, rief ihr Hella zu, die gerade zwei zugebundene Müllsäcke zum Ausgang schleppte. »Sack vierzehn und fünfzehn, das sind die letzten. Nicht, dass du meinst, ich halte mich nicht an die Absprache.«

»Ja, ja, schon gut«, müde winkte Gudrun ab und sah sich um. »Wo steckt Minna eigentlich?«

»Die zählt das Spendengeld.« Mit einem Tablett voller Gläser kam Hannelore an den Tisch und stellte es klirrend ab. »Sie hat sich im Gemeindebüro eingeschlossen und kommt gleich. Und sie will Sekt ausgeben, weil wir heute so erfolgreich waren. Rutsch mal, Ernst, da kommen noch mehr. Die anderen Damen wollen auch Sekt, verdient haben wir den alle.«

Schwerfällig ruckelte Ernst mit seinem Stuhl nach hinten, genau im selben Moment, als Hella zu ihnen stieß und sich gegenübersetzte. »Bevor Minna kommt, glaubt irgendjemand von euch ernsthaft, dass diese amateurhaften Werbezettel der Grund dafür waren, dass die uns heute die Bude eingerannt haben?«

»Was denn sonst?«, fragte Gudrun erstaunt. »So viele Leute waren wirklich noch nie auf dem Weihnachtsmarkt, das kann ja kein Zufall sein. Und es waren so viele Fremde. Und auch einige aus Kampen und Westerland, die waren noch nie hier. Also, ich fand es toll. Und Minna muss richtig viele Spenden gesammelt haben, sie ist ein paarmal nach hinten gegangen, um den Beutel auszuleeren, ich bin gespannt, was zusammengekommen ist.«

Hella sah sie fragend an. »Ist sie echt von Tisch zu Tisch gegangen? Ich habe das gar nicht mitbekommen, ich wurde ja nach hinten beordert, um den Nachschub an Kuchen zu schneiden.«

»Ja«, nickte Gudrun. »Sie ist mit einem Samtbeutel von einem Tisch zum nächsten gewandert. Das hat Martina ihr vorgeschlagen. Die war ja auch das erste Mal auf dem Weihnachtsmarkt. Und sie hat sich so gut unterhalten, dabei ist sie sonst immer so schüchtern und spricht kaum, wenn sie nicht muss. Heute war sie dauernd im Gespräch, das hat mich richtig für sie gefreut.«

Hellas Mundwinkel zuckten, sie hielt sich aber gerade noch zurück. »Und du«, wandte sie sich an Ernst. »Du hast eine neue Freundin? Irina Kulikow hat die Wurstbude geschmissen? Hast du sie gefragt, ob sie dir hilft?«

»Nein«, Ernst sah sie mit vor Müdigkeit glasigen Augen an, »sie fiel vom Himmel wie ein Engel. Anton hatte die Lage richtig eingeschätzt und ihr Bescheid gesagt. Ihr habt mich ja alle hängen lassen. Und plötzlich fielen die Massen ein. Und der Ketchup fiel um und die Wurst verbrannte, das war vielleicht ein Stress.« Er machte eine Pause und nickte bedeutsam. »Und dann noch Britt Elvers, die sich so lautstark über den ›Penner aus Berlin‹ ausgelassen hat.«

»Was?« Gudruns Kopf fuhr herum. »Der freundliche Mann aus dem grünen Bus?«

Ernst nickte. »Genau der. Oder, wie Britt Elvers sagt, der ›Penner aus Berlin‹. Jürgen und sie verdächtigen ihn, illegale Drogen anzurühren, und gestern hätte es irgendwo eine Explosion gegeben.«

»Ja«, mischte sich Hannelore ein. »Das habe ich auch gehört. Irgendwo im Dorf ist gestern Mittag irgendetwas in die Luft geflogen. Was war das denn?«

Gudrun sah Ernst scharf an, der zuckte nur die Achseln. »Keine Ahnung, ich kann es mir nicht erklären.

Aber Elvers vermuten, dass der Mann beim Drogenkochen seinen Bus in die Luft gesprengt hat. Und sich selbst vielleicht auch. Aber dann kam er doch vorhin hier an. Im Ganzen und im intakten Bus. Und als Britt ihn sah, ist sie vor der Wurstbude gestürzt. Zack. Kleine Sünden straft der liebe Gott sofort.«

»Wirklich?« Hella sah ihn sensationslüstern an. »Und? Hat sie sich was getan?«

»Ja«, antwortete er mitleidig. »Sie hat sich das Sprunggelenk gebrochen. Das kommt von diesen hohen Schuhen. Wenn man damit umknickt, kracht das ganz schön.«

»Gebrochen?« Entsetzt starrten Gudrun und Hannelore ihn an. »Um Gottes willen.« Gudrun schüttelte erschrocken den Kopf. »Wir haben hier hinten gar nichts davon mitbekommen. Habt ihr einen Arzt angerufen? Ist der so schnell gekommen? Oder den Rettungswagen? Ist sie denn jetzt in der Klinik?«

Mit einem feinen Lächeln drehte Ernst sich zu ihr um. »Es war zufällig ein Arzt da. Vor der Wurstbude. Gerade gekommen. Und der hat sie mit Irinas Hilfe erstversorgt. Irina ist nämlich eigentlich Krankenschwester, die kann ja alles. Und der Arzt ist hier gerade im Urlaub. In einem ganz besonderen Urlaub. So eine Art Auszeit. Nachdem er ein Jahr in Afrika war. Bei Ärzte ohne Grenzen. Und im März geht er wieder in ein Krankenhaus. Der Penner.«

»Was?« Hella riss die Augen auf. »Redest du von dem Berliner in dem grünen Bus?«

»Genau der.« Ernst grinste. »Du hättest das Gesicht von Britt Elvers sehen sollen. Und wie freundlich die alle sofort wurden. Und dann hat Bastian, so heißt der nämlich, sie auch noch in dem Drogenbus in die Klinik gefahren. Weil Jürgen ohne Auto da war. Irina ist aber geblieben, um mir zu helfen. Ich glaube, aus den beiden wird ein Paar. So wie die sich angeguckt haben. Und Anton scheint den auch zu mögen.«

»Ach, Minna«, Gudrun drehte sich um, als sie hinter sich Schritte hörte, »jetzt hast du gerade die schönste Geschichte des Tages verpasst. Darauf sollten wir aber gleich einen …«

Minna stand mit rosigem Gesicht hinter ihnen, einen braunen Umschlag vor den Körper gepresst, und schüttelte aufgeregt den Kopf. »Nein«, sagte sie schnell. »Die schönste Geschichte kommt erst noch.« Langsam ließ sie sich auf den freien Stuhl neben Gudrun sinken, den Umschlag immer noch fest vor die Brust gedrückt. »Das glaubt ihr nicht. Das ist so … ich finde gar keine Worte, wenn ich das geahnt hätte, dann wäre ich schon viel früher … das ist so …«

»Komm auf den Punkt.« Hella verteilte schon mal die leeren Sektgläser. »Wir verdorren hier.«

»9270 Euro«, platzte es aus Minna heraus. »Es sind

9270 Euro zusammengekommen. Einige Leute haben tatsächlich Umschläge reingesteckt. Umschläge, zum Teil mit 500 Euro. Alles anonym, also niemand hat was draufgeschrieben. Könnt ihr das glauben? Wir können die Geschenke noch mal aufstocken, das wird ja ein Fest am nächsten Freitag. Und damit kann ich ohne Problem das Mittagessen für die nächsten Monate bezahlen. Und ein neues Trampolin kaufen. Und Bücher und Spiele für den Kinder-Club. Und … ach, ich bin ganz durcheinander. Was sagt ihr dazu?«

Gudrun, Hannelore, Ernst und die dazugekommenen Damen applaudierten begeistert. Minna kamen die Tränen. Hella stand langsam auf. »Ich hole den Sekt«, sagte sie laut und machte sich auf den Weg. Und nahm sich vor, Martina in Zukunft regelmäßig zu einem kleinen Haselnussbrand einzuladen. Von ihr könnte sie noch viel lernen.

20.

Martina stieß die Bürotür, hinter der Steffens an seinem Schreibtisch saß, im Vorbeigehen mit zwei Fingern einen kleinen Spalt weiter auf. Er würde es nicht bemerken, aber sie konnte so besser hören, was er am Telefon sagte. Und das Telefon klingelte heute am laufenden Band. Wobei der wichtigste Anruf noch gar nicht gekommen war. Das war aber nur noch eine Frage der Zeit. Dass er kam, wusste Martina bereits von Dietrich Stockmann, der hatte sie nämlich schon ganz früh zuhause angerufen. Es war gut, dass er nach wie vor ein paar Kontakte in die Zentrale hatte, dadurch bekam er noch die Neuigkeiten mit. Und weil Dietrich ihr gegenüber immer noch ein schlechtes Gewissen hatte und ihm daran lag, dass Martina ihn wieder leiden konnte, hatte er ihr heute Morgen gleich diese Neuigkeiten erzählt. Und die Zentrale würde sie gleich Steffens erzählen. Und das würde Martina gern mitbekommen. Deshalb musste die Tür einen Spalt offen bleiben.

Das Telefon klingelte wieder. Sie neigte den Kopf ein wenig zur Seite und hörte ihn sagen: »Herr Thomsen, was kann ich für Sie … Wie bitte? … Aber darf ich nach den Gründen …«

Martina nickte, 529 333 21, Thomsen, Gärtnereibetrieb, Hamburg, Zweitwohnsitz in Morsum, Schließfach 12. Sie zog eine Liste unter ihrer Schreibunterlage hervor, setzte einen Haken neben den Namen und schob die Liste sachte zurück. Dann lauschte sie weiter.

»Aber das ist sicherlich ein Missverständnis. Darf ich nach dem Namen … Der tut nichts zur Sache? Ja, wie soll ich denn darauf reagieren? Vielleicht können wir noch mal in Ruhe … Herr Thomsen?«

Anscheinend hatte er aufgelegt. Und Steffens war verwirrt. Das Telefon klingelte schon wieder, nach nur einem Klingeln riss Steffens den Hörer von der Gabel.

»Ah, Herr Berger, grüße Sie, wie geht es Ihnen, was macht Hamburg, meine Perle? Im Gegensatz dazu ist hier ja nicht viel los.«

Martina runzelte die Stirn, das war vermutlich der falsche Gesprächsanfang. Für eine Plauderei mit dem obersten Chef. Steffens war sich noch zu sicher. Aber vielleicht ließ Herr Berger von der Zentrale seinen Abwickler erst mal reden, bevor er zuschlug. Dass er das tun würde, hatte Dietrich ihr versichert. Das hatte er aus verlässlicher Quelle.

»Ja, wie es läuft?« Steffens redete laut genug, Martina nahm eine etwas bequemere Körperhaltung ein und hörte weiter gespannt zu.

»Es läuft prima, würde ich sagen. Es wird wirklich Zeit, dass die Filiale geschlossen wird, auf die kleinen Kunden, die zu blöd oder zu alt sind, einen Geldautomaten zu bedienen, geschweige denn Onlinebanking zu machen, können wir getrost verzichten. Ich habe mich in den letzten Wochen schon mal mit einer konzentrierten Akquise beschäftigt, ich nehme die interessanten Kunden alle mit nach Westerland. Also, es werden keine Verluste zu beklagen sein, wir können die Kosten aber maßgeblich reduzieren und … wie bitte?«

Er stockte, Bergers Antwort hatte ihn wohl aus dem Konzept gebracht. Jetzt war es einen Moment still, als er danach weitersprach, hatte sich seine joviale Tonlage plötzlich verändert. »Wieso haben die ihre Konten gekündigt? … Wer? … Warum? … Indiskretion? Das kann nicht sein, wer behauptet denn so was? … Wofür halten Sie mich? … Herr Berger, lassen Sie uns doch noch mal in Ruhe darüber … Um 11? Wann? … Wo? … Morgen? Dann muss ich ja heute Abend schon … Ja, okay, kein Problem, Herr Berger. Ja, dann bis morgen um 11.«

Wieder trat Stille ein, bis plötzlich irgendetwas an die Wand knallte. »Fuck!«

Martina atmete leise aus, bevor sie mit ihrem Stuhl wieder näher an ihren Schreibtisch rollte und einen Blick nach draußen warf. Peter Berger war sehr nett, Martina hatte ihn kennengelernt, als sie vor einigen Jahren eine Einladung in die Zentrale erhalten hatte. Die Chefs dort suchten ab und zu Mitarbeiter aus, die ein Dienstjubiläum hatten. In dem Jahr hatte Martina mit zwanzig anderen langjährigen Mitarbeitern eine Einladung bekommen. Und sie hatte beim Abendessen neben Herrn Berger sitzen dürfen, mit dem sie ein sehr interessantes Gespräch geführt hatte. Er hatte sie nach ein paar Aktienfirmen und deren Beurteilungen gefragt, sie hatte ihm alles geduldig erklärt. Sie hatte sich zwar gewundert, dass er selbst nicht auf einige naheliegende Schlüsse gekommen war, das ließ sich doch alles sehr leicht berechnen, aber vielleicht hatte er auch einfach nicht genug Zeit, sich selbst damit zu beschäftigen. Am Ende des Abends hatte er ihr sogar vorgeschlagen, auch in der Zentrale zu arbeiten. In leitender Position. Sie hatte natürlich abgelehnt, was sollte sie in Hamburg, sie hatte doch hier ihr Haus. Und wollte gar nicht weg.

Als die Glastür aufging, hob sie den Kopf und sah Insa Brandstetter eintreten. Sie schien keine gute Laune zu haben, marschierte mit ihren knallenden Absätzen auf Martinas Schalter zu und baute sich vor ihr auf. »Ist er da?«, zischte sie.

»Ja, aber ich weiß nicht, ob er gerade telefoniert.«

Insa warf ihr einen vernichtenden Blick zu, bevor sie sich auf dem Absatz umdrehte und die Tür zu Steffens Büro aufstieß. »Sag mal, tickst du nicht ganz sauber?«

»Insa, meine Liebe, was ist denn …?« Die Tür knallte hinter ihr zu, sprang aber sofort wieder auf, das Schloss war defekt. Insa brüllte auch noch so laut, dass Martina trotzdem keine Mühe gehabt hätte, sie zu verstehen. »Mein Mann will mich vor die Tür setzen. Sein Zahnarzt hat ihm gesagt, dass er gehört hätte, dass ich mit dir eine Affäre habe. Kannst du mir sagen, wie der darauf kommt? Von mir weiß er das nicht, das kann also nur von dir stammen.«

»Vielleicht hat er uns irgendwo gesehen. Aber ich habe im Moment echt ganz andere Probleme, ich muss heute Abend noch nach Hamburg, ich habe morgen früh einen Termin in der Zentrale.«

»Das ist mir egal, ich will wissen, warum du Alex Meister so was erzählst.«

»Ach, Alex ist sein Zahnarzt? Ja, ach Gott, wir haben neulich in Kampen zusammen gefeiert, das kann ich ja nicht ahnen, dass der deinen Mann kennt.«

»Du Idiot.« Insa schmiss irgendetwas durch die Gegend, Martina konnte nicht ausmachen, was es war. Nichts Zerbrechliches, es klirrte zumindest nicht. Aber Insa war noch nicht fertig. »Kannst du vielleicht mal irgendetwas dazu sagen? Und nicht nur so rumstehen?«

»Was soll ich dazu sagen? Versöhn dich mit deinem Mann oder lass es bleiben, ich habe jetzt echt nicht den Nerv für so einen Scheiß. Ich muss los, ich rufe dich an.«

»Das glaube ich ja nicht. Da kommst du Wicht auf die Insel, willst gleich die großen Räder drehen, ich lasse dich auch noch mitmachen, und jetzt das? Du bist doch nicht ganz sauber. Was bildest du dir denn überhaupt ein? Wenn du glaubst, dass du damit durchkommst, dann hast du dich aber geschnitten, hörst du, GESCHNITTEN. Du kannst dich ganz warm anziehen, mein Freund, mach nicht den Fehler und halte mich für blöde, das bin ich ganz bestimmt nicht. Du aufgeblasener Wichtigtuer, ich muss nur mit dem Finger schnippen, dann bist du hier sowieso erledigt.«

Die Tür wurde aufgerissen, Insa kam raus, blieb aber an der Tür stehen. »Und wenn du glaubst, dass ich den Mund halte, was deine Provision bei den beiden Häusern in Kampen und Keitum angeht, dann hast du dich noch mal geschnitten, mein Lieber. Du bist im Arsch. Das überlebst du nicht.«

Nach wenigen Schritten drehte sie sich noch mal zu ihm um. »Und im Übrigen hat hier irgendjemand Kunden dieser Bank auf ihr Schwarzgeld angesprochen. Und sie ein bisschen erpresst. Das habe ich bei meinem Mann mitbekommen. Vielleicht solltest du besser aufpassen, was du wem im besoffenen Kopf erzählst. Du Pfosten.«

Sie hastete aus der Bank, ohne sich umzusehen, Sven Steffens tauchte in der offenen Tür auf und starrte ihr verwirrt hinterher. Martina warf ihm nur einen kurzen Blick zu, er wirkte angeschlagen, presste seine Lippen zusammen, bevor er sich plötzlich an Martina wandte.

»Haben Sie das gehört?«

Sie hob den Kopf. »Was genau?«

Er kam langsam näher, vermutlich sollte das bedrohlich wirken. Martina sah ihm gleichmütig entgegen. »Dass irgendjemand Kunden auf Schwarzgeld angesprochen hat?«

»Schwarzgeld?«, wiederholte Martina fast ungläubig. »Das ist doch ein Steuervergehen. Welcher unserer Kunden macht denn so etwas? Das kann ich mir nicht vorstellen.«

Jetzt stand er ganz dicht vor ihrem Schalter. Zu dicht, fand Martina. Auch wenn eine Glasscheibe dazwischen war. Aber so sah sie sogar seine kleinen Pickel auf dem Kinn. Das wollte sie eigentlich nicht. Sie lehnte sich ein Stück zurück, er beugte sich vor. Mit leiser Stimme sagte er: »Es hat heute eine ganze Reihe von Kontokündigungen gegeben, die Zentrale hat mich gerade angerufen. Die Kunden wollten keine Gründe nennen, es muss aber welche geben. Seltsame Gründe. Haben Sie da vielleicht eine Idee?«

Martina dachte nach. Etwas länger als nötig. Dann

schüttelte sie langsam den Kopf. »Nein. Ich habe keine Idee.«

Die Tür ging auf und ließ das Ehepaar Braun hinein. Automatisch griff Martina nach einem Überweisungsformular und nahm einen der neun Kugelschreiber aus dem Becher. »Wenn Sie mich jetzt entschuldigen würden«, sie sah Steffens aufmerksam an. »Ich habe zu tun.«

»Ich kriege es raus«, sagte er leise. »Und dann, gnade Ihnen Gott, werden Sie hier keinen schönen Tag mehr haben.«

Er trat einen Schritt zurück, ließ das Ehepaar Braun an den Schalter und sagte laut: »Ich bin dann weg. Einen ruhigen Feierabend wünsche ich Ihnen.«

»Danke«, Martina lächelte zuvorkommend, »den wünsche ich Ihnen auch.«

Es war ein guter Tag gewesen, befand sie, als sie am Abend die Tür der Bank abschloss und sich auf den Heimweg machte. Ein sehr guter Tag. Die nette Frau Jürgensen hatte ihr Weihnachtspralinen geschenkt, als sie ihre Überweisungen vorbeigebracht hatte, die Kalender zum Verschenken waren endlich gekommen, Alma Berg hatte ihren geholt und musste jetzt nicht mehr jeden Tag kommen, und Steffens kam morgen auch nicht zurück in die Bank. Das wiederum wusste sie von dem netten Herrn Berger, der sie kurz vor Feierabend angerufen hatte. Natürlich erst, als Steffens schon weg war, er war ja ein kluger Mann. Er wollte nur mal hören, wie es ihr so ginge, und hatte gefragt, ob sie ihm die Gründe für die Beschwerden und Kündigungen nennen könne, die bei ihm eingegangen wären. Martina hatte sehr freundlich gesagt, dass es womöglich daran läge, dass die Kunden an Dietrich Stockmann gewöhnt gewesen wären und Herr Steffens in seiner jugendlich-forschen Art vielleicht nicht der geeignete Nachfolger sei. Und vielleicht noch nicht so richtig einschätzen konnte, wie man mit welchem Kunden umging. Und so möglicherweise den einen oder anderen kleinen Fehler begangen habe. Aber das sei doch jetzt auch nicht mehr wichtig, weil die Filiale doch sowieso geschlossen würde. Was sehr schade sei, weil die Zahlen ordentlich und sogar im letzten Jahr gestiegen wären. Herr Berger war verwundert gewesen, als sie ihm die Umsätze vorgerechnet hatte, und hatte gefragt, ob sie sich da sicher wäre. Martina hatte ein bisschen gelacht. Natürlich war sie sich sicher. Sie hatte die doch jeden Tag vor sich. Er hatte dann noch gesagt, dass er dieses Gespräch mit ihr sehr gern vertiefen würde. Ohnehin wollte er den Jahreswechsel wie immer auf der Insel verbringen, vielleicht würde sich ja die Gelegenheit für eine Tasse Kaffee bieten. Danach hatte Martina das Gespräch beenden müssen, weil noch Kunden kamen. Und ihm einen schönen Abend und frohe Weihnachten gewünscht. Er war wirklich ein netter Mann.

Sie summte ein paar Takte eines Weihnachtsliedes, das der Kinderchor gestern auf dem Weihnachtsmarkt gesungen hatte. Anton hatte eine ganze Strophe allein gesungen, er hatte eine so schöne Stimme, dass Vera von Heyse überlegt hatte, ihn für die Hochzeiten, die sie auf der Insel ausrichtete, zu engagieren. Sie hatte Martina zugeraunt, dass es doch toll wäre, wenn Anton in der Kirche singen würde und ob sie den Kontakt herstellen könnte. Martina hatte versprochen, ihn zu fragen. Immerhin hatte Vera 500 Euro gespendet. Ohne Quittung, wie alle anderen. Auch weil sie eingesehen hatte, dass es eine gute Möglichkeit wäre, etwas fürs Allgemeinwohl zu tun. Und sie sich so sicher sein konnte, dass niemand im Finanzamt von ihrem Schließfach in einer kleinen Bankfiliale erfuhr. Die Kinder würden sich freuen, niemand würde darüber reden und Vera hatte ein gutes Gefühl. Und sie wäre sonst nie auf den Weihnachtsmarkt gegangen, der ihr aber ausgesprochen gut gefallen hatte. Es war ein bisschen wie früher, hatte sie gesagt, es sei hier so romantisch.

Martina hatte sie dann noch mit Max Holsteiner zusammengebracht, einem Juwelier aus Keitum, Schließfach 43, Spende von 400 Euro. Nach anfänglichem Zögern hatte er sich dann doch sehr angetan von der Bekanntschaft mit einer Hochzeitsplanerin gezeigt, zumal Martina ihm auch noch empfohlen hatte, über eine Zusammenarbeit nachzudenken, Ringe wurden bei Hochzeiten ja immer gebraucht. Anschließend hatte sich Herr Holsteiner sogar fast freundlich von ihr verabschiedet. Jetzt hatte auch er anscheinend begriffen, dass er nie wieder etwas von Martina hören würde. Schließlich wollte sie ihn keineswegs erpressen, sondern hatte ihm nur einen kleinen Hinweis gegeben, wie man in der Weihnachtszeit Gutes tun konnte. Das konnte er später sogar mal im Freundeskreis erzählen. Er musste ja nicht so genau ausführen, woher das Geld für die Spende stammte.

Sie summte weiter, während sie an der Ladenzeile in der Hafenstraße vorbeiging. Die Schaufenster erstrahlten mit ihrer Weihnachtsbeleuchtung, in einem lagen ganz viele goldene Pakete mit großen roten Schleifen als Dekoration. Martina verlangsamte ihre Schritte und betrachtete sie. Obwohl sie vermutlich schon seit mehreren Tagen hier auslagen, fielen sie ihr heute das erste Mal auf. Es sah hübsch aus. Auch die Girlanden, aus denen kleine Lichter funkelten. Und das Rentier, das an der Seite stand. Und die drei kleinen Weihnachtsmänner im nächsten Fenster. Und der Holzengel mit Federflügeln. Auch wenn er keine Funktion hatte. Er stand einfach so im Fenster. Weil Weihnachten war.

Während Martina ihren Weg fortsetzte, überlegte sie, ob sie Anton und seiner Mutter ein Weihnachtsgeschenk kaufen sollte. Sie hatte seit Jahren keine Weihnachtsgeschenke mehr gemacht, für wen auch? Sie müsste sogar überlegen, was man sich eigentlich so schenkte. Aber sie hatte plötzlich das Gefühl, sie würde es gern tun. Einfach so. Und dann könnte sie auch Hella etwas kaufen. Vielleicht eine Flasche Haselnussbrand. Als Zeichen. Weil Hella Fröhlich so nett war. Und vorgeschlagen hatte, dass sie diesen Nachbarschaftsabend wiederholen könnten. Dabei hätte sie das gar nicht sagen müssen. Sie hatte es trotzdem gemacht.

Während sie noch über die Wahl der Weihnachtsgeschenke nachdachte, bog Martina in ihre Straße ein. Als sie ihre Auffahrt erreichte, blieb sie stehen. Ein Schneemann stand auf dem Rasen. Ein sehr großer Schneemann. Einer mit rundem Bauch, dunklen Kohleaugen, einer dicken Mohrrübe als Nase, kleinen Steinchen als Mund und einer roten Pudelmütze. Er hielt ein Pappschild in der Hand auf dem stand: *Fröhliche Weihnachten!*

Langsam umrundete Martina ihn. Sie ahnte, wer ihn gebaut hatte. Anton konnte nicht nur schön singen, er konnte auch schöne Schneemänner bauen. Aber irgendetwas fehlte hier. Sie blieb vor dem Schneemann stehen und überlegte, was. Kurz entschlossen knöpfte sie ihre Jacke auf und zerrte sich ihren grünen Schal vom Hals.

Sie besaß diesen Schal schon seit Jahrzehnten, obwohl sie eigentlich die Farbe Grün nicht mochte. Trotzdem trug sie ihn bei Kälte jeden Tag, Jahr für Jahr. Aber dieses Jahr machte sie Geschenke. Weil Weihnachten war.

Als sie die Haustür aufschloss, drehte sie sich noch mal um. Der Schneemann trug den grünen Schal mit Würde und Eleganz, es war genau das, was noch gefehlt hatte. Und es war dasselbe Grün, das der VW-Bus hatte, der im Schein der Laterne am Straßenrand vor dem Haus stand. Sie lächelte, als sie hinsah, dann nickte sie zufrieden und ging in ihr Haus. Ihr war eingefallen, was sie Anton und seiner Mutter schenken könnte. In einer Woche war Weihnachten. Und das erste Mal seit langer Zeit freute sie sich darauf.

21.

Hella zupfte die Fransen ihres silbernen Schals zurecht, schob ihren bewährten Haarreif mit den Fellpuscheln in Position, arrangierte die Falten des roten Samtmantels, holte tief Luft und legte die Hand auf den Türgriff. »Ich öffne jetzt die Tür?«

Gudrun und Minna nickten aufgeregt. »Ja. Wir sind fertig. Sind alle auf ihren Positionen?«

Die Damen hinter dem Tresen, der Hausmeister und die Jungs der Freiwilligen Feuerwehr, die heute für die Wurst- und Getränkebuden draußen zuständig waren, antworteten im Chor. »Alle auf Position. Geht los«.

»Ernst?« Minna sah zu ihm rüber. »Bereit für den großen Auftritt?«

»Ho, Ho, Ho«, antwortete er und hob die Hand mit der Glocke, um sie kräftig zu schwingen. »Und Hella, denk dran, dass du laut und kräftig ›Fröhliche Weihnachten‹ rufst. Sozusagen als Startzeichen. Mögen die Spiele beginnen!«

»Falscher Einsatz, Ernst«, gab Hella zurück und schüttelte den Kopf. »Die Olympiade organisieren wir nächstes Jahr, jetzt ist erst mal die Weihnachtsfeier.«

»Oder so«, Ernst grinste, was man unter seinem dichten Weihnachtsmannbart aber kaum sah. »Dann mal los.«

Aus dem Lautsprecher klang plötzlich lautstark *»Morgen, Kinder, wird's was geben …«* Hannelore hatte mit Blick auf Hella die Anlage angestellt und winkte ihr zu. Und Hella öffnete die Eingangstür, vor der schon die ersten aufgeregten Kinder und Eltern anstanden. »Fröhliche Weihnachten und herzlich willkommen«, rief sie laut und trat mit einer einladenden Geste zur Seite. »Der Weihnachtsmann wartet schon, kommt alle rein.«

Sie blieb an der Tür stehen und ließ die Schlange der Gäste an sich vorbeiziehen. Ab und zu wechselte sie ein paar Worte mit Bekannten: »Das sind ja schöne Puschel, Hella«, »Frohe Weihnachten, Frau Fröhlich« und »Na, Hella, warst du auch artig?« Sie strahlte alle an und beobachtete dabei Ernst, der ganz in seinem Element war, die Kinder begrüßte, in den Saal deutete, mit großer Geste die Erwachsenen willkommen hieß und so sehr Weihnachtsmann war, dass man denken konnte, er hätte nie etwas anderes gemacht.

Langsam strömte die Menge in die geschmückte und von Kerzenlicht erleuchtete Aula, die Erwachsenen verteilten sich an den langen Tischen, während ein Teil der Kinder lachend und rufend durcheinanderlief, die Köpfe zusammensteckte und schon vor Vergnügen kreischte. Andere klebten noch schüchtern an ihren Eltern, starrten mit großen Augen auf den Weihnachtsmann und den riesigen Christbaum und sahen aus, als würden sie gleich in Tränen ausbrechen. Die Chorkinder rannten auf Minnas Zeichen in einen der Nebenräume, wo sie sich mit Minnas Hilfe und der einiger Mütter noch umziehen mussten, andere sahen ihnen ein bisschen neidisch nach, wurden aber schnell von den Mengen an Geschenken abgelenkt, die unter dem Weihnachtsbaum aufgebaut waren. Jedes Kind bekam hier heute ein Paket vom Weihnachtsmann überreicht, sehnsüchtige Blicke fielen jetzt schon auf Ernst, der mit der Glocke läutend durch den Saal schritt. Der ließ seine Blicke über die zahlreichen Köpfe schweifen, bis er schließlich Anton entdeckte, der gerade eingetroffen war, unschlüssig an der Tür stand und sich suchend umsah.

»Na, Anton?« Ernst ging auf ihn zu und beugte sich ein Stück runter, Anton zuckte zusammen. »Kann ich dir helfen?«

»Hallo, Ernst Mannsen.« Anton sah hoch und lächelte ihn an. »Das ist ja laut hier. Ich muss mich für den Chor umziehen, aber ich weiß nicht, wo.«

»Dahinten«, Ernst deutete auch eine geschlossene Tür

hinter dem Kuchentresen, »die anderen sind schon da, du bist ja ein bisschen spät.«

Anton nickte verlegen. »Ich habe noch ein Weihnachtsgeschenk für Frau Wolf eingepackt, aber das Klebeband hielt nicht und dann musste ich es neu machen. Und dann wollte Bastian uns mit dem Bus herfahren, aber der sprang nicht an und deshalb bin ich gerannt. Die Tür da?«

Ernst nickte und Anton schoss los. Bedauernd sah er ihm nach. Wenn Minna nicht so geizig gewesen wäre, hätte Ernst ihn zum glücklichsten Jungen des Tages machen können. Aber dieser Plan war gescheitert, er hatte Minna nicht überzeugen können, sie war einfach ein harter Knochen, wenn es um Prinzipien ging.

»Ein Smartphone?«, hatte Minna ihn vor ein paar Tagen beim Kaffeetrinken überrascht gefragt, als er das Thema beim Adventskaffee bei ihnen angesprochen hatte. »Für Anton? Das ist doch sonst ein so bescheidener Junge. Aber das ist wirklich zu teuer, Ernst, solche Geschenke können wir nicht machen, wir finanzieren uns, wie ihr wisst, aus Spenden.« Natürlich hatte Ernst ihr alles sofort erklärt, hatte ihr gesagt, dass der arme Kerl nicht gewusst habe, wie teuer sein Wunsch sei, und deshalb den Weihnachtsmann genau aus diesem Grund gebeten habe, den Wunschzettel auszutauschen, dass dieses Telefon ja nicht nur für ihn, sondern auch für seine

Mutter gedacht sei, dass man das doch unterstützen solle und dass Anton doch auch so ein netter Junge sei.

»Das ist alles richtig«, hatte Minna ihm vorbehaltlos zugestimmt. »Und es rührt mich auch, aber dieser Wunsch ist trotzdem leider zu kostspielig. Die Kinder aus dem Kinder-Club müssen alle gerecht beschenkt werden, auch die Eltern der anderen Kinder halten sich an eine Preisgrenze. Da können wir nicht ein Kind so bevorzugen. Und außerdem müssen wir mit unserem Spendengeld ja auch noch einige andere Dinge finanzieren.«

»Aber das ist doch auch mein …«

»Ernst, kommst du mal bitte«, genau an dieser Stelle war Gudrun aufgesprungen und hatte ihn wegkommandiert. »Jetzt sofort.«

»Es ist doch auch mein Geld«, hatte er ihr im Flur noch zugeraunt. »Da sollte ich doch mitentscheiden können.«

»Es ist nicht mehr dein Geld«, hatte sie mit schmalen Augen gesagt. »Du hast es bei deinem misslungenen Banküberfall verzockt. Und wenn du nicht willst, dass du damit die Lachnummer des Jahres wirst, solltest du dich einfach aus allen weiteren Diskussionen raushalten und schweigen. Nicht, dass es doch noch rauskommt. Du kannst ja Lotto spielen, vielleicht gewinnst du deinen Einsatz zurück. Und damit kannst du dann machen, was du willst. Aber jetzt will ich von dieser ganzen Geschichte nichts mehr hören.«

Um des weihnachtlichen Friedens willen hatte Ernst aufgegeben.

Trotzdem tat es ihm jetzt leid, Anton diesen Wunsch nicht erfüllen zu können. Es hätte so schön sein können.

»So, Kinder«, Minna klatschte in die Hände und ließ ihre stolzen Blicke über ihren kichernden und aufgeregt lärmenden Kinderchor schweifen. »Hört mir mal zu. Stellt euch bitte alle nebeneinander, damit ich sehen kann, wie ihr ausseht.« Sofort wurde es leiser, sie schritt langsam die Reihe ab, korrigierte hier eine Weihnachtsmannmütze, da einen Engelsflügel, steckte einen Haarreif fester und strich dem einen oder anderen sehr aufgeregten Kind über den Kopf. Dann trat sie einen Schritt zurück und sah ihre Kinder aufmunternd an. »Ihr seht alle so großartig aus, ihr könnt euren Text, ihr habt so oft die Lieder geübt, ich denke, wir bekommen gleich einen sehr großen Applaus. Niemand muss nervös sein, das wird alles ganz toll. Wir gehen gleich zusammen auf die Bühne, ich mache eine kurze Begrüßung, dann singen wir die ersten beiden Lieder. Wisst ihr noch, wie es danach weitergeht?«

Anton meldete sich. »Hinterher gehen wir alle wieder von der Bühne, weil dann der Bürgermeister kommt und eine Rede hält.«

»Genau, Anton.« Minna lächelte. »Und dann? Viktoria?«

»Dann klingelt der Weihnachtsmann vor unserer Tür wieder mit der Glocke, wir kommen alle mit ihm zurück und Anton und ich singen im Duett die Strophen von *Wiehnacht achtern Diek,* und wenn das vorbei ist, gibt es die Bescherung.«

»Ganz genau«, Minna nickte zufrieden. »Und ganz zum Schluss kommt ihr noch einmal für das letzte Lied auf die Bühne. Jetzt bleibt ihr bitte hier, bis ich euch hole, wenn es geht leise und gesittet. Und ich sehe mal nach, ob der Saal schon voll ist, ob alle einen Platz gefunden haben, und dann geht es los. Toi, toi, toi.«

Sie hob beide gedrückten Daumen, die Kinder klatschten, einige hüpften vor Aufregung auf der Stelle, Viktoria kicherte und legte Anton den Arm um die Schulter. Mit einem letzten Blick auf sie verließ Minna den Raum.

Es war schon sehr voll, stellte sie draußen erfreut fest, fast genauso voll wie beim letzten Weihnachtsmarkt, an dem sie so überrannt worden waren. Was doch eine gute Werbeaktion ausmachte. Dieses Mal hatten sie sicherheitshalber schon mehr Tische und Bänke aufgestellt, es waren trotzdem fast alle Plätze besetzt. Minna sah sich um, es waren viele Bekannte, aber auch wieder viele Fremde, einige erkannte sie wieder, sie gehörten zu den selbstlosen Spendern, Minna hatte sich die meisten Gesichter gemerkt.

»Hallo Herr Brandstetter«, sagte sie freundlich, als er ihr auf dem Weg zur Bühne entgegenkam. Insa Brandstetter folgte ihm dichtauf, sie sah irgendwie anders aus, nicht ganz so selbstsicher wie sonst.

»Frohe Weihnachten, Frau Paulsen«, er blieb so abrupt stehen, dass Insa gegen seinen Rücken prallte. »Ich hoffe, Sie haben genug Spenden zusammenbekommen, um den Kindern gleich eine schöne Bescherung zu bereiten.«

»Oh ja«, Minna strahlte ihn fröhlich an. »Es war ein großes Glück. So viel haben wir wirklich in all den Jahren nicht gesammelt. Es war zu schön, beim Einkaufen der Geschenke nicht so auf den Euro zu achten.«

»Tja«, er nickte etwas gequält. »Da muss eben nur jemand die richtigen Worte finden. Dann sitzt das Geld auch locker. Also, nun suchen wir uns mal einen Platz in diesem Gedränge.«

»Da vorn ist noch was frei«, Minna zeigte auf einen Tisch, der ihr gerade ins Auge fiel. »Ich wünsche Ihnen viel Spaß.«

»Danke«, Horst Brandstetter ging vor. »Was ist, Insa, kommst du jetzt?«

»Ja, Schatz, sofort. Frohe Weihnachten, Frau Paulsen.«

Minna fand sie tatsächlich sehr verändert. Die Stimmung im Hause Brandstetter schien gerade nicht sehr harmonisch zu sein. Und das in dieser Zeit. Was immer der Grund dafür war, es ließ sich doch sicherlich kitten. Schließlich war Weihnachten.

Hellas Puschel wehten leicht in der Zugluft, sie stand neben der Eingangstür und begrüßte mit Ernst die immer noch ankommenden Gäste. Das hatte sie früher schon mit Dietrich gemacht, Gudrun und Minna sorgten in der Aula für den reibungslosen Ablauf, der Weihnachtsmann und Hella machten die Begrüßung. Jeder nach seinen Talenten, fand Hella. Sie hasste Tortenschneiden und so hatte sich das Festkomitee immer aufgeteilt. Wobei es mit Ernst viel lustiger war, Dietrich hatte ja nie so viel geredet, er hatte immer nur Ho, Ho, Ho gerufen und ein bisschen mit den Armen gerudert. Ernst hingegen quatschte jeden Ankömmling an, er war wirklich der geborene Weihnachtsmann.

»Je später der Nachmittag, desto schöner die Gäste«, sagte er jetzt laut und sah Britt Elvers kommen, die ihnen auf Krücken entgegenhumpelte. »Na, das geht ja schon ganz flott. Und so ein schöner Gips.«

»Ach ja«, stöhnte Britt und blieb auf einem Bein und auf die Krücken gestützt vor ihm stehen. Ihr pinkfarbener Gips leuchtete vor dem schneebedeckten Weg. »Aber es hätte ja nicht sein müssen. Was bin ich froh, dass meine Mutter morgen am Heiligen Abend kommt, ich kann ja gar nicht richtig kochen. Mit diesen Krücken an den Händen.«

»Du hast Glück, dass du eine Woche nach dem Bruch schon wieder durch die Gegend humpeln kannst.« Jürgen Elvers stand neben ihr. »Hätten die operieren müssen, dann wärst du noch in der Nordseeklinik.«

»Ja, ich war eben dank meines charmanten Retters rechtzeitig da und vorher gut versorgt«, antwortete Britt und sah über Hellas Schulter in die Aula. »Ist er denn auch schon da? Der nette Herr Doktor? Ich muss mich noch mal richtig bei ihm bedanken. Auch bei Frau Kulikow, die hat sich auch so rührend um mich gekümmert. Die anderen standen ja nur um mich herum und haben interessiert geguckt.«

»Ich habe die beiden noch nicht gesehen«, sagte Hella. »Aber sie kommen bestimmt noch. Beide zusammen. Anton singt ja im Chor.«

»Ach?« Britt sah sie irritiert an. »Sind die etwa ein Paar?«

»Ich hoffe es«, Ernst beugte sich näher zu ihr. »Und ich habe ein gutes Gefühl dabei. Viel Spaß wünsche ich und fröhliche Weihnachten.«

Sie warteten, bis Britt an ihnen vorbeigehumpelt und Jürgen ihr gefolgt war, dann sagte Hella: »Kannste mal sehen, auf einmal ist aus dem Penner ein charmanter Retter geworden. So schnell geht das.«

»Letzte Woche hat er noch Drogen im Bus fabriziert«, Ernst schüttelte den Kopf. »Du brauchst nur einen Doktortitel und zack, findet jemand wie Britt Elvers dich toll. So, ich glaube, ich gehe jetzt langsam mal rein und bereite mich auf meine großen Aufgaben vor. Ich glaube, die meisten sind schon da. Oder?«

»Ja, mach das«, Hella richtete noch mal ihre Puschel. »Ich warte noch fünf Minuten auf den Rest. Auf den charmanten Doktor zum Beispiel. Und danach komme ich rein.«

Sie sah tatsächlich in diesem Moment den grünen VW-Bus auf den Parkplatz fahren, sehr langsam, auf der Suche nach einer freien Lücke.

»Guten Tag, Frau Fröhlich«, sagte plötzlich die Stimme neben ihr, Hella drehte sich um und erblickte Martina, die gerade eine Hand in einen Stoffbeutel schob, der über ihrer Schulter hing. »Darf ich Sie um einen Gefallen bitten?«

»Martina«, Hella trat näher, worauf Martina sofort ein Stück zurückging. Ganz so locker war sie nun doch noch nicht. »Waren wir nicht schon beim Du? Und natürlich kann ich dir einen Gefallen tun, um was geht es denn?«

»Um ein Geschenk«, vorsichtig zog sie ein Päckchen aus dem Stoffbeutel. »Für Anton und Frau Kulikow.« Sie hielt ihr das in silbernes Papier eingepackte Geschenk hin. »Ob Sie Herrn Mannsen bitten könnten, es Anton bei der Bescherung zu geben? Ich habe ihn noch nicht gesehen.«

»Hella, du sollst gleich mal … ach, hallo, fröhliche Weihnachten.« Ernst sah in diesem Moment um die Ecke und zuckte ein bisschen zusammen, als er Martina entdeckte. Sie löste bei ihm immer noch das Gefühl aus, erwischt worden zu sein. Kein gutes Gefühl.

»Da bist du ja«, sprach Hella ihn sofort an. »Martina will dich um einen Gefallen bitten.«

»Ja«, Martina sah ihn konzentriert an und streckte ihm das Paket hin. »Können Sie dieses Weihnachtsgeschenk gleich Anton geben?«

»Warum?« Ernst nahm es ihr zögernd aus der Hand und betrachtete es.

»Weil Sie der Weihnachtsmann sind?« Martina nagte an ihrer Unterlippe. »Ich habe ihm etwas gekauft, aber ich weiß nicht, wie ich es ihm geben soll, ohne dass es verpflichtend wirkt. Ich würde ihm aber gern dieses Geschenk machen. Eigentlich ihm und seiner Mutter. Aber ich will nicht einfach rübergehen und es ihnen geben. Dann denken sie, sie müssten mir auch was schenken. Müssen sie aber nicht. Sie haben doch auch gar nicht so viel Geld. Und ich brauche nichts.«

Ernst musste sich räuspern, während er das Päckchen in der Hand wog. Martina sah stirnrunzelnd hin. »Nicht fallen lassen bitte, es ist ein Smartphone.«

»Was? Das hat er sich … ein Smartphone?« Sofort sah Ernst hoch. »Wie sind Sie denn darauf gekommen?«

»Er hat mich neulich gefragt, ob Kinder auch einen Kredit aufnehmen können«, Martina presste ihre Lippen zusammen, »für ein Smartphone. Weil seine Mutter und er gern seine Oma und seinen Onkel beim Telefonieren sehen würden. Das ist ein guter Wunsch, finde ich. Würden Sie ihm das bitte geben?«

»Ich …« Ernst hatte auf einmal eine ganz raue Stimme, Hella sah ihn fragend an. Sofort riss er sich zusammen, zwinkerte ein paarmal und gab Martina das Päckchen zurück. »Das … das finde ich ganz toll. Aber das sollten Sie ihm auch selbst geben. Er hat nämlich schon was an Ihre Tür gehängt. Kurz bevor er hierhergekommen ist.«

»An meine Tür? Oh. Ich bin noch gar nicht zu Hause gewesen.« Martina nahm das Päckchen zögernd aus seiner Hand. »Ja, dann … vielleicht …«

»Geben Sie es ihm«, beeilte sich Ernst zu sagen, bevor er sich zurückzog. »Das ist ein großartiges Geschenk. Hätte ich mir nicht besser ausdenken können.«

Hella sah ihm nach, dann hielt sie Martina die Tür auf. »Dann ist das wohl geklärt.«

Als der Chor sich langsam auf der Bühne versammelte, ließ sich Gudrun am Ende eines Tisches auf den freien

Stuhl neben Hella fallen. »Puh«, stöhnte sie leise. »Ich merke jetzt schon mein Kreuz. Es ist genauso voll wie am letzten Wochenende.«

Hella warf ihr einen kurzen Seitenblick zu. »Ach? Sind wir wieder Freunde?«

»Ja, ja«, Gudrun wischte mit der Hand durch die Luft. »Aber denk nicht, dass ich inzwischen mit eurer Aktion versöhnt wäre. Wenn ich mir vorstelle, dass irgendjemand aus dem Dorf das mitbekommen hätte, kriege ich immer noch einen Schweißausbruch.«

»Hat ja niemand«, entgegnete Hella achselzuckend. »Bis auf deinen Enkel, oder? Aber wir können einfach den Mantel der Liebe darüber decken. Es hat ja mit dem Geld auch so geklappt.«

Gudrun nickte resigniert. »Mats, ja. Den muss ich nachher mal beiseitenehmen und ihn zum Schweigen verdonnern. Die Kinder sind auch schon in Hamburg losgefahren und kommen noch hierher. Sie melden sich, wenn sie auf dem Autozug sind.« Sie sah sich kurz um und beugte sich zu Hella. »Sag mal«, sie senkte ihre Stimme. »Diese plötzliche, unerwartete Spendenbereitschaft letzte Woche … Ich glaube ja im Leben nicht, dass Minnas langweilige Werbezettel was damit zu tun hatten. Aber warum kamen all die Leute? Und so viele mit Geld?« Sie machte eine kleine Pause, dann sah sie Hella forschend an. »Hattest du da auch deine Finger im Spiel?«

»Nein«, Hella hob sofort die Hände, »ich nicht. Ich schwöre. Das war jemand ganz anderes. Ich glaube ja, dass unsere Martina das ganz perfide geplant hat, sie …«

»Stopp«, Gudrun hielt sich die Ohren zu. »Bitte keine Details. Ich will es nicht wissen. Sag es nicht. La, la, la.«

Hella lächelte leise. »Das war alles im Rahmen der Legalität«, meinte sie zufrieden. »Und auf den Punkt durchdacht. Ich sag nichts mehr«, sie fing den warnenden Blick von Gudrun auf. »Gar nichts.« Plötzlich ging ihr Blick zum Nebentisch. »Guck da mal rüber. Hast du die beiden schon gesehen? So ein schönes Paar. Was so ein bisschen Wasser, Seife und ein schickes Hemd doch ausmachen.«

Gudrun folgte der Blickrichtung und stutzte. Der Mann, der neben Irina saß, war tatsächlich kaum wiederzuerkennen, glattrasiert, die lockigen Haare kürzer geschnitten, in dunkler Jeans und einem grau-weiß gestreiften Oberhemd, den Pulli locker über den Schultern, sein Arm auf Irinas Stuhllehne. Nichts erinnerte an den ungepflegten Typen aus dem Bus, nur sein Lächeln war genauso freundlich. Ihnen gegenüber saßen Martina und eine sehr geschminkte Blondine, die Gudrun schon mal irgendwo gesehen hatte und die gerade zwischen ihm und Irina hin- und hersah, während sie auf beide einredete.

»Meine Güte«, Gudrun sah immer noch gebannt hin.

»Der ist aber auch attraktiv. Und so ein sympathisches Lächeln. Und wer ist diese Blonde? Die ihn so vollquasselt?«

»Eine Hochzeitsplanerin«, Hella feixte. »Die wittert wohl schon einen Auftrag. Das ist vielleicht noch eine Idee zu früh. Aber die erkennt wohl ihre Schäfchen schon von Weitem. So, da kommt Ernst mit der Glocke, jetzt geht es wohl endlich los.«

Gudrun drehte sich um. »Oh, und da steht Walter Piper. Was macht denn der für ein Gesicht? Den muss Minna aber richtig zusammengefaltet haben.«

»Hoffentlich«, Hella setzte sich bequemer hin und musterte Walter flüchtig. »Von wegen Bandscheibenvorfall, ich habe ihn ein paarmal in Westerland rumlaufen sehen, der hat sich nur nicht auf den Weihnachtsmarkt getraut, weil er Angst vor Minna hatte. Ich bin gespannt, was er gleich sagen wird. In seiner Weihnachtsrede. Als Bürgermeister und Wohltäter. Pah.«

»Minna sollte Bürgermeisterin werden«, Gudrun nickte bekräftigend. »Dann würde hier auch alles laufen.«

»Bis auf die Werbung«, murmelte Hella, schloss aber sofort den Mund, weil Ernst nun vor der Bühne stand und wie ein Wilder die Glocke schwang.

»Ruhe bitte, ich bitte um Ruhe.«

Langsam versiegten die Gespräche, alle sahen den

Weihnachtsmann an, der sich zufrieden umsah. »Frohe Weihnachten«, rief er nach einem Moment der Ruhe laut und ließ die Glocke endlich sinken. »Ich möchte jemanden auf die Bühne bitten, ohne den weder der Chor noch der Kinder-Club, noch diese Weihnachtsfeier stattfinden könnten. Begrüßen Sie mit mir die one and only Miiiinnnnaaa Paulseeeen!«

»Ernst«, stöhnte Gudrun peinlich berührt, bis ihr auffiel, wie frenetisch der Applaus war, sofort klatschte sie mit und konzentrierte sich auf Minna, die schon auf der Bühne stand und wartete, dass der Applaus endete. Sobald es still war, breitete Minna die Arme aus, als stünde sie auf einer Kanzel.

»Frohe Weihnachten, liebe Kinder, liebe Eltern, liebe Gäste, liebe Helfer. Bevor wir nun unseren Kinderchor mit den ersten Liedern hören und der Bürgermeister danach seine Weihnachtsrede hält, möchte ich Sie kurz auf unserer diesjährigen Weihnachtsfeier begrüßen. Ich freue mich, wünsche Ihnen, uns und vor allen Dingen den Kindern eine wunderschöne Feier und gleich eine aufregende Bescherung. Und jetzt beginnen wir mit dem ersten Weihnachtslied. Viel Spaß.«

Sie drehte sich zu den Kindern, hob die Hände und zählte laut bis vier, dann ertönten die Melodie und die hellen Stimmen.

»Wie? Das war's?« Hella beugte sich bei den ersten

Takten flüsternd zu Gudrun. »Keine Abrechnung mit Walter? Und der Gemeinde?«

Gudrun schluchzte auf, hob stumm die Schultern und suchte hektisch in ihrer Jackentasche nach einem Taschentuch. Sie musste bei Kinderstimmen, die Weihnachtslieder sangen, immer weinen. Jedes Jahr. Sie konnte sich jetzt nicht um Walter kümmern.

Ernst hatte sich vor die Eingangstür gestellt, von wo aus er einen guten Blick auf den Chor, einen sehr guten auf seine Frau und einen noch besseren auf Walter Piper hatte, der ihm schräg gegenüberstand. Er hatte einen etwas gequälten Gesichtsausdruck, was Ernst verstehen konnte. Er wippte ein bisschen im Takt, der Kinderchor sang wirklich mit sehr viel Inbrunst. Er sah, dass Gudrun wie immer nach den ersten Tönen weinte, was bedeutete, dass es ihr gut gefiel, und beobachtete, dass Walter Piper immer blasser wurde. In dessen Haut wollte er nicht stecken, er hatte gesehen, wie die Damen hinter dem Kuchentresen Walter angesehen hatten, wie Hella an ihm vorbeigerauscht und wie Hannelore durch ihn durch gesehen hatte. Nur, weil die Gemeinde dem Kinder-Club das Geld gestrichen hatte. Und Walter der Bürgermeister war. Das nahmen sie ihm alle übel. Obwohl sie jetzt wirklich viel Geld eingesammelt hatten, aber es ging nun mal ums Prinzip. Eigentlich könnte

Walter gleich wieder nach Hause gehen. Als unbeliebtester Mann des Tages. Im Gegensatz zu ihm, Ernst, dem Weihnachtsmann. Der heute am ganz anderen Ende der Beliebtheitsskala stand. Ernst lächelte. Und applaudierte begeistert, als das erste Lied vorbei war und die kleinen Sänger sich verbeugten.

Die Musik setzte nach einer kleinen Pause, in der Beifall toste, wieder ein, Minna hob die Arme und die Kinder stimmten das zweite Lied an. Ernst konnte Gudruns Schluchzen fast hören, Hella strich ihr gerade beruhigend über den Rücken, als Walter sich schon mal langsam auf den Weg zur Bühne machte. Ernst sah ihm fast mitleidig nach, er hatte vorhin gesehen, dass Minna sich ein paar Stichworte notiert hatte, die sie noch sagen wollte. Und Minna hatte sich ja sehr über Walter geärgert.

Auf der Bühne sang Anton jetzt ein kleines Solo, Gudruns Tränen liefen ungehemmt, auch Irinas Augen glänzten, Martina sah währenddessen interessiert hin und nickte anerkennend, sie war einfach zu nervenstark, um bei einem Weihnachtslied sentimental zu werden, das konnte Ernst ja nun aus leidvoller Erfahrung bezeugen. Nerven wie Drahtseile. Die sie in jeder Situation behielt. Wirklich in jeder.

Jetzt kam der Chor zum Ende, noch ein gemeinsamer Refrain, dann wieder begeisterter Applaus und Abgang.

Ernst verlagerte sein Gewicht auf das andere Bein und wartete gespannt auf das, was Minna gleich sagen würde. Noch stand sie ruhig vor dem Mikro und wartete, bis die Kinder in ihrer Garderobe verschwunden waren. Die ja eigentlich das Lager für Klopapier und Putzmittel der Gemeinde war. Garderobe klang aber besser. Ernst sah zu Minna hoch. Das Gemurmel der Gäste setzte langsam wieder ein. Oben auf der Bühne zog sie ihren Zettel aus der Tasche, warf einen kurzen Blick darauf, faltete ihn wieder zusammen und schob ihn zurück. »Einen Moment bitte noch«, sagte sie mit ihrer durchdringenden Lehrerinnenstimme, sofort ebbten die Geräusche ab, es wurde langsam still. Minna sah über die Köpfe, dann räusperte sie sich. »Dieser talentierte Kinderchor tritt gleich noch mal auf, aber vorher wird unser Bürgermeister noch eine kleine Rede halten. So wie jedes Jahr. Aber vorher …«

Die Tür hinter Ernst ging quietschend auf, er drehte sich nicht um, sondern sah gebannt auf Minna. Hoffentlich sagte sie jetzt nichts Böses, nicht, dass es gleich einen Eklat geben würde. Das könnte die ganze Weihnachtsfeier ruinieren. Auf der er doch seinen großen Auftritt hatte. Als Weihnachtsmann, der mit Freude und Stolz unzählige Geschenke verteilte. Von denen er, wenn man die Fakten kannte, auch einige bezahlt hatte. Ohne dass man ihm danken konnte. Er sandte ein kleines

Stoßgebet, dass Minna freundlich blieb. Und Walter nach einer kurzen Rede einfach wieder nach Hause ging.

Walter Piper stand jetzt vor der Bühne, aber Minna hob abwehrend die Hand. »Ganz kurz nur. Ich hatte eigentlich ein paar Sätze vorbereitet, aber das lasse ich jetzt. Stattdessen möchte ich mich bedanken bei meinen tollen Helfern, bei meinem Festkomitee Gudrun, Hella und Ernst, die in diesem Jahr unter einem immensen persönlichen Einsatz nicht nur geholfen, geplant, gearbeitet, sondern auch noch beim Spendensammeln so Erstaunliches geleistet haben. Und dank Ihnen, liebe Gäste, dank Ihnen ist unsere Spendenaktion in diesem Jahr zu so einem unglaublichen Erfolg geworden. Noch nie sind wir für den Kinder-Club so großzügig bedacht worden. Im Namen der Kinder danke ich Ihnen sehr. Sie sind sehr großzügig und großherzig gewesen. Vielen Dank.«

Ernst atmete aus, sein Stoßgebet schien erhört worden zu sein, Minna wollte auch keinen Streit unterm Tannenbaum.

Hinter ihm kicherte schon die ganze Zeit jemand albern, jetzt wurde auch noch getuschelt. Dabei war Minna noch gar nicht fertig. Ungeduldig fuhr Ernst herum. »Jetzt ist hier mal Ruhe … Wiebke? Wo kommt ihr denn her?«

»Hallo, Papa«, flüsterte seine Tochter, die neben ihrem Mann Torben stand, der stumm die Hand hob. »Wir sind schon ruhig.« Sie warf ihrem Sohn auf ihrer anderen Seite einen bösen Blick zu, Mats grinste seinen Opa breit an. »Hallo, du Weihnachtsmann.«

»Pscht.« Wiebke schlug ihn leicht auf den Rücken, Mats zog den Kopf ein und grinste weiter.

»Und jetzt darf ich unseren Bürgermeister auf die Bühne bitten. Und ich wünsche Ihnen ein schönes Weihnachtsfest.«

Der Applaus setzte ein, erleichtert drehte Ernst sich um. »Mama sitzt da vorn rechts, da sind noch Stühle frei. Alles Weitere machen wir hinterher. Ich muss mich gleich um die Kinder kümmern.«

Wiebke lächelte und nickte, drückte im Vorbeigehen seinen Arm und zog ihren Mann mit sich. Mats blieb neben seinem Opa stehen. Er sah ihn mit zuckenden Mundwinkeln an. »Unter immensem persönlichem Einsatz«, sagte er übertrieben und kicherte wieder. »Ich schmeiß mich weg.«

Ernst schüttelte verständnislos den Kopf und deutete auf Walter, der unter einem gemäßigten Applaus jetzt etwas schwerfällig die schmale Treppe neben der Bühne hochstieg. »Der Bürgermeister«, sagte er leise und legte den Zeigefinger auf die Lippen. »Hör auf, so albern zu lachen. Wir reden gleich.«

Walter Piper kam zu dicht ans Mikrofon und verursachte so ein schrilles Geräusch, das die Zuhörer zusammenzucken ließ. Er trat ein Stück zurück und sah entschuldigend in die Runde. »Guten Abend und auch von mir die besten Wünsche zum Weihnachtsfest. Auch ich mache es ganz kurz, alle wollen noch einmal den Kinderchor hören und die Kinder freuen sich auf die Bescherung, die unser Weihnachtsmann gleich beginnen wird.«

Einige Gäste klatschten, Ernst verbeugte sich, während Mats leise vor sich hin lachte. Ernst sah ihn stirnrunzelnd an und fragte sich, seit wann sein Enkel wieder so ein Kindskopf war. Der Junge war doch schon volljährig, wieso wurde er jetzt so albern? Als ihm ein Gedanke kam, beugte er sich zu ihm und flüsterte: »Sag mal, du nimmst doch wohl keine Drogen, oder? Du kannst mit mir über alles reden.«

Statt zu antworten, prustete Mats jetzt richtig los, unter den strafenden Blicken einiger Umstehender riss er sich sichtbar zusammen. »Sorry«, wimmerte er leise und vermied den Blickkontakt mit Ernst. »Geht schon wieder.«

Ernst wandte sich ab und hörte wieder Walter zu, der sich gerade beim Festkomitee und den helfenden Damen nebst der Feuerwehr für alles bedankte. »Ich selbst«, fuhr er fort, »ich war in den letzten Wochen durch einen Bandscheibenvorfall sehr gehandicapt und konnte mich überhaupt nicht in die diesjährige Organisation einbringen. Aber als kleine Wiedergutmachung erlaube ich mir, Minna Paulsen einen kleinen Scheck für den Kinder-Club zu überreichen. Und apropos Kinder-Club, in meiner krankheitsbedingten Abwesenheit ist anscheinend das Gerücht entstanden, dass die Gemeinde die Zuschüsse für ebendiesen einsparen will. Nun, das ist ein Gerücht, das Gegenteil ist der Fall, dieser Zuschuss wird im kommenden Jahr erhöht. Wir haben ein Herz für Kinder, das wollen wir auch zeigen. Und nun gebe ich die Bühne frei für Minna Paulsen und ihren tollen Chor. Einen schönen Abend noch. Und gesegnete Weihnachten.«

Nach einem kleinen Moment brach tosender Beifall aus, Gudrun und Hella waren aufgesprungen, Gudrun umarmte erst die verblüffte Wiebke, dann Hella, beide klatschten wie wild, bis Hella auch noch gellend auf zwei Fingern pfiff. Sie sahen sich nach Ernst um, entdeckten ihn neben Mats und kamen zu ihnen gelaufen.

»Mats, mein Süßer«, rief Gudrun und drückte den einen Kopf größeren Mats kurz an sich. »Das ist ja schön, dass ihr schon da seid, wir müssen euch so viel erzählen. Ernst, hast du das gehört? Der Zuschuss wird sogar erhöht. Ist das nicht toll? Wir hätten gar nicht so viel …«

»… Beute machen müssen?«, platzte es aus Mats raus. Schnell zog er sein Handy aus der Tasche und wedelte damit vor ihren Gesichtern. »Apropos Beute. Ihr glaubt nicht, was gerade abgeht. Vielmehr, wie Opa abgeht. Er macht richtig fette Beute. Soll ich euch mal zeigen, was mit eurem Bankräuberfilm passiert ist?«

»Mats, bitte«, Gudrun sah sich sofort hektisch um und drückte seine Hand runter. »Du solltest das doch löschen. Nicht, dass es hier noch jemand …«

»Was denn?«, Hella drängelte sich dazwischen. »Redest du von unserem Film? Was ist denn damit passiert? Du kannst es mir sagen, ich habe den gemacht. Aus dem Fluchtwagen heraus.«

»Hella!«, Gudrun zog sie hektisch am Ärmel. »Wenn uns jemand hört. Mats, steck das Handy weg.«

»Ich habe den Film für euch ins Netz gestellt«, Mats entsperrte sein Handy und hielt es so, dass alle drei das Display sehen konnten.

Mit poppiger Weihnachtsmusik unterlegt, kam Ernst wieder aus der Bank gestürmt, energiegeladen, filmreif, mit der Waffe fuchtelnd, den Rucksack mit der Beute über der Schulter, mal schnell, mal in Zeitlupe, alles im Takt der Musik. Entschlossen und sehr zufrieden sah er in der Schlusseinstellung in Hellas Kamera, bis ein Satz in knallroter Schrift auftauchte:

Opa braucht Geld für Weihnachtsgeschenke – Wir sammeln für Kinder! Spenden bitte an …

Beeindruckt hob Ernst den Kopf und sah Mats an. »Was man technisch alles aus so einem kleinen Filmchen rausholen kann. Respekt, Mats. Hätte ich nicht gedacht. Das ist ja doll geworden.«

»Mach noch mal«, forderte Hella aufgeregt. »Das ist super. Richtig professionell, die Farben sind auch viel schöner. Und diese tolle Musik.«

»Nein«, energisch legte Gudrun jetzt ihre Hand auf das Handy. »Jetzt nicht. Ernst ist hier der Weihnachtsmann und hat Aufgaben, diese Albernheiten können wir uns nachher zu Hause ansehen. Los, Ernst, bring die Kinder auf die Bühne, wir gehen zurück an den Tisch. Mats, hast du überhaupt schon was gegessen? Ich kann dir eine Wurst holen.«

Ernst ignorierte Gudrun und sah Mats neugierig an. »Was genau meintest du mit, du hast den Film für uns ins Netz gestellt?«

»Als Spendenaufruf in der Weihnachtszeit«, antwortete Mats prompt und grinste. »Und Opa, das Ding geht richtig steil. Du hast schon über 300 000 Follower und auf dem Spendenkonto sind bis jetzt 24 250 Euro. Du bist gerade der meistgeklickte Weihnachtsmann.«

Mit einem dumpfen Stöhnen lehnte Gudrun sich an die Wand, fassungslos starrte sie Ernst an. Der nickte langsam. Dann rückte er seinen Bart zurecht und klopfte seinem Enkel auf die Schulter. »Gut gemacht. Ich sag es gleich, davon gehen 2100 Euro auf mein Konto. Und für weitere 1950 Euro wird eine Kreuzfahrt gebucht, 100 kannst du dir einstecken, damit die Summe glatt wird, und der Rest ist für die Kinder. So, und jetzt entschuldigt mich, ich habe zu tun. Was ist das nur für eine schöne Weihnachtsfeier!«

28. Dezember

Lieber Ernst Mannsen,

ich hoffe, du hast schöne Weihnachten gehabt. Meine waren sehr schön und ich wollte mich für die tolle Handyhülle bedanken, die du mir vor die Tür gelegt hast. Genau so eine hatte ich mir gewünscht, woher wusstest du denn, dass ich von Frau Wolf ein Smartphone geschenkt bekommen habe? Vielleicht, weil du der Weihnachtsmann bist. Weißt du denn auch, dass wir ihr ein ganz dickes Buch geschenkt haben? Da geht es um eine Frau aus Afrika, die supergut rechnen kann und ganz viele Abenteuer erlebt. Frau Wolf kommt zwar nicht aus Afrika, aber sie kann auch supergut rechnen. Und sie liest ja immer dicke Bücher, das sehe ich oft durchs Fenster, deshalb haben wir das ausgesucht und sie hat sich gefreut. Glaube ich. Sie lacht ja nicht so oft. Aber sie hat gleich in das Buch reingeguckt und es ganz vorsichtig festgehalten. Sie hat es noch nicht mal losgelassen, als Frau Fröhlich geklingelt hat. Sie wollte Frau Wolf nur schnell eine Flasche Schnaps schenken und hat sie bei uns reingehen sehen. Das war lustig, weil Frau Wolf Frau Fröhlich genau die gleiche Flasche Schnaps geschenkt hat.

Da hatten sie beide dasselbe Geschenk. Haben sich aber trotzdem gefreut.
Jedenfalls passt die Handyhülle ganz genau, das ist super. Und die Karte mit dem Weihnachtsmann ist auch schön. Wir haben Weihnachten Gans gegessen. Die hat Frau Wolf gemacht, Mama hat nämlich gesagt, dass es doch viel praktischer ist, wenn wir alle in einer Haushälfte feiern und nicht in zwei. Da hat sie ja recht, aber Frau Wolf wollte in ihrer Küche kochen, weil da alles so steht, wie es immer steht, und dann hat sie die Töpfe mit dem Essen einfach rübergebracht. Das schmeckte alles sehr gut, aber es war sehr viel. Das machte aber nichts, weil Bastian, das ist mein Freund, der aus dem Bus, du weißt schon, viel essen kann und der war ja auch da. Und am ersten Weihnachtsfeiertag sind noch zwei Leute zu Frau Wolf gekommen. Und die haben dann die Reste gegessen. Das weiß ich, weil Mama und ich auch da waren, weil Mama Frau Wolf was fragen wollte. Nämlich ob Bastian auch hier wohnen kann. Der fängt nämlich im nächsten Frühling im Krankenhaus in Westerland an. Als Arzt, glaube ich, er ist ja einer. Und Mama will da auch hin, sie möchte viel lieber Leute gesund als Betten machen. Weißt du eigentlich, was das Wort romantisch bedeutet? Ich habe es zwar nachgeschlagen, aber so richtig habe ich es nicht verstanden. Die beiden Leute, die die Reste

von der Gans gegessen haben, die waren nämlich romantisch. Hat Mama gesagt und dabei den Bastian so angeguckt. Der Mann war der alte Chef von Frau Wolf, der heißt Dietrich und die Frau heißt Christa und die waren mal ein Liebespaar, das ist schon fünfzig Jahre her. Da waren die aber erst vierzehn. Jetzt sind sie alt und wieder ein Liebespaar und das ist romantisch. Sagt Mama. Weil die sich im Zug von Niebüll nach Westerland getroffen und sich sofort wiedererkannt haben. Nach fünfzig Jahren. Wenn ich also jetzt in zwei Jahren mit Viktoria ein Liebespaar werde und dann ist es wieder vorbei und ich treffe sie dann in fünfzig Jahren wieder, am besten im Zug, bin ich dann auch romantisch? Vielleicht können wir ja mal darüber reden. Jetzt muss ich Schluss machen, weil wir gleich Oma anrufen, wir können uns mit dem neuen Smartphone ja sehen, das ist schön, auch wenn Oma immer weint. Also, noch mal danke für die schöne Handyhülle und bis ganz bald, viele Grüße,

Dein Anton Kulikow

PS: Ich wollte dich noch was fragen: Frau Fröhlich hat erzählt, dass du jetzt der Vorstand vom Kinder-Club-Verein bist. Weil du der beste Geldeintreiber bist. Was macht ein Vorstand? Und was genau ist eigentlich ein Geldeintreiber? Und bist du dann nächstes Jahr kein

Weihnachtsmann mehr? Weil, das fände ich schade. Du warst so ein guter.

Noch mal viele Grüße,

Dein Anton Kulikow

30. Dezember

Guten Tag, Herr Mannsen,

1. Ich habe Ihnen einige Anlagevorschläge zusammengestellt und lege die Aufstellung bei. Ich halte es aus verschiedenen Gründen nicht für sinnvoll, die 20000 Euro in einem Schließfach zu deponieren, es gibt andere Wege, diese Spende gewinnbringend anzulegen.
2. Weitere Zahlungen, die auf das Spendenkonto #Opasammeltfürweihnachten eingehen, werde ich in Ihrem Auftrag auf das noch einzurichtende Konto des Kinder-Clubs transferieren. Selbstverständlich bewahre ich über die Gründe der Kontoeingänge Stillschweigen. Über die weitere Vorgehensweise werden wir uns zeitnah besprechen.
3. Gern komme ich Ihrer Bitte nach und werde ab sofort die Verwaltung des Kinder-Club-Kontos verantworten, detaillierte Berichte und Auszüge gehen selbstverständlich automatisch an den Vereinsvorstand.
4. Mein ehemaliger Chef Dietrich Stockmann bietet an, gemeinsam mit seiner Lebensgefährtin

Christa Decker, die eine kleine Druckerei besitzt, unentgeltlich die Werbung in Form von Plakaten, Flyern und Ähnlichem für alle Auftritte sowie der Sommer- bzw. Weihnachtsfeiern des Kinderchors und -Clubs zu gestalten und zu vertreiben. Ich soll Ihnen sagen, dass es ihm ein persönliches Anliegen wäre.

5. Zum 2. Januar wird die hiesige Filiale der Friesischen Bank umstrukturiert. Ich werde die Filialleitung übernehmen und halbtags von Frau Britt Elvers unterstützt, die nach einigen Erziehungsjahren jetzt wieder ins Berufsleben zurückkehrt.
6. Ich wollte mich noch für die ulkige Idee bedanken, dass Sie im Weihnachtsmannkostüm einen Bankbesuch unternommen haben. Ich bin zwar der Meinung, dass das Kostüm, das Sie auf dem Weihnachtsmarkt und der Feier getragen haben, eine bessere Passform hatte, trotzdem hat mir Ihre kleine Aufführung Freude bereitet. Ich bedanke mich dafür.
7. Einen schönen Jahreswechsel und ein gesundes Neues Jahr wünscht Ihnen und Ihrer Familie

Martina Wolf